As estrelas esperam no céu

Lori Nelson Spielman

As estrelas esperam no céu

Tradução
Ana Rodrigues

1ª edição
Rio de Janeiro-RJ / São Paulo-SP, 2023

VERUS
EDITORA

Título original
Quote Me

ISBN: 978-65-5924-186-6

Copyright © Lori Nelson Spielman, 2016
Publicado mediante acordo com Lennart Sane Agency
Todos os direitos reservados.

Tradução © Verus Editora, 2023
Direitos reservados em língua portuguesa, no Brasil, por Verus Editora. Nenhuma parte desta obra pode ser reproduzida ou transmitida por qualquer forma e/ou quaisquer meios (eletrônico ou mecânico, incluindo fotocópia e gravação) ou arquivada em qualquer sistema ou banco de dados sem permissão escrita da editora.

Verus Editora Ltda.
Rua Argentina, 171, São Cristóvão, Rio de Janeiro/RJ, 20921-380
www.veruseditora.com.br

CIP-BRASIL. CATALOGAÇÃO NA FONTE
SINDICATO NACIONAL DOS EDITORES DE LIVROS, RJ

S734e
Spielman, Lori Nelson
  As estrelas esperam no céu / Lori Nelson Spielman ; tradução Ana Rodrigues. - 1 ed. - Rio de Janeiro : Verus, 2023.

  Tradução de: Quote me
  ISBN 978-65-5924-186-6

  1. Romance americano. I. Rodrigues, Ana. II. Título.

23-86069   CDD: 813
                 CDU: 82-31(73)

Meri Gleice Rodrigues de Souza - Bibliotecária - CRB-7/6439

Revisado conforme o novo acordo ortográfico.

Seja um leitor preferencial Record.
Cadastre-se no site www.record.com.br e receba
informações sobre nossos lançamentos e nossas promoções.

Atendimento e venda direta ao leitor:
sac@record.com.br

1

Erika

Se algo a fizer hesitar, pare. Era isso o que minha mãe diria. Sinto o cheiro de rabanadas. Ouço pratos batendo. Confiro as horas. Não são nem seis da manhã. Kristen passou a noite toda acordada. De novo.

Em vez de parar e ligar para meu ex-marido, como meu instinto sugere, desço apressada o corredor e corto caminho pela sala de jantar.

O nascer do sol camufla as paredes de cor bege. Um raio de luz vindo da cozinha ao lado ilumina a bolsa de Kristen, que está aberta em cima da mesa. A carteira e um pacote de balas de menta escaparam pela abertura. Vejo uma carteira de motorista de alguém chamada Addison... ou é Madison? Pelo amor de Deus, Kristen, você sabe que isso é errado. Pego a habilitação, mas logo a coloco no lugar. Ela é uma típica universitária com um documento de identidade falso. Por que arruinar nossa última manhã com uma discussão?

Continuo e paro quando chego à entrada da minha cozinha normalmente tão bem-arrumada. Panelas e frigideiras estão espalhadas pelas bancadas de mármore, junto a embalagens de manteiga e cascas de ovos. O piso de madeira escura está manchado de açúcar de confeiteiro. Ela bateu chantili na tigela de cobre, e, mesmo de longe, dá para ver os respingos de espuma branca no fogão imaculado.

E lá está ela, parada diante da ilha no centro da cozinha, ainda usando o vestidinho amarelo da noite passada. A maior parte do cabelo loiro já escapou do rabo de cavalo feito com pressa e os pés estão descalços, mostrando as unhas pintadas de lilás. Usando fones de ouvido sem fio, ela canta desafinada um hip-hop qualquer enquanto espalha pasta de amendoim sobre fatias grossas de pão.

Ao mesmo tempo sinto vontade de abraçar e estrangular minha filhinha.

— Bom dia, meu amor.

Ela despeja mel em cima da pasta de amendoim, lambe os dedos, então solta o pão em uma frigideira com manteiga borbulhando, sem parar de balançar a cabeça ao ritmo da música.

Atravesso a cozinha e cutuco seu ombro ossudo. Ela leva um susto, mas logo abre um sorriso.

— Oi, mãe! — Kristen tira o fone do ouvido, e a música continua tocando até que ela pressione um botão no celular. — Pronta para o café da manhã? — Seus olhos azuis brilham felizes, mas, logo além da alegria, percebo uma expressão enevoada, vidrada, resultado da privação de sono.

— Você deveria estar na cama, amor. Chegou a dormir?

Ela levanta a xícara minúscula de café espresso e dá de ombros.

— Dormir é coisa de criança e gente velha. Ei, espere para ver o que eu fiz!

Dou uma palmadinha em sua bochecha corada e prometo a mim mesma que vou ligar para Brian mais tarde. É em momentos como este — quando o humor da minha filha de dezenove anos muda com a mesma rapidez que sua playlist favorita — que sou grata por meu ex-marido ser médico.

— Acho bom você estar planejando limpar tudo isso... — Paro de falar ao ver uma faixa escrita à mão colada nos armários da cozinha.

Tchau, mãe! Vamos sentir saudade! Beijos

Não me importo que as mãos dela estejam meladas. Eu a puxo para um abraço e inspiro o cheiro de mel, manteiga e de seu perfume, Flowerbomb.

— Obrigada, querida.

Ela se afasta e encosta o dedo na mancha pegajosa que deixou no meu blazer.

— Ops! Desculpe por isso. — Então, corre até a pia e pega um pano molhado para limpar o blazer. — Está muito elegante para uma viagem de carro, Momster. — Antes que eu possa explicar a mudança de planos, ela já jogou o pano na pia e voltou sua atenção para a frigideira. — Enfim, achei que seria legal nós termos uma despedida adequada.

Uma despedida adequada. Uma frase que minha mãe falava. Mas deveria ser eu parada diante do fogão, preparando um café da manhã de despedida para minhas filhas, não o contrário. Droga de sr. Wang! O telefonema dele de manhã cedo estragou completamente nossos planos.

Kristen joga a espátula em cima da bancada e me leva até a mesa, onde três lugares já estão arrumados. Há uma jarra de suco no centro, junto a um vaso de flores rosa-choque que suspeito parecerem bastante com as estrelas-do-egito do vaso na varanda, as que Annie plantou na última primavera.

Ela puxa uma cadeira para mim, então saltita até o corredor.

— Ei, Annie! Levanta logo!

— Kristen, mais baixo, por favor. Quer acordar o prédio todo?

— Desculpe! — diz ela, e dá uma risadinha. — Espere até experimentar isso. Rabanada de banana e pasta de amendoim. Um orgasmo garantido para a sua boca.

Estou balançando a cabeça quando Annie, minha outra filha de dezenove anos, entra na cozinha. Seu belo rosto redondo agora exibe um tom de marrom, graças à sua herança latina e ao sol do verão, e seu cabelo escuro e comprido é um emaranhado de cachos. Apesar do um metro e setenta e oito, ela é a minha pequena Annie de novo, com seu pijama listrado e pantufas em formato de elefante. Eu me levanto e lhe dou um beijo.

— Bom dia, meu amor.

— Ela ficou acordada a noite toda de novo? — pergunta Annie em um sussurro. Então cruza os braços diante do peito, um hábito adquirido no terceiro ano, quando, para seu horror, seus seios fizeram uma aparição precoce.

— Ela está preparando café da manhã para nós — respondo, com o que espero ser um sorriso tranquilizador.

Annie geme quando vê as flores cortadas. Ela vai até o fogão, onde a irmã está colocando outro sanduíche de pasta de amendoim na manteiga quente, e limpa uns respingos de chantili do cabelo de Kristen.

— O que você andou fazendo, Krissie, disparando uma bomba de chantili? — A voz dela é gentil, como se falasse com alguém muito frágil.

— É o meu café da manhã de despedida — responde Kristen, e tira a primeira leva de rabanadas da frigideira com uma espátula e com os dedos. — Para você e para a mamãe.

— Está querendo dizer para *a mamãe* — corrige Annie.

Kristen levanta os olhos primeiro para Annie, depois para mim.

— Ah. Claro. — Ela lambe os dedos. — O nosso café da manhã de despedida para a mamãe. Porque você e eu estamos indo embora hoje... juntas.

— O que está acontecendo, mocinhas? Alguém está com esperança de estender as férias de verão? — Eu me viro para Annie. — Você está animada para voltar para a faculdade, certo?

— Estou — responde ela, esticando a sílaba para me dizer que está aborrecida. Annie é a minha filha mais caseira, e provavelmente sente vergonha de já estar com saudade de casa. Deixo para lá.

Kristen despeja uma cascata de calda por cima do pão, e ainda acrescenta um bocado de chantili.

— *Voilá!* — diz ela, e levanta o prato como se fosse uma oferenda aos deuses, depois entrega a Annie. — Dê este para a mamãe, por favor.

Enquanto prepara o próximo prato, Kristen aproveita para fazer um relato detalhado da noite com os amigos, pontuado por risadas e gestos animados. É difícil acreditar que apenas uma semana antes esta menina estava enfiada na cama, recusando-se a comer. Desconfio que ela e Wes, o namorado ioiô, tenham se acertado, mas não pergunto. Não quero ser estraga-prazeres.

— Eu dancei por tipo... três horas sem parar! — Ela valsa do fogão até a mesa, segurando o terceiro prato, então se joga ao meu lado. — A que horas vamos sair hoje?

Eu me retraio por dentro. O que estou fazendo? O motivo para eu ter escolhido trabalhar como corretora de imóveis foi exatamente para poder organizar minha agenda ao redor de jogos de futebol, apresentações de banda e recitais de dança. E para este momento: o dia de voltar para a faculdade. Mas o sr. Wang... e Carter... e a disputa... e meu lugar no ranking.

— Quanto a isso... — começo, mas Kristen interrompe.

— Estou tão feliz por não ter que pegar o trem. — Ela espeta uma banana com o garfo. — Onde vamos almoçar? Estou pensando no White Dog Café. Ou talvez no Positano.

Eu me retraio de novo.

— Hum, que tal jantarmos juntas, em vez disso? — Meus olhos vão de uma filha para a outra. — Tenho um imóvel de última hora para mostrar esta manhã, o que significa que não vamos sair daqui até...

O garfo de Annie bate ruidosamente no prato.

— Não podemos. A Krissie tem uma entrevista para uma irmandade no campus hoje à tarde.

Kristen dá de ombros.

— Vou pular essa.

— Não! Você não pode faltar.

— Peguem o trem agora de manhã — digo. — Amanhã eu levo as coisas de vocês de carro.

— Talvez o papai possa nos levar — sugere Kristen, ignorando minha sugestão. — Hoje é a sexta-feira de folga dele?

Annie dá uma bufadinha.

— Ah, tá... Mesmo se ele não estiver trabalhando, vai estar ocupado. E vai ser alguma coisa *muito* importante, como uma aula de crossfit... ou um jogo de tênis... ou alguma loira nova.

— Annie! — repreendo, o queixo erguido.

Minhas filhas sabem que não permito que se fale mal de Brian em casa. Antes era mais fácil defendê-lo. *Seu pai estaria aqui, mas ele tem um trabalho importante. Está salvando vidas.* Mas agora, graças às redes sociais, elas veem o que o pai faz no tempo livre. E raramente envolve salvar vidas.

— Sinto muito, mas é a verdade. — Annie cruza as mãos, os olhos suplicantes. — Por favor, mãe, você tem que levar a gente de carro.

Inclino a cabeça.

— O que aconteceu? Nunca se incomodou em andar de trem antes.

Ela bufa de novo.

— Acho que fazer parte desse ranking é mais importante para você do que a promessa que fez para nós.

Annie com certeza não acredita no que está dizendo. Dou um tapinha brincalhão no braço dela.

— Isso não é justo, Annie. — Levanto o celular. — Esqueçam que eu mencionei isso. Vou dizer ao sr. Wang que não posso mostrar o imóvel.

Kristen estende a mão por cima da mesa e a coloca sobre meu celular.

— Pare. Nós não nos importamos em ir de trem, certo, Annie? — Ela lança um olhar significativo para a irmã antes de se virar novamente para mim. — Qual é a sua posição no ranking esta semana, mãe? Já está entre os cinquenta melhores corretores imobiliários de Manhattan?

Deixo escapar o ar, satisfeita ao ver que ao menos uma das minhas filhas me apoia.

— Não sei. Sou a número sessenta e três, talvez. — Não consigo me conter e me exibo um pouco. — Mas tenho dois negócios para fechar na semana que vem.

— Você está arrebentando, mãe! Vai vencer esse desafio, não vai?

Afasto a possibilidade com um gesto da mão, fingindo indiferença, embora desconfie de que ela consiga ver a verdade. Estar entre os cinquenta melhores corretores de Manhattan seria uma grande conquista para minha carreira, e as meninas sabem disso. O que elas não percebem, felizmente, é que o que me motiva é um profundo ressentimento.

Se eu entrar no ranking, finalmente vou ter meu momento "o-que-acha-
-de-mim-agora" com Emily Lange, a corretora que foi minha mentora
e quase arruinou minha carreira há nove anos.

— Ainda faltam oito meses para o dia 30 de abril — digo. — Muita
coisa pode mudar até lá.

Mas, por dentro, estou pensando que realmente é possível. Graças
à aposentadoria inesperada de um colega na Imobiliária Lockwood,
minha lista de clientes — e de vendas — aumentou bastante. E isso não
poderia ter acontecido em um momento melhor — foi há um ano, bem
quando minhas filhas estavam começando na universidade, deixando
para trás um buraco enorme no meu coração e na minha agenda social.

Meu celular faz um *pim*. É o sr. Wang de novo. Viro o aparelho com
a tela para baixo.

— Vá! — incentiva Kristen. — Entre nesse tal clube dos cinquenta
mais.

Devo cancelar a visita com o sr. Wang? Meu estômago revira. Carter vai ficar furioso se descobrir que eu dispensei um negócio de oito
dígitos. E, como Brian gosta de me lembrar, as meninas não são mais
crianças. Há um ano a possibilidade de não as levar estaria fora de questão. Mas é o segundo ano delas. Não vão morrer se pegarem o trem.

Eu me viro e aperto o joelho de Annie.

— O que você acha, meu bem?

— Tanto faz. — Ela faz cara feia para a irmã. — Parece que sou voto
vencido, de qualquer jeito.

Kristen ri.

— Para de bobagem, irmã! — E se vira para mim. — Muito bem, mãe.
Se você vai dar o bolo na gente hoje, é melhor que valha a pena. Prometa
que vai entrar nesse ranking, assim no ano que vem você vai ser o equi-
valente a um astro do rock dos corretores imobiliários, e vai poder dizer
a qualquer um que tentar arruinar os nossos planos para ir à...

Levanto a mão para detê-la.

— Está certo, vou tentar, prometo! Mas hoje ainda sou funcionária
do Carter na Imobiliária Lockwood. E uma funcionária que precisa
trabalhar. Me desculpem...

— Vá — diz Kristen. — Ah, e você pode depositar mais dinheiro na minha conta?

— Já? O que você fez com o que eu depositei na segunda-feira?

Ela abaixa a cabeça e levanta os olhos com sua típica expressão de "por-favor-não-fique-brava-comigo-não-consegui-evitar".

— Tinha um senhor na rua, com um cachorrinho. O bichinho estava tão magrinho e triste...

— Ah, Kristen. — Balanço a cabeça e opto por não comentar sobre as sandálias Tory Burch novas que a vi usando ontem à noite, sandálias de tiras, que mostravam as unhas recém-feitas. Afinal, é para isso que trabalho tanto, para poder proporcionar às minhas filhas extravagâncias que nunca pude ter. Eu me levanto da cadeira. — Vou transferir algum dinheiro hoje à tarde... para despesas do dia a dia, não para dar de comer a cachorrinhos, entendido?

Ela sorri e endireita o corpo.

— Entendido.

Dou um beijo em seu rosto.

— Obrigada pelo café da manhã, estava delicioso. Amo você, meu amor. — Annie se levanta ao meu lado. Passo um braço ao redor dela e o outro ao redor de Kristen. — Sejam boazinhas — digo, e dou um beijo na testa de cada uma. — Deem o seu melhor.

É a minha despedida típica, o mesmo que minha mãe sempre falava. Quando me viro para ir embora, vejo que Annie está me acompanhando.

— Vou levar você até lá fora.

Reprimo um gemido e me preparo para um sermão de minha filha tão cheia de princípios.

Annie segura meu braço assim que Kristen já não pode mais nos ouvir.

— Mãe — sussurra —, você viu o jeito dela lá dentro? Está agitada demais.

Passo um braço por seu ombro.

— Eu sei. É bom ver que sua irmã está feliz de novo, não é?

— Mas o humor dela está descontrolado, como se a Krissie estivesse em uma gangorra, uma hora em cima, outra embaixo, então em cima de novo. É o mesmo jeito que ela estava na última primavera, durante a semana de provas, como se estivesse doida.

— Ei! — repreendo, e Annie bufa. Ela sabe que não usamos esse adjetivo para descrever pessoas. Então ergue as mãos, nitidamente irritada.

— Tá bom, então ela está agindo como se fosse bipolar ou algo assim. É sério, mãe, não consigo acreditar que você vai fazer a Kristen ir de trem.

— Primeiro — começo —, ninguém "é" um transtorno psicológico. — Passo os dedos em uma mecha do cabelo dela, torcendo para conseguir transmitir uma confiança despreocupada que não sinto de verdade. — Segundo, adolescentes costumam ter alterações de humor. Mas eu entendo sua preocupação. Vou pedir ao seu pai para recomendar um psicólogo. A Kristen está sob muita pressão na faculdade, com a escolha da irmandade, e por causa do término com Wes.

— Um psicólogo? Acho que ela precisa de remédios.

Pego as chaves e opto por ignorar a análise amadora de Annie.

— Mudanças são difíceis para ela. A Kristen vai ficar bem quando voltar para a faculdade. — Abaixo a voz. — Ela está com um documento de identidade falso. Estou desconfiada que andou bebendo ontem à noite.

Annie inclina a cabeça.

— Então... você está me dizendo que ela só estava bêbada?

— Ou isso, ou bebeu muito café.

Annie fecha a cara.

— Está falando sério? Acha mesmo que o problema dela é café?

Eu me esforço para manter a paciência.

— Eu disse que vou ligar para o seu pai, e vou. Nesse meio-tempo, por favor, pare de se preocupar. Ela vai se aquietar. E você vai estar com ela.

A expressão de Annie se torna sombria, e sinto meu coração apertar. Pouso a mão no rosto dela.

— Sinto muito mesmo, meu amor. Por favor, tente entender. Eu só... estou dividida. O sr. Wang é um cliente importante. Essa venda seria enorme.

Annie abaixa os olhos para as pantufas e assente, os braços ainda cruzados no peito.

— Venham para casa no fim de semana do Dia do Trabalho e nós vamos para Easton.

Minha filha sensível, que é tão protetora em relação à irmã, se anima um pouco.

— Talvez a gente tenha sorte e a luz acabe de novo.

Trocamos sorrisos, e desconfio que nós duas estejamos lembrando da viagem que fizemos para a baía de Chesapeake por impulso, no último outono. Quando chegamos a nossa casa, em Le Gates Cove, debaixo de um temporal, descobrimos que a tempestade tinha causado uma pane elétrica e que estávamos sem luz.

Acendi a lareira e espalhamos meia dúzia de velas ao redor. Então, nos aconchegamos no sofá, eu no meio, com Annie e Kristen uma de cada lado, enroladas em um monte de cobertores. Com a ajuda de uma lanterna, li *Mulherzinhas*, em voz alta, o livro de infância preferido delas. Com a cabeça das minhas filhas aninhadas na dobra dos meus braços e o calor de seus corpos juntinhos do meu, li até as três da manhã, minha voz apenas um sussurro, com medo de que elas acordassem se eu parasse. Eu quis saborear pelo máximo de tempo possível aquelas horas preciosas, abraçada às duas pessoas que mais amava no mundo, duas meninas no limbo entre a infância e a idade adulta.

Será que o dia de hoje teria se tornado mais uma dessas lembranças que não têm preço? Olho de relance para o celular. Eu poderia mandar uma mensagem de texto para o sr. Wang e dizer que...

— É melhor você ir — diz Annie, como se estivesse tomando a decisão por mim. — E é melhor eu ir dar uma olhada na Krissie. Ela provavelmente está batendo um suflê a esta altura.

Sorrio e seguro o rosto dela entre as mãos.

— Você faria o favor de ajudar a arrumar a cozinha antes de irem embora?

Annie dá uma palmadinha na barriga.

— Você me conhece. Adoro guardar a comida.

Annie é a minha menina curvilínea, com quadris largos e coxas proporcionais ao peito amplo — um tipo físico que seria celebrado em muitas culturas. Mas em Nova York, uma cidade lotada de aspirantes a modelo, ela acabou desenvolvendo uma autoimagem deformada do corpo. Em algum momento da puberdade, Annie decidiu que era a Blair não atraente, a "garota adotada gorducha, de pele marrom, com uma irmã loira magrinha" — palavras dela, não minhas. Por mais que eu tente, nunca fui capaz de convencê-la do que vejo: uma beleza natural, por dentro e por fora, um presente que ainda me deixa maravilhada todos os dias, uma garota que, não importa o DNA, é cem por cento minha filha.

— Adoro o apetite saudável da minha filha linda. — Eu a belisco de brincadeira. Annie recua, mas eu a puxo de volta para um último abraço. — Fique de olho na sua irmã. E me mande uma mensagem quando chegarem à Filadélfia.

Pego a bolsa que está no gancho onde penduramos os casacos.

— Seja boazinha. Dê o seu melhor.

Saio e fecho a porta. Está frio do lado de fora do apartamento e estranhamente silencioso. Sigo até o elevador, mas vou arrastando os pés, como se o dia estivesse terminando e não começando. E ela me segue, a apenas alguns passos de distância, sombria, pesada e ameaçando atacar: a culpa da mãe que trabalha fora.

Aperto o botão do elevador. Não estou dando o meu melhor. Deveria cancelar o compromisso desta manhã. Algo está me fazendo hesitar. Eu deveria parar.

A porta do elevador se abre. Eu entro.

2

Annie

Annie se apoia contra a porta fechada e deixa escapar um gemido. Seu plano foi completamente arruinado. Sua intenção era confessar tudo antes que Krissie e a mãe partissem naquela manhã, para dar à mãe o dia inteiro com Krissie para digerir a notícia antes de ter que encarar a mãe de novo. Em vez disso, quando Erika chegar do trabalho e Krissie não estiver ali como apoio moral, Annie vai ter que explicar que foi suspensa de Haverford por todo o segundo ano.

Ela aperta os olhos com os punhos cerrados. Se estivesse realmente dando o seu melhor, teria contado a verdade antes de a mãe partir. De forma alguma a mãe, por mais iludida que pudesse estar, deixaria Krissie pegar o trem se soubesse que Annie não estaria com ela. Não do jeito que Krissie estava agindo. Mas não, ela não tinha tido coragem de contar a verdade. Ainda não.

Annie anda pela cozinha e levanta uma frigideira engordurada do fogão. E vê o celular da irmã em cima da bancada. Está sem bateria agora. Na sala ao lado, ela ouve Krissie rindo histericamente de alguma coisa na televisão.

Annie coloca a frigideira de volta onde estava. A limpeza pode esperar. Ela tem coisas mais importantes a fazer, como acalmar a irmã, fazê-la se vestir e levá-la de volta para a faculdade. Sem chance de Krissie viajar sozinha. A mãe pode estar em negação, mas Annie não está.

***

Uma hora mais tarde, depois de enfiar a irmã embaixo do chuveiro e de ajudá-la a arrumar a mala, Annie está em cima de um banquinho no closet de Kristen, olhando para uma estante cheia de sandálias e botas amontoadas. É bem a cara de Kristen perder seu caderno de pensamentos. Como esta garota vai conseguir se virar na Filadélfia sem Annie? Ela desce do banquinho e pode jurar que o chão range embaixo de seus pés por causa de seu peso. Não deveria de jeito nenhum ter comido aquela rabanada.

— Não está aqui — avisa à irmã, e entra no quarto.

— Disso eu já sabia. — Kristen está de pé no colchão oscilante, procurando na prateleira de livros acima da cama. Ela perde o equilíbrio, mas logo ajeita o corpo. — Opa! — Então ri, e começa a pular na cama. — Vem, Annie. Pula comigo!

— Para com isso, Krissie. A gente precisa encontrar o seu caderno de pensamentos. Está aqui. Tem que estar.

— Você não é nada divertida. — Mas ela para assim mesmo, o corpo pequeno aterrissando silenciosamente na cama, graciosa como uma ginasta. — Eu preciso ir. Mande o caderno para mim se você encontrar.

Annie vai até a escrivaninha da irmã e procura na gaveta de cima. A mãe deu a cada uma delas um caderno de pensamentos de presente de Natal quando tinham seis anos. O de Annie era prateado e o de Kristen, dourado. Erika enchera os dois cadernos com frases e pensamentos da avó e da bisavó delas, mas as partes favoritas de Annie eram as frases da própria mãe. Para ela, a sabedoria das três gerações havia se tornado a versão para garotas crescidas do paninho de estimação que dá segurança aos bebês.

Ela leva a mão à cabeça.

— Vamos lá, tente lembrar, Krissie. O nosso trem vai partir em uma hora.

— O *nosso* trem?

— Eu vou com você.

— Não, você não vai.

— Não é nada de mais. Vou te ajudar com a entrevista na irmandade, depois...

— Eu não preciso da sua ajuda.

Annie volta a atenção para uma gaveta aberta. Não faz sentido discutir quando Krissie não está sendo racional.

— A mamãe deveria levar você de carro. Por que você não reclamou? Ela teria escutado.

— Você só está brava porque o seu plano foi arruinado. Por que não contou para ela e se livrou logo disso?

Annie balança a cabeça.

— Não consegui contar. Ela vai ficar tão decepcionada. — Annie puxa um suéter da gaveta. — Onde você colocou o caderno? Nós vamos nos atrasar.

— Que se dane. Vou pegar o trem das dez horas.

— Não dá, Krissie. Vai chegar em cima da hora.

Kristen se deixa cair na cama.

— Sinceramente, não dou a mínima para essa entrevista, ou para quando eu vou chegar à faculdade... ou mesmo *se* vou chegar.

Annie tem vontade de gritar. Se Krissie ao menos soubesse o sacrifício que ela, Annie, está fazendo para que a irmã possa voltar para a Penn. Mas é claro que ela não sabe... e Annie nunca vai contar.

— Como assim não dá a mínima? Você adora a Penn.

— Agora não faz mais sentido. Talvez eu largue a faculdade e me mude para New Hampshire. — Ela ri, com um quê de desdém e desespero.

New Hampshire... em Hanover... onde fica a Universidade de Dartmouth, onde o ex de Krissie estuda. Annie sente como se tivesse levado um soco no estômago.

— O Wes está alimentando essa sua bobagem?

— O Wes não me quer por perto. — Ela se senta. — Preciso consertar as coisas entre nós, mas nunca consigo encontrar as palavras certas.

Annie se sente tentada a citar a bisavó: *Não há palavras certas para a pessoa errada*. Wes Devon, o mais recente na fila de homens errados de Kristen, é o tipo de cara que faria qualquer coisa para agradar o amor de sua vida. Infelizmente para Kristen, o amor da vida de Wes Devon é Wes Devon.

Ela e Krissie começaram a andar com Wes em junho, apenas dois dias depois de chegarem à ilha Mackinac para a visita anual à tia e ao avô. Pelo resto do verão, Wes e Krissie pareciam grudados pelos quadris — e por outros lugares também. Mas, desde que elas voltaram para Nova York, duas semanas atrás, e Wes voltara para Dartmouth, ele permanecia silencioso como uma lesma.

— Nunca conceda um ponto de exclamação a alguém que pontua você como uma vírgula — diz Annie, citando a mãe delas.

— Isso quer dizer...?

— Esqueça o Wes, Krissie. Você é boa demais para ele.

Kristen vai até a janela e descansa a cabeça contra a vidraça.

— Eu tenho que falar com ele mais uma vez.

Annie pega a irmã pelo braço.

— Não. O que você tem que fazer é voltar para a Penn e esquecer aquele traste. Você vai se formar daqui a três anos e se tornar a nova Steve Jobs, só que mulher e mais legal. — Ela levanta um dedo. — Mas, primeiro, nós precisamos encontrar o seu caderno de pensamentos. Dá azar ir embora sem ele.

Kristen dá uma risadinha debochada.

— Como se um caderno de pensamentos fosse mudar a minha sorte. — Ela se empoleira em cima da cama e puxa Annie para que se sente ao seu lado. — Escute, Annie, eu preciso contar uma coisa. Você não vai acreditar no que aconteceu.

Annie verifica a hora. Droga! Já passa das oito. Ela não tem tempo para outro episódio da "Saga Wes e Krissie, parte quinhentos e vinte e um".

— O que foi? Conte rápido.

Krissie morde o lábio.

— Deixa pra lá. Você vai contar para a mamãe.

— Não vou, não.

— Sinceramente, você precisa largar a barra da saia da mamãe. Não quer ser independente?

— Hummm, caso você tenha esquecido, eu fui para Haverford no ano passado, e passei o verão inteiro na ilha.

— Sim, mas ligava para a mamãe tipo... todo dia.

— Não ligava, não. — Annie desvia os olhos e murmura: — Alguns dias eu mandei mensagem.

Kristen joga as mãos para o alto. Até Annie tem que rir.

— Você vai ter o ano inteiro de folga — diz Kristen. — Vá para algum lugar... um lugar bem distante e empolgante, como Paris.

— Mas a mamãe...

— Você não precisa da mamãe. Nem de mim. Você consegue. A mamãe vai ficar aliviada. Ela está com a vida ocupada no momento, caso não tenha percebido.

Annie tem a sensação de que todos estão com a vida ocupada. Menos ela. Uma pontada de solidão, sua companheira ioiô, ameaça se instalar. *Você é diferente. Você não se encaixa.* Como as coisas acabaram mudando tanto? Um ano antes, era a jovem poeta mais promissora de Haverford, ou ao menos foi assim que o professor de inglês se referiu a ela. Krissie estava a apenas uma viagem de trem de distância. Ela não guardava segredos da mãe. Mas isso foi antes de tudo mudar.

— Ei — diz Kristen. — Eu não queria te deixar chateada. Só quero que viva uma aventura. E em agosto, quando você voltar para casa, e eu voltar para casa... — Ela para e coloca uma mecha de cabelo atrás da orelha de Annie. — Nós vamos nos sentar lado a lado, nesta mesma cama, para compartilhar as histórias das nossas aventuras.

Annie tenta dar seu melhor sorriso.

— Claro.

Kristen puxa a irmã para um abraço, e a aperta com tanta força que Annie mal consegue respirar.

— Você é a melhor irmã do mundo. Sabe disso, não é? — Ela se inclina para trás e olha nos olhos de Annie com avidez. — Nunca se esqueça disso, não importa o que aconteça, está bem?

A intensidade do tom de Kristen, a expressão vidrada e distante nos seus olhos, fazem os cabelos da nuca de Annie se arrepiarem. Ela dá um tapa no braço da irmã, com a esperança de melhorar aquele humor.

— E você é a maior chata do mundo, nunca se esqueça disso. — Ela se levanta. — Espere. Vou pegar o meu caderno de pensamentos. Você pode ficar com o meu emprestado até encontrar o seu.

— Esqueça esse caderno. Estou indo embora.

Kristen pula da cama e pega a bolsa de viagem.

— Não, espere — pede Annie. — Eu já volto. Vou com você.

Ela corre para o próprio quarto, no fim do corredor. Veste uma calça de ioga e uma camiseta e pega o próprio caderno de pensamentos na mesa de cabeceira.

— Ignore os comentários piegas na margem — avisa. — É meio embaraçoso, mas às vezes faço algumas anotações para mim mesma. — Ela volta correndo para o quarto de Krissie, descalça e abraçada ao caderno. — Se perder este, eu juro que acabo com você, garota. — Annie olha ao redor. — Krissie?

O quarto está vazio. Ela joga o caderno em cima da cama da irmã e desce correndo pelo corredor.

— Krissie!

Droga! A irmã foi embora sem ela... e sem o caderno de pensamentos da sorte.

Annie corre até o saguão e abre a porta. Krissie se foi. Ela anda em círculos, segurando a cabeça. Será que ainda consegue alcançá-la? Annie abre o armário do corredor e tenta calçar um par de tênis. Os cadarços estão enroscados.

— Merda! — Ela joga os tênis na parede e volta correndo para o próprio quarto. Então vasculha o chão do closet, procurando um chinelo de dedo. — Merda! Merda! Merda!

Annie deixa escapar um gemido e se joga sobre uma pilha de roupas. Agora não adianta mais. A irmã se livrou dela de propósito. A Penn Station é uma loucura àquela hora do dia. Annie jamais conseguiria encontrar Kristen. E, obviamente, Kristen não quer ser encontrada.

Ela vai direto para a cozinha e tira a última rabanada da poça gelada de manteiga na frigideira. Annie dispensa as bananas, derrama uma dose extra de calda e acaba com o que restou de chantili. Então, polvilha açúcar de confeiteiro por cima de tudo e pega um garfo.

Não há situação tão horrível a ponto de você não poder acrescentar uma compulsão alimentar e se sentir mil vezes pior.

3

Erika

É meio-dia e meia de sexta-feira, e estou empoleirada em um banco de bar no Fig and Olive, comemorando a venda do "apartamento-troféu" no The Plaza com uma taça de vinho. Mando outra mensagem para as meninas, perguntando se já chegaram à faculdade. O tempo todo, sinto o homem no outro extremo do bar me observando. Finalmente olho de relance para ele e vejo seu rosto se iluminar.

— Erika Blair! — exclama ele. — Achei mesmo que era você!

Examino o homem atraente, de cabelo grisalho, suspeitamente parecido com uma versão na meia-idade de um antigo colega meu na Century 21, ainda em Madison. Começo a rir.

— John Sloan?

Ele pega o drinque que está tomando e vem até mim.

— Deus, não acredito. Estou aqui para a conferência do conselho de corretores imobiliários. Já estou meio cansado de atualizações sobre legislação fiscal e fiz os contatos de trabalho de praxe, por isso decidi tirar a tarde de folga. Quais as chances de acabar esbarrando em você?

— É ótimo ver você. Por favor, sente-se.

Ele se acomoda no banco ao meu lado e nós passamos vinte minutos conversando sobre os velhos tempos. John me atualiza sobre os meus antigos colegas, e também sobre a vida pessoal dele. Está na mesma imobiliária, mas agora vende imóveis comerciais. Seu único filho está no último ano na Universidade do Wisconsin. Ele e a esposa se divorciaram há três anos.

— Imobiliária Lockwood — anuncia, lendo o cartão de visitas que troquei pelo dele. — Eu imaginaria que, a esta altura, você já seria dona da sua própria imobiliária. Não foi sempre esse o seu sonho?

— Como dizem, os melhores planos... — Minha risadinha não convence ninguém. Não vou confessar que, se John abrisse a minha bolsa, encontraria o cartão de visitas que ainda carrego, o que Kristen me ajudou a criar em sua aula de artes gráficas no ensino médio, anunciando a *Imobiliária Blair*.

Talvez seja o vinho, mas, pela primeira vez em anos, eu me permito sentir uma pontada de nostalgia. Quase posso sentir o cheiro do escritório úmido e sem janelas que aluguei no Brooklyn quando as meninas tinham onze anos, o lugar onde, por quatro meses inteiros, passei meus dias ligando para clientes em potencial e recebendo nada além de rejeições e telefones batidos na minha cara. Ainda sinto a dor daquele último dia, quando me arrastei da estação do metrô para casa, exausta e arrasada, tentando descobrir um jeito de pagar o aluguel. Quando me aproximei do nosso prédio, vi Kristen e Annie sentadas nos degraus da frente, comendo um punhado de uvas. Quase desmoronei. Aquelas uvas eram para o almoço delas do dia seguinte. Subi os degraus da entrada pisando firme e peguei a tigela vazia.

— O que estão pensando? Vocês sabem que só podem comer seis uvas depois da aula!

Annie levantou os olhos para mim, e nunca vou esquecer a mágoa que vi em seu rosto. Mas foi o olhar de Kristen que me abalou até a alma. A expressão neles era de desgosto.

Entrei em contato com Carter Lockwood no dia seguinte. Precisava de um salário e de um contracheque, que se danasse a independência.

Eu me viro para John.

— Não há como superar a segurança financeira que uma imobiliária grande garante, ainda mais quando se é mãe solo.

Seguro a haste da minha taça de vinho, horrorizada com minha péssima desculpa. A verdade é que entreguei os pontos, e nós dois sabemos disso.

— Seu ex ferrou com você no acordo de divórcio, não foi?

— Não exatamente. Nós quase não tínhamos bens para dividir. O Brian ainda estava pagando o financiamento estudantil da faculdade de medicina.

John assente.

— Você ainda se concentra em compradores de primeira vez?

Faço que não com a cabeça.

— Eu me concentro principalmente no mercado internacional agora. Investidores asiáticos em particular. Falo até um pouco de mandarim, o que ajuda. O agente do comprador chega aqui em vinte e quatro, talvez quarenta e oito horas. Eu mostro a eles meia dúzia de propriedades que atendem às especificações dos seus clientes e nós escolhemos a casa deles, simples assim. É como o conceito daqueles encontros em que você conhece vários parceiros em potencial de uma só vez, só que aplicado a imóveis.

— Parece mais um encontro às escuras — comenta John.

Ele está com o cenho franzido, como se estivesse desconcertado com o rumo que minha carreira tomou. E tem todo o direito de estar. Acabei desviando muito do meu objetivo original. Já se passaram oito anos desde que abri — e fechei — a Imobiliária Blair. Agora tenho dinheiro. O futuro das minhas filhas está garantido. O mercado está aquecido. O que me impede de seguir meu sonho e tentar de novo?

A resposta parece pairar um pouco além do meu alcance.

— Como vão as gêmeas? — pergunta ele.

Eu me animo, feliz com a mudança de assunto. A maior parte das pessoas presume que minhas filhas, que não são nada parecidas uma com a outra, mas têm só cinco meses de diferença, são gêmeas. Não o corrijo.

— Estão no segundo ano da faculdade. — Levanto o celular para checar se recebi alguma mensagem. — Provavelmente já de volta ao campus a esta altura. Kristen estuda na Universidade da Pensilvânia.

É um fio desencapado, me mantém sempre alerta. Tem toneladas de amigos e adora se divertir. — Sorrio e passo o dedo pela borda da taça de vinho. — Annie, por outro lado, fica mais feliz quando está com a mãe e a irmã. É a minha menina sensível, gosta de agradar as pessoas, mas é extremamente autocrítica. É uma poeta incrível, uma estrela em ascensão em Haverford, embora nunca vá admitir isso. Escolheu Haverford para que pudesse ficar na Filadélfia, como a irmã. — Desvio os olhos novamente para o celular. — Estou esperando notícias delas a qualquer momento.

— Ser pai e mãe... — comenta John. — Esse é o único relacionamento que, quando dá certo, você acaba sozinho.

— Boa frase — elogio, impressionada com a sensibilidade dele.

John pega uma caneta no bolso do paletó e me estende junto a um guardanapo.

— Vá em frente. Anote. Eu me lembro da sua obsessão por frases.

Eu o encaro, surpresa.

— Ah. Sim. Certo. — E anoto as palavras dele no guardanapo.

— Em nome da transparência — diz ele —, essa frase é da minha ex, não minha.

Dou uma risada e deixo o guardanapo de lado.

— Por que não estou surpresa?

Ele ri.

— Ei, você já comeu?

Inclino a cabeça na direção da tigela prateada vazia.

— Além do mix de pretzels?

Ele se inclina para a frente, o rosto iluminado por um entusiasmo quase infantil.

— Vamos pedir uma mesa. Eu pago o almoço.

Dou mais uma olhada no celular. Nenhuma mensagem ainda. Estou com a tarde livre, já que havia liberado a agenda para passar o dia com as meninas.

— Por que não? — pergunto, me sentindo empolgada e um tanto travessa.

— Fantástico. — Ele faz sinal para que o barman traga a conta. — Não vejo a hora de contar ao Bob Boyd que esbarrei com você. Ele tinha uma queda forte por você... caramba, todos nós tínhamos. Toda vez que vejo um filme com a Sandra Bullock, penso em você.

Meu rosto fica quente. Tenho certeza que toda mulher de cabelo escuro e sorriso largo ouve que é parecida com a Sandra Bullock. Ainda assim é gostoso de ouvir, por mais distante da realidade que seja.

Ele sorri.

— E você está mais bonita do que nunca.

— Ah, claro... — digo, com ironia, afastando o elogio com um gesto de mão. Mas, pela primeira vez em anos, estou me sentindo sexy, com vontade de flertar e um tantinho bêbada.

John puxa o banco para eu me levantar.

— Não esqueça isto — lembra, e me entrega o guardanapo.

— Claro. A frase.

Enquanto enfio o guardanapo dentro da bolsa, olho de relance para a televisão acima do bar. Está na CNN. Notícia urgente.

Por alguma razão, instinto talvez, eu paro. Na tela, aparecem as imagens. Fumaça e destroços cobrindo uma área urbana.

Na legenda se lê: **Trem da manhã descarrila nos arredores da Filadélfia.**

Fico paralisada e levo a mão ao pescoço, instantaneamente sóbria.

— As minhas meninas — digo, enquanto sinto a vida ser drenada de mim. — Elas estavam nesse trem.

4

Annie

Annie está sentada diante da ilha na cozinha, o notebook na frente dela, girando o corpo no banco de couro. Ela pega outro punhado de batatas chips e encara a carta. Está boa. Todos os seus sentimentos estão cuidadosamente organizados em frases e parágrafos concisos, pontuados para garantir as pausas e o efeito necessários. Como é irônico que a palavra escrita — que já foi a única fonte de orgulho dela — seja exatamente o motivo para ter sido suspensa.

Annie relê a carta mais uma vez e reescreve *Se eu voltar para Haverford* como *Quando eu voltar para Haverford*, antes de enfim imprimir a explicação de duas páginas.

Ela vai deixar a carta em cima da bancada, onde a mãe certamente encontrará quando chegar em casa do trabalho. A essa altura, Annie estará na casa do pai, explicando a situação para ele.

Ela pega o esmalte roxo que reaplicou há uma hora. Em um dia normal, uma camada de esmalte duraria durante toda a noite. Mas não daquela vez. Até o meio-dia, ela já descascou o esmalte de todas as unhas da mão.

Annie está preparada para as perguntas dos pais... o mais preparada possível, quer dizer. Vai tirar o ano de folga e conseguir um emprego na Starbucks ou talvez em uma livraria. E no outono seguinte vai voltar para Haverford, exatamente como o reitor Peckham disse que poderia fazer.

O celular toca e Annie checa para ver quem é. Droga! É ela de novo! E agora uma ligação, não uma mensagem de texto. Será que deve atender e fingir que está na faculdade? Não. É uma péssima mentirosa. Annie considera a possibilidade de deixar a ligação cair no correio de voz, mas parece covardia demais, até mesmo para uma garota que passou o verão todo escondendo seu segredo.

— Oi, mãe — diz ela, e arranca o último vestígio de esmalte do mindinho.

— Ah, Deus! Ah, meu amor! Estou tão aliviada.

Annie se levanta.

— Você... está aliviada?

— Sim, meu amor. Sim! Vocês estão bem. Achei que você... e a Kristen... — A voz dela está ofegante. — Ela não atendeu. Eu imaginei o pior e...

— Calma. O celular da Kristen estava descarregado. Onde você está?

A mãe deixa escapar uma risadinha nervosa e abaixa a voz.

— Estou prestes a ter um almoço meio romântico, Annie. Dá pra acreditar? Mas aí vi a notícia sobre o trem, e pensei o pior.

O coração de Annie começa a bater mais rápido. Ela se apoia na bancada da cozinha para se firmar.

— Que trem? Do que você está falando, mãe?

— O trem, o Acela Express. Bem nos arredores da Filadélfia. Uma coisa horrível, Annie. Ele colidiu com um tanque de combustível. Graças a Deus vocês não estavam nele.

Os joelhos de Annie cedem. Ela desliza pela lateral do armário da cozinha até seu corpo arriar no piso frio de madeira.

— Krissie — sussurra em uma voz que parece de outra pessoa. Annie pressiona os nós dos dedos nas têmporas. — Ai, meu Deus. Krissie.

5

Erika

Alguém ocupou meu corpo, e eu me afastei para um lugar completamente despido de cor e cheiro. Estou no banco do passageiro, olhando pela janela do SUV de Brian. Não vejo nada. Mas ouço. É um som estridente que fica se repetindo em um ritmo constante: *A culpa é sua. Kristen estaria viva se você tivesse mantido sua promessa.*

A pressão se intensifica cada vez mais atrás dos meus olhos. Mordo a parte interna da boca e me lembro das palavras que meu pai repetia sem parar depois que minha mãe morreu. *Engula o choro!* Aos onze anos, eu me esforçava para obedecer. Cada vez que sentia meu queixo tremer, ou meus olhos marejarem, ou minha garganta apertar, reunia todas as minhas forças e engolia as lágrimas, deixando a minha tristeza invisível. Graças ao meu pai, sou mestre em engolir o choro.

Chegamos ao Hospital Mercy Philadelphia. Uma mulher vem até nós no saguão. Ela é parte da equipe de triagem em situações de crise. Nós a seguimos até o elevador. Passamos por um longo corredor. Eu me preparo para o que virá a seguir: a desolação do necrotério. Uma mesa fria de metal. O corpo sem vida de minha filha. Em vez disso, uma terapeuta especializada em lutos, afro-americana e de meia-idade chamada JoAnna nos leva para um escritório pequeno. Brian e eu nos sentamos em cadeiras de espaldar reto, um de cada lado de Annie, de frente para JoAnna. Em sussurros, ela nos diz o quanto lamenta a nossa perda. E nos garante que teremos todo o tempo que precisarmos para identificar a nossa filha.

— Tudo será feito aqui mesmo, nesta sala, com fotos.

— Não! — Desvio os olhos de JoAnna para Brian. — Preciso ver a minha filha.

— Sinto muito, sra. Blair. Por causa da possível intenção criminosa do motorista do caminhão, o legista não vai permitir que os corpos sejam vistos até que termine a autópsia. — Ela gesticula para uma prancheta em seu colo. — Quando terminarmos aqui, vocês podem decidir se querem recuperar registros de arcada dentária e impressões digitais, ou se abrem mão disso.

— Por favor — imploro. — Eu tenho que vê-la.

— A senhora terá essa opção depois que o corpo tiver sido examinado — repete a mulher, mais devagar desta vez.

— Mas...

— Nós compreendemos — interrompe Brian, me silenciando.

JoAnna tira a primeira foto da prancheta.

— Antes de mostrar cada imagem, vou explicar exatamente o que vocês vão ver. — Os olhos gentis dela encontram os meus. — Sua filhinha tornou essa tarefa um pouco mais fácil para nós. Como ela estava com a carteirinha de estudante no bolso de trás da calça, estamos relativamente certos de que o corpo em questão é realmente de Kristen Blair.

Ela me estende a foto da identidade de Kristen. Encaro minha menina tão querida. Toco com um dedo o sorriso travesso da minha criança, despreocupada e completamente inconsciente de seu destino. Levo rapidamente a mão à boca, mas não antes de um arquejo escapar pela minha garganta. Sinto a traqueia se fechando. Inspiro minúsculas golfadas de ar através do que parece ser um canudo dobrado, sufocando.

— Desculpe — digo, enquanto me esforço para respirar.

JoAnna pousa a mão sobre meu braço.

— Eu compreendo.

Sinto uma vontade quase incontrolável de gritar com ela, de dizer que ela não tem a mínima ideia do que estou sentindo. Como esta mulher saberia o que é descobrir que a vida da sua filha, cada sonho, esperança, promessa, foram extintos em um instante? Ela não tem como compreender o que é saber que nunca mais vai tocar a pele da filha, ou ouvir sua voz, ou ver seu sorriso.

Brian se inclina para a frente.

— Você está bem?

Eu assinto e aperto a mão de Annie. Preciso me manter forte, pelo bem dela. Devo agradecer a Deus por ela ainda estar viva. Annie esqueceu o celular. Voltou para casa para pegá-lo e perdeu o trem. Mas não consigo agradecer... não agora. Minha raiva é profunda demais neste momento. Que tipo de Deus não pouparia Kristen também?

— A primeira foto que vão ver é do pé direito da sua filha — explica JoAnna. — Tenham em mente que o corpo dela sofreu um trauma severo. Vocês vão ver hematomas e inchaços. Quero que busquem sinais reveladores, como marcas de nascença, sinais na pele, uma tatuagem ou uma cicatriz.

Ela desvira a primeira foto. Vejo um pé pálido e inchado que não se parece em nada com o da minha filha. Mas então reparo nas unhas pintadas de lilás. Levo a mão à garganta e sinto meu mundo desabar mais uma vez.

JoAnna segue mostrando fotos dos tornozelos da minha filha, das pernas, do torso. Mesmo com o inchaço, consigo reconhecer o tórax ossudo, o estômago, ligeiramente inchado. Beijo a foto.

— Minha menina — sussurro. — Minha menina querida.

JoAnna espera até que eu me recomponha.

— As próximas fotos vão ser particularmente difíceis. A parte superior do corpo sofreu queimaduras severas por causa da explosão.

Annie geme ao meu lado, e eu passo o braço ao redor dela, desejando poder minimizar sua dor.

— Meu bem, você não precisa ver.

— Não — insiste ela. E endireita o corpo. — Eu consigo.

Subitamente, ela parece muito mais velha. É claro que parece. Sem que tivesse escolha, Annie foi arremessada na vida adulta, da maneira mais cruel possível.

JoAnna desvira a foto. Annie arqueja. Instintivamente a puxo para junto do peito, impedindo-a de continuar olhando. Dou uma rápida olhada antes de ficar de pé.

— Acho que já vimos o bastante — digo, rezando para que nossa última lembrança de Kristen seja seu lindo sorriso, não esse rosto carbonizado, preto de fuligem. Acaricio o topo da cabeça de Annie, enquanto ela chora baixinho, o rosto enfiado na dobra do meu braço.

— Brian, você pode terminar aqui?

Ele passa a mão pelo rosto.

— Claro. — Brian está decepcionado por eu estar deixando esse trabalho para ele, e não posso culpá-lo. Mas, neste momento, Annie precisa de mim.

— Pegue, por favor — diz JoAnna, e estende seu cartão de visitas. — Estou disponível vinte e quatro horas por dia, sete dias por semana. Posso recomendar um terapeuta de luto em Manhattan, no momento em que se sentirem prontos para isso. Nesse meio-tempo, fiquem à vontade para me ligar se tiverem alguma pergunta.

Minha pressão sanguínea parece disparar.

— Na verdade, tenho perguntas. Quem diabos estava naquele caminhão de combustível? Por que ele estava nos trilhos?

Annie se assusta.

— Mamãe!

— O maquinista viu o caminhão? — continuo. — A Kristen viu?

— Erika — repreende Brian. — Estamos aqui para identificar o corpo.

— O FBI está auxiliando as autoridades locais — assegura JoAnna. — Haverá uma investigação completa.

— É mesmo? E essa investigação vai conseguir me dizer se minha filha estava assustada? O que estava passando pela mente dela? Se sofreu? Qual foram suas últimas palavras?

— Vem, mãe — apressa Annie, e me tira do escritório. Ela fecha a porta, mas não antes de eu ouvir o que Brian está dizendo.

— Sim — confirma ele a JoAnna. — É ela. É a nossa Kristen.

***

Enquanto Annie vai ao banheiro no saguão, espero em um banco no corredor do hospital, os olhos fixos na carteira de estudante de Kristen. Mantenho os olhos baixos, tentando me recompor antes que Annie volte. *Engula o choro. Não ouse desmoronar.*

Preciso ser forte por Annie, preciso fazê-la acreditar que vamos ficar bem. Mas me preocupo que ela não vá se deixar enganar. Annie é perspicaz. Ela sabe tão bem quanto eu que nossa linda família foi desfalcada, e nunca mais estará completa de novo. Tudo porque quebrei minha promessa.

6

Annie

Annie joga água fria no rosto no banheiro do hospital, enquanto murmura para si mesma:

— Ah, Krissie. Sinto tanto, tanto, Krissie.

Ela pega um maço de toalhas de papel e seca o rosto. É tudo culpa dela. Krissie não queria ir. Queria esperar pelo trem das dez horas, mas Annie não deixou. Krissie estava agindo de um jeito estranho, mas Annie deixou que fosse embora mesmo assim. Sozinha. Era culpa dela Krissie ter morrido. E os pais mereciam saber a verdade.

Annie tentou contar a eles no caminho até o hospital, mas se acovardou na última hora e deu uma desculpa furada por não estar com Krissie, algo sobre ter esquecido o celular e ter precisado voltar em casa para pegar.

Ela pousa a mão sobre a maçaneta da porta do banheiro e respira fundo três vezes. Com o coração disparado, Annie abre a porta e sai devagar.

No fim do corredor, a mãe está sentada em um banco de madeira, composta feito uma condessa. Mas, mesmo à distância, Annie percebe que seus olhos estão sem vida, como se alguém houvesse sugado cada átomo de alegria deles. Alguém chamada Annie.

— Ela não queria pegar aquele trem.

— O quê?

— É verdade. — Annie descasca o esmalte do polegar direito enquanto reúne coragem. — Nós precisamos conversar sobre o que aconteceu ontem de manhã, mãe.

O sangue se esvai do rosto da mãe e ela dá as costas.

— Mais tarde, Annie, por favor.

Annie se senta no banco ao lado dela.

— A Krissie não deveria estar naquele trem. Está na hora de você...

A mãe fica de pé em um pulo.

— Venha. Vamos esperar seu pai do lado de fora.

Ela está usando aquele tom contido que significa: "assunto encerrado". Por que a mãe não a deixa explicar? Annie sente o estômago dando cambalhotas. Precisa confessar... e pedir... implorar... por perdão.

— Você a viu também, mãe. Sabe do que estou falando. Ela não estava bem ontem de manhã. E você sabe disso.

— Pare!

— Não! Me escute. Por favor. Você precisa ouvir o que eu tenho a dizer. A Krissie não deveria estar naquele trem. Mas, em vez de ajudá-la...

— Já chega! — O rosto da mãe está vermelho e desfigurado de raiva... ou será medo? — Não consigo falar sobre isso, Annie. Por favor.

— Mas isso está me matando. — A voz de Annie é suave. — Eu tenho que tirar este aperto do meu peito. Tentei te contar...

— Eu sei! — A veia na testa da mãe está latejando. — Eu sei que você tentou! Você acha que isso ajuda?

As lágrimas escorrem dos olhos de Annie. A mãe não quer ouvir a confissão. Nunca vai perdoá-la. E por que deveria? Por causa de Annie, a filha linda dela está morta.

7

Erika

Brian nos deixa na frente do nosso prédio. Annie sai rapidamente do carro e bate a porta. Brian se vira para mim.

— O que aconteceu com vocês duas?

Balanço a cabeça.

— Perdi o controle. Não consegui suportar a raiva da Annie. Ainda não.

Ele inclina a cabeça.

— Raiva? O que aconteceu não foi culpa sua, Erika.

Mas foi. Algum dia vou contar a ele como despachei as meninas, como quebrei minha promessa. Vou contar que Annie tentou me avisar que Kristen não estava bem, mas eu não dei ouvidos. Que forcei nossa filha a pegar aquele trem. Mas, neste momento, é demais para mim.

— Eles vão ligar quando terminarem a autópsia — diz Brian. — Depois nós vamos poder voltar e ver o corpo.

— Não. Quero lembrar da Kristen como ela era.

Ele assente.

— Vou conseguir autorização para o translado do corpo da Pensilvânia para Nova York.

Fico olhando pela janela do carro.

— Certo.

— Eu devo tomar providências para a cremação, ou você...?

37

— Você faz isso. Por favor.

Faço um gesto para cobrir o queixo, mas Brian segura a minha mão.

— Ei, ei. Está tudo bem chorar, você sabe.

Tiro a mão da dele e me viro. Nos onze anos do nosso casamento, Brian nunca me vira chorar. E isso foi algo que mais tarde ele alegou ser "um problema", quando nosso casamento estava desmoronando.

— Você precisa colocar para fora, Erika.

Balanço a cabeça. Como posso explicar que, se eu for "colocar para fora", talvez nunca mais consiga me recompor por dentro?

O sol da tarde se infiltra pela janela. Do lado de fora, as pessoas circulam pelo Central Park, conversando nos celulares, correndo ao lado dos cães. Será que não percebem que o mundo acabou? Abaixo as persianas e me enfio na cama, ansiando pela fuga que a morte proporcionaria, ou, pelo menos, pelo vácuo escuro do sono. Nenhum dos dois acontece. Em vez disso, as palavras de Annie ficam girando na minha mente. *Ela não deveria estar naquele trem. Mas, em vez de ajudá-la...*

Na solidão do quarto, permito que Annie termine a frase. *Em vez de ajudá-la a chegar na faculdade como havia prometido, você a ignorou. Tentei dizer que havia alguma coisa errada. Por sua causa, minha irmã está morta.*

Pelos três dias seguintes, eu me levanto apenas para usar o banheiro e beber água. Em um dos dias, encontro Annie sentada diante da bancada da cozinha. No outro, ela está com os olhos fixos no computador. E no outro está deitada na cama. Em cada uma dessas vezes, minha filha dá as costas quando me vê. Sussurro que sinto muito. Não tenho certeza se ela consegue me escutar.

Estou voltando para o meu quarto quando paro diante da porta fechada do quarto de Annie. Levanto a mão, pronta para bater à porta. O que ela está fazendo ali dentro? O que posso dizer para fazê-la me perdoar?

Minha mão cai frouxa ao lado do corpo. Volto para o quarto, me odiando por ser fraca demais para verbalizar minha vergonha.

Estou encarando o teto quando meu celular vibra. É manhã ou noite? Que dia é hoje? Terça-feira? Quarta? Gemo e enfio o rosto no travesseiro. Não quero falar com Brian, nem com Kate, ou com qualquer outro conhecido bem-intencionado que vá me dizer o quanto sente pela minha perda. Estendo a mão até a mesinha de cabeceira para silenciar a ligação, mas já caiu no correio de voz. Estou virando de costas na cama quando vejo a identificação da chamada. Carter Lockwood.

Eu pisco, confusa. Trabalho. Outra vida. A Imobiliária Lockwood parece parte de um universo alternativo... um universo em que eu era eficiente... e estava no controle. Eu me apoio nos cotovelos. Um universo onde talvez, apenas talvez, eu consiga esquecer, nem que seja por uma hora.

Pressiono o botão do correio de voz e coloco a chamada no viva-voz. A voz de Carter preenche o quarto, estrondosa e intrusiva.

— Blair, aqui é o Carter. Foi mesmo uma merda o que aconteceu com a sua filha. — A declaração sem censura dele me provoca um sobressalto momentâneo. Mas Carter está certo... é, de fato, uma merda.

Pouso o celular sobre a mesa e fecho os olhos, enquanto espero pela próxima frase, me preparando para outro "era para ser", ou "ela está em um lugar melhor".

— Ai, droga — diz ele. — Vou direto ao assunto. Nós precisamos de você, Blair. O Dennison está prestes a colocar no mercado o prédio em Columbia Circle. A Allison está com trabalho até o último fio de cabelo. Eu preciso que você cuide de alguns comparativos de propriedades. Me ligue o mais rápido possível.

A maioria das pessoas se sentiria ultrajada. A maioria das pessoas mandaria o chefe para o inferno. Eu pulo da cama e pego o celular na mesa como uma mulher que está se afogando e agarra uma tábua de salvação.

***

Estou preparada para os olhares de surpresa que meus colegas trocam quando volto ao escritório na quinta-feira de manhã, apenas seis dias depois do acidente. Aceito os abraços rígidos e as condolências constrangidas. Por pelo menos uma hora, eles pisam em ovos ao meu redor, como se eu fosse um vaso rachado que estivessem apavorados que se estilhaçasse. Mas no meio do dia já sou novamente uma panela de ferro forjado — dura, resiliente, indestrutível.

Erika, preciso de ajuda para determinar o preço de uma unidade no One57.

Tenho uma visita ao Tower Verre. O que sabe me dizer de lá?

Tem uma pessoa no telefone que só aceita falar com você. Pode atender a ligação?

Eu me perco em anúncios, contratos e ligações. Um entorpecimento abençoado toma conta de mim. Este é o meu mundo — um mundo de números, estatísticas e contratos legais. Um mundo onde posso me descolar da realidade... e da culpa. A adaga de julgamento de Annie é um pouco menos afiada dessa distância, a lembrança do meu pecado ligeiramente menos constante. Trabalho até as dez da noite e volto na manhã seguinte às sete.

8

Erika

O outono se torna inverno. Leio em algum lugar que setenta e nove por cento dos casamentos se desfazem depois da morte de um filho. A comunicação é interrompida. Os erros são expostos. A culpa invade. A raiva toma conta.

Não encontro estatísticas sobre o efeito de uma tragédia na relação entre mãe e filha. Tenho apenas minha experiência pessoal. As festas de fim de ano, junto ao aniversário de vinte anos de Annie, passam em uma bruma desanimada de comida comprada pronta e presentes escolhidos sem grande atenção e entregues pelo correio. Para todos os efeitos, Annie e eu estamos, se não divorciadas, então oficialmente separadas. Só fazemos contato uma com a outra quando necessário. Somos breves e formais. Não rimos mais. Não nos tocamos mais.

Graças a alguma benção, por volta do primeiro dia do ano, Annie para de tentar reprocessar a última manhã com Kristen, talvez finalmente aceitando que o assunto é pesado demais para que eu consiga suportar. Janeiro dá lugar a fevereiro. Cada dia um esboço sem graça, parecendo desenhado a lápis, em preto e branco.

São dez da noite de quarta-feira, 15 de fevereiro, quando entro no apartamento escuro. Annie deve estar no quarto dela, como sempre. Será que vou vê-la hoje à noite? Será que ela vai se enfiar na cama ao meu lado, como costumava fazer, e me contar sobre o seu dia? Não, certamente não vai. A distância dela é a minha penitência.

Tiro os sapatos de salto e calço um par de meias de Kristen que está onde o deixei, perto da porta, então sigo até a cozinha na penumbra.

Acendo a luz e me sirvo de uma taça de vinho, então passo pelo corredor para ir para a cama. Estou perto do quarto de Annie quando escuto a voz dela. Meu coração aperta. Sinto falta da minha menina. Um dia vou permitir que ela liberte sua raiva. Um dia vou ser forte o bastante para ouvi-la. E, talvez, um dia ela me perdoe.

— Não era ela.

A porta do quarto está ligeiramente aberta e consigo ouvir a voz de Annie em alto e bom som. Diminuo o passo. Com quem ela está falando?

Pela fresta da porta, consigo ver um pôster emoldurado na parede, anunciando o lançamento de *Harry Potter e as relíquias da morte*, autografado pela própria JK Rowling, e na parede o livro de poemas de Billy Collins, que comprei para ela. Annie está sentada na cama segurando o celular.

— Kristen tinha uma identidade falsa. E trocou essa identidade com aquela garota no trem.

Fico paralisada, em choque, no corredor escuro.

— Você a viu uma única vez que seja desde agosto? Me diga a verdade, droga! A vida da Krissie depende disso.

O medo sobe pela minha espinha. Do que ela está falando? Kristen se foi. Annie viu as fotos.

— Você estava lá quando eu fui para Dartmouth no mês passado, não estava, Wes? Os seus colegas de quarto estavam mentindo. Você estava lá, e a Krissie também.

Meu coração bate com o dobro da velocidade. Ela está falando com Wes Devon, o garoto que Kristen namorou nas férias de verão. Annie está fazendo algum tipo de tortura psicológica com ele, alguma piada de mau gosto? Não, não a minha Annie, que é tão gentil.

— Quem sabe? Talvez vocês dois estivessem escondidos no seu closet.

Nunca a vi soar tão agressiva. O que aconteceu com Annie nos últimos seis meses?

— Ela não queria voltar para a faculdade. Disse que precisava falar com você.

Minha cabeça gira. Era Kristen que estava com medo de voltar para a faculdade naquela última manhã? Levo a mão à cabeça. Por que não fiz mais perguntas?

— Espera... o quê? Você está na Mackinac? Na ilha Mackinac? Agora? Para quê?

— Jura por Deus que ela não está com você?

— Vai me contar se ela entrar em contato?

— Promete?

— Está certo, você tem o meu número. O quê? Não. Eu não estou louca. A Krissie está viva, você vai ver.

Louca — a palavra que nunca fui capaz de tolerar — dispara algum gatilho em mim. Meu sangue dispara nas veias e abro a porta do quarto de Annie de supetão.

9

Annie

— Eu t-tenho que ir.

Annie desliga o celular e levanta os olhos para a mulher que está invadindo seu quarto. O rosto da mãe está muito pálido. Ela está usando um par de meias de lã de Krissie e sem um pingo de maquiagem. E há uma raiva não disfarçada em seu rosto. Raiva de Annie, a única responsável por arruinar a vida dela.

— Pelo amor de Deus, o que você está fazendo? — pergunta a mãe.

— Como assim?

— Eu ouvi você, Annie. Era o Wes Devon, não era? Você estava falando absurdos. Precisa parar com isso agora mesmo!

Annie se arrasta para trás até seu corpo estar pressionado na cabeceira da cama. Seu coração está disparado. Chegou a hora. Ela precisa arrumar um jeito de convencer a mãe de que não está louca. De que está pensando com lógica. E de que está certa. Krissie está viva.

Annie tenta engolir, mas sua boca está muito seca. Não que não tenha pensado naquilo, tipo, a cada minuto de cada dia durante as últimas seis semanas. A princípio, estava obcecada com a ideia de fazer a mãe perdoá-la. Devia ter tentado conversar com Erika a respeito daquela última manhã um milhão de vezes. Mas, a cada uma dessas vezes, a mãe a interrompia, deixando Annie solitária, frustrada e terrivelmente triste. Então, um dia, no começo de janeiro, enquanto estava zapeando na televisão, passou por uma reprise do programa do dr. Phil, ou talvez fosse do dr. Oz. Duas garotas loiras que estavam em um acidente horrível e tiveram as identidades trocadas.

A mente de Annie embaralhou e reinicializou. E se? E se Krissie não tivesse entrado naquele trem? E se as fotos que eles identificaram na verdade não fossem de Krissie? Ela repassou a última conversa das duas até que cada sílaba estivesse viva na sua memória e cada nuance compreendida. Krissie estava mal. Não era ela mesma. Finalmente tudo fazia perfeito sentido. Ela, o pai e a mãe haviam identificado a pessoa errada. Krissie estava viva.

E, em um piscar de olhos, a necessidade de ser perdoada se transformou em outra coisa ainda mais urgente. Annie precisa encontrar a irmã.

Annie se vira para a mãe, desejando com todas as forças que ela acredite. Porque Annie acaba de conseguir uma ótima pista: Wes Devon está de volta à ilha Mackinac. E ela apostaria sua virgindade que Krissie está com ele. Lá é o lugar perfeito para ela se esconder: distante e isolado.

As mãos de Annie tremem quando ela pega o notebook e abre. A manchete ainda está em destaque na página: *Mulher supostamente morta é vítima de erro de identificação*. Annie vira a tela na direção da mãe.

— Eu estou pesquisando há mais de um mês. Já aconteceu antes, casos de erro de identificação. Dê uma olhada nesta matéria.

— Ah, Annie, você não acha realmente... — Erika leva a mão à cabeça e deixa o corpo arriar na beira da cama.

— É exatamente o que eu penso. Continue a ler. Essas garotas de Indiana sofreram um acidente de carro. Eu vi uma delas na TV. A cena do acidente estava um caos completo, exatamente como no caso do Acela Express, e os rostos delas também tinham ferimentos terríveis, exatamente como aquela garota nas fotos. As duas passaram semanas com as identidades trocadas. A que acharam que estava morta na verdade estava viva!

A mãe fecha os olhos, mas Annie continua.

— Há mais casos, mãe. Olha aqui, vou mostrar um...

A mãe a segura pelo pulso, as unhas cravadas na pele delicada de Annie.

— Pare, Annie. Não preciso ver outra matéria. Nós duas vimos as fotos. A Kristen se foi. Agora pare com isso! Você está me assustando.

Annie sente a têmpora latejar.

— Não era ela. — Ela encontra o olhar da mãe e o sustenta. — Eu ando pesquisando no Google sobre transtorno bipolar. Tenho quase certeza de que era isso que a Kristen tinha.

A veia na testa da mãe salta.

— Não!

Ela provavelmente deveria parar. A mãe está ficando muito nervosa. Mas já foi longe demais.

— A impulsividade é uma dos sintomas. Assim como o comportamento arriscado e a automutilação. Faz sentido. A Krissie viu o que aconteceu como uma chance de fugir. Você sabia que um terço dos sem-teto são pessoas com doenças mentais? Elas ficam vagueando pelas ruas e pelos parques. Dormem embaixo das pontes. Nós passamos por elas todo dia.

Lágrimas escorrem pelo rosto de Annie e ela as seca. Não pode ficar emotiva agora, não quando a vida de Kristen depende dela.

— Pare, Annie. Não quero ouvir isso.

— Mas tem que ouvir. A Kristen está se escondendo e precisa da nossa ajuda. O Wes acabou de me dizer que está na casa de veraneio dele em Mackinac, fazendo estudo dirigido ou algo assim. Aposto o que você quiser que a Krissie está com ele, na ilha. Seria o esconderijo perfeito nesta época ano. Nós precisamos ir até lá e trazê-la para casa!

— Controle-se, Annie. Isso não tem graça.

Annie joga as pernas pela beirada da cama, para ficar sentada ao lado da mãe.

— Você lembra do último recesso de primavera, quando a Krissie nos disse que estava em Connecticut com a Jennifer, quando na verdade ela havia fugido para Utah com aquele garoto que fazia segurança em pistas de esqui que ela conheceu no aeroporto? A Krissie era impulsiva assim.

— Uma viagem para esquiar em segredo é arriscada, mas fingir uma morte é simplesmente cruel.

— Ela não se dá conta de que está sendo cruel! — Annie bate com o punho contra o colchão. — A Krissie não pensa direito quando está alterada.

— Seja racional, Annie. A identidade dela estava no bolso da calça.

— Em primeiro lugar, a Kristen nunca colocava a identidade no bolso. Nunca! Estava sempre na bolsa. E, em segundo lugar, ela estava com uma identidade falsa. Você mesma me disse. O que significa que talvez alguém estivesse com a identidade dela. E esse alguém era a garota no trem!

Ela bufa e cruza os braços. Toma essa!

A mãe ironiza.

— Por que alguém trocaria de identidade com uma menor de idade? Isso não faz sentido. E as unhas dos pés dela... você viu o esmalte lilás. A Kristen tinha acabado de fazer as unhas dos pés.

Annie leva as mãos à cabeça para impedir que exploda.

— Pelo amor de Deus, mãe! Um monte de garotas pinta as unhas dos pés de lilás. Por favor, não me diga que foi isso que te convenceu.

Annie nota um ligeiro lampejo de alarme no rosto da mãe. Mas ela logo abaixa a voz, do modo que sempre faz quando está tentando acalmar a situação.

— Nós confirmamos a identidade dela. O corpo já foi cremado. Por mais que não queiramos acreditar, meu amor, nós temos que aceitar.

A mãe estava falando como se ela fosse uma criança! Annie se levanta da cama em um pulo.

— O *papai* a identificou. Nós só vimos o rosto daquela garota por um segundo. Não era a Kristen! — Ela segura os braços da mãe. — Por que não voltamos depois do exame para vermos o corpo de verdade? Por que você e papai a cremaram? Por que não pediram um exame de DNA? Fala sério! O que estava pensando, mãe?

A mãe esfregou a ruga na testa.

— Que seria mais fácil para todos nós deixar esse momento para trás.

Annie sente um aperto no peito e morde o lábio. Precisava se manter forte e lutar, não importava o quanto a mãe parecesse patética. Precisava fazê-la entender.

— Bem, não está sendo mais fácil. Quer saber o que andei fazendo durante as últimas seis semanas? Procurando a Krissie. Toda manhã eu vou ao parque onde ela costumava correr. Vou à Starbucks, à Apple Store e à loja de roupas esportivas que ela adora. Fui a Dartmouth esperando ver o Wes. Em alguns dias, vou a abrigos para pessoas sem-teto.

A expressão nos olhos da mãe é triste.

— Annie, por favor. As pessoas vão pensar...

— Eu vou de trem até a Filadélfia uma vez por semana. Nunca se sabe. Ela pode estar lá.

— Ah, querida. Você não merece isso. Sinto muito, Annie. Sinto tanto, tanto. A sua irmã *deveria* estar viva.

— Ela *está* viva! Por que não acredita em mim? Você não escuta. Se recusa a escutar.

Annie poderia jurar que vê os olhos da mãe brilhando, mas isso é impossível. A mãe não chora — um traço esquisito, que Annie acha ao mesmo tempo reconfortante e perturbador. Independentemente das lágrimas, ou da ausência delas, uma coisa é perceptível: a mãe está amaciando. Talvez, apenas talvez, ela agora escute.

Annie respira fundo. Precisa ir com calma. Provavelmente deveria recuar e voltar ao assunto no dia seguinte.

— Isso não é saudável, Annie. — A mãe está com a cabeça inclinada, como se estivesse tentando ser sábia e superior. — Você precisa sair mais de casa, querida. Procurar um trabalho. Fazer novos amigos.

Na mesma hora, a frustração de Annie se transforma em raiva.

— Eu não sou a Krissie! E nunca vou mudar! — O coração dela está disparado. — Você precisa compreender isso... e outras coisas também. — Ela raspa o esmalte do polegar. — Nós ainda precisamos conversar sobre aquela última manhã, mãe. Está na hora de finalmente encararmos isso, não acha?

10

Erika

Ah, por favor, não. De novo não. Tento acalmar a respiração, para conseguir conversar com calma, mas meu pulso está disparado.

— Do que você quer tanto falar? — pergunto, já sabendo... temendo... a resposta.

Annie me encara sem desviar o olhar.

— Naquela última manhã... o jeito como as coisas aconteceram... a promessa quebrada.

Uma lâmina é fincada no meu coração. Minha filha nunca vai me perdoar.

— Em breve nós vamos conversar a respeito, prometo. E eu só... ainda não estou forte o bastante para lidar com isso.

— E eu não estou forte o bastante para ignorar isso. — Os olhos dela parecem carvão. — A Krissie nunca deveria ter embarcado sozinha naquele trem. Nós duas vimos o estado dela. Não finja que não pensa o mesmo, todo santo dia.

— Não consigo falar sobre isso, Annie.

Vou até a janela e seguro com força a moldura de madeira, de costas para Annie, encarando o nada.

— Mas você tem que falar, mãe! Isso... essa *mentira* está estragando tudo. Me deixa colocar para fora. Tenho que colocar para fora. Estou cansada de fingir, droga!

Ela não percebe como está me magoando? Cravo as unhas na madeira. Não posso suportar o julgamento de Annie, não agora. Cada nervo meu parece arder ao mesmo tempo, na defensiva. O sangue lateja nas minhas têmporas.

— Pare com isso! — Eu me viro para ela. — Se a sua irmã estava tão mal, por que você não foi com ela?

As palavras cruéis voam da minha boca antes que eu consiga detê-las, como um valentão encurralado que culpa o garoto inocente.

O silêncio pesa no quarto.

Os olhos de Annie estão marejados.

— Não consigo continuar, mãe. Não posso morar com você. Não consigo fingir que não sei o que você está pensando. É difícil demais para mim.

Eu me viro de novo para a janela e escondo o rosto nas mãos. Minha única filha viva, o amor da minha vida, quer me deixar. E tenho que dar permissão a ela. É o preço que devo pagar por quebrar minha promessa.

— Compreendo — sussurro. — Vá. Está tudo bem. Por favor. É melhor para nós duas. Porque, toda vez que vejo seus olhos tristes, eu me lembro daquele erro fatal.

A cama range quando ela se levanta. Fico parada onde estou, paralisada de dor e vergonha. Escuto os passos de Annie se dirigindo ao hall de entrada. A porta do apartamento é aberta e logo fechada com força.

Nunca me odiei tanto em toda a minha vida.

Eu me arrasto para a cama e digito o número de Brian. O correio de voz atende. Droga!

— Brian, sou eu. A Annie está indo para a sua casa. Ela está... com problemas. Por favor, seja gentil com ela, escute-a. Eu não... não consigo lidar com ela neste momento.

Eu me enfio embaixo do edredom. Todo o meu corpo está tremendo. O que está acontecendo com a minha filha tão doce, a mesma que sempre foi forte como uma rocha?

Fiquei em êxtase quando recebi a ligação da agência de adoção. Não importava que eu só tivesse vinte e três anos, e só estivesse casada havia quatro meses. Queria formar uma família, assim como Brian, que era uma década mais velho que eu. Nós dois sabíamos que as chances de uma gravidez natural eram pequenas. Eu sofria de endometriose e já haviam dito que era provável que jamais engravidasse. Entramos em contato com uma agência de adoção no dia em que voltamos da lua de mel. Tínhamos ouvido histórias tristes de casais que haviam esperado anos, às vezes décadas, para conseguir uma criança.

— Nós temos um bebê! — gritei, quando Brian retornou o recado que eu havia deixado para ele no hospital. — O parto está previsto para daqui a quatro meses. E nós vamos poder assistir!

Na semana seguinte, nos encontramos com Maria, a mãe de Annie, de quinze anos.

— Vocês vão ter uma menina — contou ela.

Dois meses antes do nascimento de nossa filha, recebemos mais uma boa notícia. Contra todas as possibilidades, eu estava grávida.

— Então — disse Brian quando voltávamos para casa, saindo do consultório da obstetra —, como vamos dar a notícia para Maria?

Demorei um instante para perceber o que ele queria dizer. Mas, quando percebi, algo em mim se rebelou. E me vi dominada por uma possessividade mais forte e natural do que jamais havia sentido.

— Não, Brian. Aquela criança é nossa filha, nossa família. Ela pertence a nós. Ponto-final.

E eu estava certa. Maria me entregou meu bebê, e minha vida mudou para sempre.

— Tome conta do meu anjinho — pediu ela.

Quando as rugas na testinha minúscula de Annie se suavizaram e ela abriu os olhinhos escuros, meu rosto foi o primeiro que viu. No instante que nossos olhos se encontraram, eu me tornei mãe. E soube, sem sombra de dúvida, que faria qualquer coisa, *qualquer coisa*, para proteger aquela criança. Beijei o rostinho dela e forcei as palavras a saírem de minha garganta apertada:

— Eu vou tomar. Prometo.

Embora jamais fosse admitir para ninguém, nunca me senti tão protetora em relação a alguém, antes ou depois daquele momento, mesmo depois dar à luz Kristen, cinco meses depois. Os médicos, os nossos amigos e familiares, todos chamavam Kristen de milagre, e eu concordava. Mas, bem no fundo, sempre senti que aquele termo não cabia a ela. Annie era o meu milagre.

Fico olhando o relógio consumir as horas... meia-noite... uma da manhã... duas. Às quatro da manhã, eu me levanto e sigo pelo corredor. O apartamento na penumbra ecoa o vazio, debochando de mim, me lembrando de que estou sozinha agora. Minhas duas filhas se foram, ambas por minha culpa.

Paro diante do quarto vazio de Annie.

— Volte para casa, Annie, meu amor — sussurro.

O vento uiva do lado de fora, fazendo voar as cortinas de renda na janela do quarto dela. Uma lembrança surge, me pegando desprevenida. Rapidamente a afasto e me viro na direção da cozinha, abalada.

Para ser perdoada, primeiro preciso confessar. Entendo isso. Mas o desprezo que sinto por mim mesma é profundo demais no momento. Annie, meu milagre, não percebe que a culpa vem me assombrando há anos, não há meses. Mantive minha vergonha escondida em silêncio por quase três décadas. E até agora havia funcionado.

Até agora.

11

Annie

Na quinta-feira à noite — vinte e cinco horas e meia depois da briga com a mãe... não que ela estivesse contando —, um táxi deixa Annie diante do ancoradouro da cidadezinha adormecida chamada Saint Ignace. A irmã ficaria orgulhosa. Ela realmente tinha feito aquilo. Tinha saído de Nova York sozinha, sem ninguém. A mãe tinha dito para ela ir embora, então foi o que ela fez.

Em vez da sensação de vingança, ou até mesmo de orgulho, o peito de Annie estava apertado de tristeza, de ternura, e de uma saudade desesperada da família. Ela arrastou a mala até a beira do píer, deixou a mochila em cima do concreto e tirou sua foto favorita do bolso.

A mãe estava tão linda, imprensada entre o corpo grande de Annie e a figura magrinha de Krissie, as duas usando togas e capelos. A música antiga de Vila Sésamo gira na mente dela. *Uma dessas coisas não é igual a outra. Uma dessas coisas não pertence ao conjunto.* Era espantosamente óbvio. Ela era uma estranha, uma intrusa na família Blair.

— Krissie — sussurra ela, fitando a foto entre lágrimas. — Eu estou aqui, em Michigan. Vou levar você de volta ao lugar a que você pertence.

Ela levanta a cabeça para o céu e inspira o ar frio. Deus, quase esquecera o silêncio que fazia ali, o jeito como o céu piscava com um bilhão de minúsculas estrelas, como se passasse o ano inteiro decorado para o Natal.

Quando era criança, Annie costumava levantar os olhos para o céu e imaginar as estrelas como um punhado de diamantes espalhados pelo veludo escuro de um vestido de noite. Mas a irmã debochava dela, e soltava termos científicos como *meio interestelar* e *nuvens moleculares*. Krissie havia pesquisado sobre o sistema solar e dissecara cada gota de deslumbramento e romantismo das joias cintilantes que a irmã via. Annie sorri. Como duas pessoas tão diferentes podiam ser tão profundamente conectadas?

Ela desenrola o cachecol do pescoço e abaixa os olhos para o estreito de Mackinac congelado, um planalto de gelo conectando os lagos de Michigan e Huron. A tela branca congelada parecia tão diferente das águas vastas e azuis que haviam recebido Annie e Kristen todo verão ao longo dos últimos dez anos. Depois do divórcio dos pais, um fim de semana longo na ilha Mackinac era o único tipo de férias que a mãe podia bancar. Mais tarde, quando Erika estava ganhando mais dinheiro e elas podiam viajar para qualquer lugar que quisessem, Annie e Kristen continuaram a escolher Mackinac. Mas a mãe ficava em casa.

— A ilha Mackinac é o acampamento de verão de vocês — dizia a mãe, mas Annie sabia que era só uma desculpa.

E ainda não conseguia entender por que a mãe não ia à ilha, àquele paraíso, e por que Erika se irritava a cada vez que o nome do avô de Annie era mencionado.

Annie alternava o peso do corpo de um pé para o outro, desejando ter ido ao banheiro no aeroporto. Onde estava o táxi-motoneve que Kate, a tia dela, arrumara? A ilha, cujo maior momento de fama era ter sido o cenário de um filme antigo chamado *Em algum lugar do passado*, nunca permitira automóveis em terra. Os únicos veículos motorizados permitidos eram as motoneves, e somente entre os meses de novembro e abril, quando todos os veranistas ricos e os milhões de turistas já haviam partido, e a população da ilha encolhia até ficar do tamanho da turma de Annie na faculdade.

Ela só estivera na ilha no inverno uma vez. No primeiro Natal depois que o pai fora embora. Ela e Krissie passaram os dias explorando o cenário maravilhoso, coberto de neve, mas a mãe estivera doente o tempo todo. Annie se lembrava de Erika deitada no quarto de hóspedes de Kate, com as cortinas fechadas, dia após dia.

— Ela precisa dormir — sussurrava a tia Kate, e fechava a porta do quarto. — Vai melhorar.

Era engraçado aquela lembrança surgir logo naquela manhã, quando Annie não conseguia se lembrar de a mãe se permitindo ser vulnerável. Será que estava abalada pelo divórcio na época? A não ser pelo momento de abatimento na ilha, a mãe mantinha os sentimentos escondidos, exatamente como estava fazendo naquele momento.

A tristeza abate Annie, seguida por outra onda de raiva. Se ao menos conseguisse conversar com a mãe, dizer a ela como estava arrependida, e implorar para que Erika voltasse a amá-la. Mas não, a mãe não lhe daria essa chance. Ainda culpava Annie pelo que acontecera. E essa era uma das razões pelas quais precisava encontrar Krissie ali, na ilha, viva, e colocar tudo no lugar certo de novo.

Ela se sobressalta quando ouve um ronco de motor. A luz de um único farol aparece no horizonte. Um minuto mais tarde, uma motoneve para no atracadouro, puxando um trenó.

— Annie Blair? — chama o motorista por cima do rugido da máquina.

Annie assente. O motorista desliga o motor e o silêncio que se instala é tão profundo que ela consegue ouvir o coração latejando nas têmporas. O homem no snowmobile retira o capacete e estende a mão.

— Curtis Penfield. Conheci você e a sua irmã no último verão, mas provavelmente você não se lembra.

Ah, ela se lembrava, sim. Ele era o cara gato, sem camisa, de quarenta e poucos anos que Annie e Kristen tinham visto limpando um veleiro quando elas haviam ido passear pela marina. Annie se lembrava de Kristen flertando com ele.

— Eu pegaria esse cara — comentou Krissie com Annie, mais tarde.

Annie dera um tapa no braço da irmã. O cara tinha idade para ser pai delas, sem mencionar o fato de que Krissie já estava "pegando" Wes Devon.

Ele dá uma batidinha no assento da motoneve.

— Suba. Vou pegar a sua bagagem.

Enquanto Curtis coloca a mala dela no trenó, Annie se acomoda em cima do couro frio. Ela se encolhe por dentro ao ver que ocupa três quartos do assento estreito.

— Sua mãe e eu nos conhecemos muito tempo atrás. Aliás, como ela está?

— Bem — responde Annie.

Mas será que a mãe está bem? Ou está perdendo a cabeça por saber que Annie foi sozinha para a ilha?

Curtis pega o capacete.

— Pronta para a travessia?

Ele está se referindo à travessia do estreito congelado por cima da ponte de gelo — uma trilha que vai do continente para a ilha Mackinac, ladeada por árvores de Natal descartadas. Annie sente o estômago queimar.

— É seguro, não é?

— Há esperança. Todo mundo sabe que a travessia é por sua própria conta e risco. Você é do tipo que gosta de correr riscos, certo?

Ela dá uma risadinha de deboche.

— Ah, sim. Claro. Ousada pra caramba.

E, na mesma hora, se lembra. O caderno de pensamentos da sorte. Está em casa, enfiado embaixo do edredom de Krissie! Droga! Annie queria trazer o livro par a ilha, mas no último minuto decidira deixá-lo para a irmã. Krissie não está bem. Se o palpite de Annie estiver errado e Krissie não estiver se escondendo na ilha, e se por acaso voltar para casa antes de Annie, vai precisar do conforto dos pensamentos que estão no caderno.

Annie coloca o capacete e torce para que a tremedeira do seu corpo não faça o cara à sua frente cair do assento.

Curtis dispara na motoneve, atravessando o estreito congelado como se fosse Dale Earnhardt Júnior, aquele piloto famoso. Annie se segura como se sua vida dependesse disso, desejando que Curtis diminuísse a porcaria da velocidade. Ela vê retalhos com água entre as placas de gelo, e sente que Curtis acelera cada vez que passa por cima dos espaços. Annie tenta não pensar na avó Tess, que morreu naquele gelo. Será por isso que a mãe odeia aquele lugar? Annie não consegue compreender a lógica disso. Para ela, estar ali faria Erika se sentir mais perto da mãe que adorava.

Quando o motor é desligado, Annie faz uma prece silenciosa de agradecimento.

— Aqui é o mais longe que a motoneve consegue nos trazer — explica Curtis quando eles alcançam a margem. Ele transfere a bagagem dela para uma carroça puxada a cavalo. — Mais duas semanas de clima quente e o estreito vai parecer um martíni gigante com gelo.

Annie se sente tentada a pedir a Curtis que a leve direto à casa de Wes, no penhasco. Mas a tia dela, Kate, está esperando. Além disso, se Krissie estiver ali, não vai a lugar nenhum. Annie pode esperar até de manhã.

Vinte minutos mais tarde, eles chegam ao minúsculo bangalô de pedra da tia de Annie, perto do centro da cidade. Kate sai correndo pela porta e desce os degraus da varanda usando um par de pantufas.

— Annie-Fo-Fannie! — Ela puxa Annie para um abraço. — Sinto tanto, tanto.

Annie é pega de surpresa. Sente pelo quê? Mas então se lembra. É a primeira vez que a tia a vê desde que Krissie desapareceu. A tia acha que Krissie está morta.

Um aroma gostoso de café, madeira e baunilha recebe Annie quando ela entra na casa da tia. Tapetes Navajo desbotados cobrem o piso de tábuas largas de madeira, um subindo em cima do outro, como dentes acavalados. Pinturas, desenhos e fotos ocupam praticamente cada centímetro das paredes. No canto, o fogo crepita em uma lareira de pedra. Annie respira fundo, já se sentindo melhor. Por mais que more em um dos prédios mais elegantes de Manhattan, para Annie é desse jeito que deve ser uma casa.

Ela vê uma bola de pelo enfiada dentro de uma cesta forrada de pele de carneiro.

— Lucy! — exclama ela, e pega no colo a gata peluda de Katie. E se surpreende quando o avô, conhecido como capitão Franzel entre os ilhéus, se levanta de uma poltrona de couro.

— Vô! O que está fazendo aqui? Já não passou da sua hora de dormir?

— Recebi seu e-mail. — Ele se levanta pesadamente e pousa a mão enorme no topo cabeça dela. — Pensei em ficar por aqui e dizer um oi. Na minha idade, não se deve esperar até o dia seguinte.

A voz dele é grossa e o tom, brusco, e Annie quase consegue visualizar o capitão de navio de carga autoritário que o avô foi um dia, antes de se rebaixar de posto e passar a levar turistas que chegavam e saíam da ilha de balsa. O lado esquerdo do rosto dele ficou paralisado — segundo disseram a Annie, resultado de uma briga de bar. O capitão não foi mais capaz de sorrir desde então.

"O homem do rosto congelado", é como as crianças da ilha o chamam. O avô desfigurado apavorava praticamente todas as crianças, até mesmo Krissie. Mas nunca Annie. Ela beija o rosto assustador dele.

— Ah, vô, você é incrível. Senti saudade.

O avô parece desconcertado como sempre pelo carinho de Annie, e muda de assunto.

— Como está a sua mãe?

A cicatriz no coração de Annie se abre. O avô sente falta da filha. Annie sente falta da mãe. A mãe sente falta de Krissie. Um triângulo de amor e saudade.

— Não muito bem. Ela praticamente me colocou para fora de casa, e é por isso que estou aqui.

Annie não tem intenção de contar o motivo. Eles a internariam se soubessem que ela estava ali para procurar por Krissie.

Kate dá uma batidinha no assento do sofá.

— O que está acontecendo, menininha?

Annie se senta ao lado da tia, pousando seu corpo tamanho 44 no sofá macio, ao lado do tamanho 40 de Kate. Ela olha da tia bonita para o avô velho, com o rosto marcado de sol, as duas pessoas que ainda a amam. Seu coração acelera. Não contou a eles sobre aquela última manhã com Krissie. Conseguiria — deveria — contar que havia forçado Krissie a pegar o trem mais cedo? Que havia prometido tomar conta da irmã, e não o fez? Eles ainda a amariam se soubessem que ela era responsável pela morte de Krissie? Ou ficariam ressentidos para sempre, como a mãe?

Annie cruza os braços diante do peito e olha para o fogo.

— É que está difícil demais morar com a minha mãe. Está sendo difícil para nós duas. Quer dizer, ela não aguenta nem olhar para mim.

— Eu sei — diz Kate baixinho. — Ela só consegue pensar naquela manhã.

Annie se vira para a tia, atenta.

— Ela... disse isso?

— Ahã. Eu já disse várias vezes à Erika que ela precisa superar isso. Todo mundo comete erros. Mas ela... não sei... está paralisada pelo que aconteceu.

— Isso é ridículo, na minha opinião. — O avô balança a cabeça. — Atribuir uma morte a um erro humano, em vez de vê-la como o que realmente foi, um maldito acidente, uma tragédia além do controle dela.

Erro humano... erro de Annie. Então, eles sabem. Annie cobre o queixo trêmulo.

— Ela sabe que eu estou aqui?

A tia assente.

— A sua mãe ligou mais cedo. Estava chateada com a briga que vocês tiveram ontem à noite. Eu deixei escapar que você estava vindo para cá. Ela não conseguiu acreditar que você estava vindo sozinha. E eu disse que um pouco de espaço faria bem a vocês duas — Kate pega a mão de Annie e esfrega. — As coisas vão melhorar, Annie Bananie. Faz só seis meses.

— A mamãe nunca vai superar o que aconteceu. Ela é uma pessoa diferente agora. Está tão furiosa... não que eu possa culpá-la. Só o que faz é trabalhar, assim não tem que me ver.

— Ela é do tipo que se esquiva das situações — comentou o avô. — Sempre foi.

— O trabalho é a fuga da Erika — diz a tia. — Dá a ela uma sensação de controle quando todo o resto está fodido. — Ela se encolhe. — Desculpe, pai.

— Acho que o problema é que a Krissie se foi e ela está brava porque tem que ficar comigo.

— Você está completamente enganada em relação a isso — retruca Kate. — A sua mãe está sofrendo. Você precisa compreender isso.

O avô assente.

— Um cão ferido costuma morder.

São palavras da avó Tess, que estão na página dezesseis do caderno de pensamentos de Annie — o caderno que ela deixou em casa e do qual já sente saudade. Annie gosta de pensar que Tess era o amor da vida do capitão, embora o avô nunca fale sobre a falecida esposa.

— Juro por Deus que eu daria todo o desconto de que a mamãe precisasse se ao menos eu soubesse que ela voltaria um dia, a minha mãe de antes. A que cuida, ouve e perdoa... — Annie dá as costas, abalada pela lembrança do rosto de Erika, aquela expressão fechada, impenetrável de negação, quando Annie lhe disse que achava que Krissie estava viva.

— ... uma mãe que ainda acredita em milagres.

O avô deixa escapar uma risada.

— Você espera que a sua mãe acredite em milagres depois do que a vida acabou de fazer com ela? — As feições dele se tornam uma justaposição assimétrica de um sorriso e um cenho franzido. — Se quer saber a verdade, a Erika parou de acreditar em milagres há anos. E não vai mudar agora, só porque a filha quer. Será necessário um milagre para trazer aquela mulher de volta.

Ele está certo? Annie tem vontade de perguntar mais, mas algo no maxilar tenso do avô lhe diz para ficar quieta. Ela se vira para o fogo e fecha os olhos.

Por favor, que eu encontre Krissie. A vida da minha irmã depende disso. E a da minha mãe também.

12

Erika

São sete da manhã de sexta-feira, um dia e meio depois da minha briga com Annie. Estou sozinha na Imobiliária Lockwood. Meus olhos doem pela privação de sono — nem o remédio para insônia que costumo tomar está adiantando. Estou sentada na minha mesa, preparando minutas de escrituras. Paro para esfregar os olhos e um som no celular avisa que chegou um e-mail na minha conta da imobiliária. Levanto o aparelho, torcendo para que seja de Annie, e meu coração se aperta no peito. Não é o endereço dela. Abro a mensagem e me deparo com quatro palavras:

Encontre a paz perdida.

Hein? Checo de novo o remetente — que não reconheço — e apago a mensagem. Enfio a cabeça entre as mãos. Minha filha está morta. E essa pessoa estúpida — algum cliente com quem já trabalhei, ou um colega de muito tempo atrás, ou algum bom samaritano sem noção que soube da morte de Krissie e me rastreou até a Imobiliária Lockwood — acha que essas palavras banais vão me confortar?

Pego novamente o celular e ligo para minha irmã, Kate, que está a mil e quinhentos quilômetros e um mundo de distância, trabalhando no turno da manhã do Seabiscuit Café. Para minha sorte, é baixa temporada na ilha Mackinac, e ela provavelmente está sozinha no lugar.

Ando de um lado para outro no escritório, bradando com ela a respeito do e-mail intrusivo.

— Essas pessoas não entendem. Não têm a mínima ideia.

— Calma, irmã — diz Kate, a voz suave. — Imagino que seja quem for que mandou o e-mail estava tentando ajudar. Todos nós estamos.

Eu paro e solto o ar de uma vez.

— Eu sei.

— Poderia ser da Annie, uma forma de ela tentar se aproximar de você?

— Não era da Annie. Não reconheci o endereço de e-mail. — Fecho os olhos e suspiro. — Como está a minha menina hoje?

— Do mesmo jeito que na noite passada. Dê um pouco de espaço a ela, Rik.

— Ela chegou direitinho? Ainda não consigo acreditar que a Annie viajou sozinha para a ilha.

— Não é mesmo? Um grande passo para ela. A Annie devia estar desesperada para se afastar. Mas nós tivemos uma boa conversa ontem à noite. O papai também estava lá em casa.

— O papai? — Meu coração dispara só de ouvir a menção a ele. — Você não me contou isso.

— Ele esperou pela Annie. Bonitinho, né?

Esfrego os olhos.

— Não importa.

— A sua filha está esperando que você resolva a bagunça que está a sua cabeça enquanto ela está na ilha. — Kate ri. — Desculpe, Rik, essas palavras não são minhas, são da Annie.

Meu mundo escurece de novo. Depois de todos esses meses, ainda não consigo me forçar a confessar, nem mesmo para minha irmã, que Annie me considera responsável pela morte de Kristen, e com razão. Fecho os olhos com força, forçando as palavras a passarem pela minha garganta apertada.

— Ela contou a você sobre a teoria de que a Kristen está viva?

— Não. Eu esperei que mencionasse isso, mas a Annie não falou nada. Talvez tenha caído em si.

— Ela provavelmente tem medo que você reaja como eu reagi. Por favor, não diga à Annie que eu contei... ela me odiaria mais do que já odeia. Estou preocupada, Kate. A Annie vai se magoar e se decepcionar mais uma vez.

— Eu vou estar aqui para apoiá-la.

Esfrego o pescoço.

— Fico feliz por a minha filha ter você, agora que a melhor amiga dela se foi.

Kate espera um instante antes de responder.

— Estamos falando de a Kristen ter partido, ou de você? — A voz gentil da minha irmã tem uma pontada de acusação.

— Por favor, não me repreenda por causa do trabalho, Kate. Por oito horas diárias, eu quase consigo esquecer este pesadelo.

— Está mais para doze horas, de acordo com a Annie. Mas eu compreendo. O trabalho é uma distração.

Vou até a janela. A neve cai de um céu cor de chumbo. Vinte e oito andares abaixo, as luzes da First Avenue cintilam e piscam. Imagino que deva ser bonito.

— O trabalho não é uma distração — digo. — É o que está salvando a minha vida.

— Você vai superar tudo isso — consola ela. — Vai, sim.

— Será mesmo? A Annie me odeia. A Kristen se foi. Eu nunca mais vou vê-la de novo. — Levo a mão à boca e fecho os olhos, inspiro... expiro, até finalmente conseguir falar de novo. — E sinto tanta saudade dela que dói... dói de verdade. Como alguém supera isso, Kate?

— Escute. Você não está sozinha, irmã. Quando a Annie estiver pronta para ir embora da ilha, eu volto para Nova York com ela... e levo o papai.

— Não!

A palavra escapa dos meus lábios com mais intensidade do que eu pretendia. Não quero ver o homem que considero responsável pela morte da minha mãe. Como minha irmã pode sequer pensar que isso me ajudaria? Além do mais, ele nunca deixou a ilha Mackinac para me visitar, nem uma vez, e não espero que comece a fazer isso agora. Depois do acidente de Krissie, recebi um cartão e um vaso de flores do campo que supostamente eram dele, mas que acho que foi Kate quem encomendou. Não preciso, nem quero, mais nada desse homem.

— Sei que você tem boas intenções, Katie, mas não quero companhia, não agora. Já disse isso uma centena de vezes. Por favor, compreenda. Nós vamos fazer uma cerimônia em memória dela... estou pensando em outubro.

— Outubro? Mas isso é daqui a oito meses.

— O outono era a estação favorita da Kristen. E nós vamos estar mais fortes até lá.

— Ah, Rik, venha para cá, então. Para a ilha. Passe algum tempo com a Annie, para se curar.

— Você acabou de dizer que a Annie precisa de espaço. Além disso, você sabe muito bem que a ilha não me conforta, me debilita.

Quase posso ver Kate balançando a cabeça. Felizmente, ela não insiste no assunto.

— Tenho um amigo que dirige uma agência de *au pairs* na Europa — diz ela. — No último outono, conversei com a Annie para se candidatar a uma vaga. Vou voltar a mencionar o assunto. Seria bom para ela.

Balanço a cabeça.

— A Annie jamais iria sozinha para a Europa. Você sabe disso. Eu não consegui nem convencê-la a voltar para Haverford este semestre. Ela ainda está de luto.

— E você, Rik? Ainda está de luto? Pelo menos chegou a chorar?

A voz dela, gentil como uma cantiga de ninar, soa exatamente como a da minha mãe. Afundo na cadeira na imobiliária e fecho os olhos.

— Sou do tipo que chora em silêncio — sussurro. — Foi algo que o papai me ensinou. — Apoio a cabeça contra as costas da cadeira. — Por que eu quebrei a última promessa que fiz a Kristen? Se ao menos eu pudesse voltar atrás para aquele mínimo instante no tempo, todos ficaríamos bem.

— Pare — sussurra ela.

— Eu me demoraria na mesa do café da manhã e ouviria cada palavra que a Kristen dissesse. Será que agradeci pelo café da manhã? Não lembro, Kate. Se pudesse voltar, eu diria a ela o quanto fiquei feliz com o gesto tão doce, e o quanto a amava. Teria mandado o trabalho para o espaço e levado eu mesma as minhas meninas para a faculdade.

Deixo a cabeça cair sobre a mão, acrescentando mentalmente o ato mais odioso à minha lista de culpas: ignorei os apelos de Annie. O comportamento da irmã não estava normal. Eu não escutei.

— Se ao menos eu pudesse ter uma segunda chance.

Pelo telefone, escuto o brado brusco e rouco do meu pai no fundo.

— Temos uma segunda chance 365 dias por ano. Chama-se meia-noite.

Levanto de um pulo, o coração disparado no peito. Meu pai está no café? Ele escutou toda a conversa? Quase consigo ver a ruga na testa dele, as veias arroxeadas no nariz inchado e vermelho. Fico furiosa por meu pai — o capitão de uma insignificante balsa de turistas — ter esse efeito sobre mim.

— Nossa, obrigada — respondo, esperando que ele ouça. — Vou manter isso em mente, Platão. — Meu sarcasmo não poderia ser mais óbvio.

— Pratão? — retruca ele, irritado. — O que um pratão tem a ver com isso?

Eu me recuso a deixar que ele me abale.

— Me tire do viva-voz, Kate. Agora.

— Você não está mais — diz ela, a voz em alto e bom som agora. — Espere. Estou indo para a cozinha, nos fundos.

— Por que não me disse que o papai estava ouvindo?

— Calma. Ele não é um monstro. Está tentando ajudar, dizendo para você começar cada dia como se fosse uma folha em branco.

Kate tinha apenas dois anos quando nossa mãe morreu. Eu tinha onze. A não ser por um casamento instável com uma garçonete chamada Sheila, papai é o único pai ou mãe que Kate já conheceu. Ela não tem qualquer lembrança da nossa mãe boa e divertida. Não se dá conta do que perdeu. Às vezes, eu a invejo por isso.

— É mesmo? Pois ele está cerca de três décadas atrasado no que diz respeito a conselhos paternos. — Meu rosto está vermelho de raiva, ressentimento e vergonha. — Escute, eu preciso ir. Amo você, Katie. Ligue para mim mais tarde. Diga à Annie que a amo e... — Meu queixo treme e eu o belisco com força. — ... que eu sinto muito.

13

Annie

O primeiro dia de Annie na ilha Mackinac amanhece muito claro, o que, ela tem certeza, é um bom presságio para encontrar a irmã. Enquanto a tia cuida do turno do café da manhã no Seabiscuit Café, Annie engole um pãozinho de canela imenso — uma especialidade do lugar — e digita uma mensagem privada no Facebook para Krissie, assim como tem feito todos os dias há quase seis semanas.

Ei, Krissie. Estou aqui, na Mackinac. Espero que você esteja aqui também. Nunca vou desistir de você, entendeu? Bjs

As redes sociais são a única esperança dela de fazer contato com a irmã. Talvez um dia desses Krissie abra o notebook, cheque o Facebook e leia as mensagens privadas de Annie. Talvez, então, ela corra para casa, para Annie, e diga que está muito arrependida por ter feito a irmã acreditar que ela estava morta. Talvez então tudo seja perdoado. Esse é o sonho de Annie.

O pesadelo é que a irmã não queira ser encontrada.

Ela respira o ar que parece de primavera enquanto sobe a West Bluff Road, bem acima da cidade. O que houve com o clima de fevereiro? Quando a casa finalmente surge à vista, o casaco de Annie já está amarrado ao redor da cintura, e as mangas da blusa arregaçadas. Ela para na estrada, esfregando o lugar logo abaixo dos pneuzinhos na cintura, para aliviar a dor ali, e levanta os olhos para a gigantesca casa branca. Se Krissie estiver ali, na ilha, escolheu o lugar perfeito para se esconder, distante o bastante da cidade para que ninguém a veja, e com todas as casas ao redor fechadas devido à baixa temporada.

A Casa Calyx, que tem sido a casa de veraneio dos Devon por quatro gerações, fica sobre um penhasco com vista para a baía. Mas é estranho vê-la naquele dia, sem adornos, como uma linda estrela de cinema sem maquiagem. Não se veem mais os gerânios vermelhos se derramando das jardineiras brancas nas janelas. No jardim, onde a neve derrete rapidamente, os canteiros viçosos e os gramados perfeitamente aparados do verão, agora estão nus e amarelados.

Annie sobe a calçada de tijolinhos, o coração disparado no peito. Wes vai ficar chocado ao vê-la. Essa é a ideia da visita surpresa. Ele não vai ter tempo de inventar uma história.

Ela sobe os degraus da varanda. As tábuas verdes e cintilantes do piso rangem conforme atravessa a varanda ampla. Annie espia pelo vidro chanfrado da janela, mas os planos inclinados não revelam nada do interior. Ela respira fundo e para por um instante, organizando os pensamentos.

O que Wes vai dizer? Ela não tem medo dele. É mais uma sensação de intimidação — e não só porque Wes tem vinte e três anos e já está fazendo pós-graduação. Wes Devon é só um pouquinho perfeito demais. Como Krissie costumava dizer, ele é membro do Clube dos Três *B's*: Beleza, Berço e Bolso cheio. E caras que estão nos Três *B's* tem um jeito especial de fazer Annie se sentir como se pertencesse ao Clube dos Três *T's*: Tímida, Torturada e Travada.

No último verão, quando a irmã faladeira contou a Wes que Annie escrevia poemas, ele praticamente revirou os olhos.

— Jura? Estamos falando de poemas estilo Taylor Swift? Ou estaria mais para dr. Seuss?

Annie havia endireitado os ombros.

— Na verdade, minha poesia é mais no estilo Sylvia Plath.

Wes erguera a sobrancelha.

— Grande exemplo a seguir. A mulher se matou.

Annie respira fundo. Não pode permitir que Wes a intimide. Precisa de respostas. Ela bate com uma aldrava de ferro em formato de flor-de-lis na porta de nogueira. Espera, então bate de novo.

— Annie? É você?

Ela se vira. Molly Christian, a melhor amiga de sua mãe, está apoiada em uma bicicleta na lateral da rua. Droga! Ela não tem tempo para conversar.

Annie levanta a mão em um aceno.

— Ah, oi, sra. Christian.

— Está procurando pelo Wes?

— Estou. — *E pela minha irmã*, mas Annie não acrescenta essa informação. Ela se vira para a porta e bate de novo, com mais força desta vez.

— Ele foi para o continente.

Annie geme e desce devagar pelos degraus da varanda, até onde Molly está parada.

— Sabe a que horas ele volta?

Molly encolhe os ombros.

— Quem sabe? O Wes foi embora há dois dias. Disse que já estava se sentindo claustrofóbico, isolado aqui.

É como se Annie levasse um soco no estômago.

— Há dois dias? Está falando sério? Achei que ele passaria o semestre todo aqui.

— O Wes precisava de um tempo. Passou um mês enfiado aqui e meu palpite é que já estava ficando agitado. Não é tão fácil ficar isolado na ilha nesta época do ano. Para a sorte dele, a família tem uma casa em Connecticut e um apartamento em Maui. Não sei bem para onde ele foi. Mas vai voltar logo, tenho certeza.

Logo? Aquilo não era bom o bastante. Ela precisava encontrar Krissie naquele instante. A irmã não estava bem. Annie sentia a cabeça zonza.

— Alguém foi com ele?

— Não. Todos os ricos já foram embora até o verão.

Ricos, como Kristen... e ela.

— Tinha alguém morando com ele... uma namorada, talvez?

Molly dá um sorrisinho amarelo.

— Não. Acho que ele não namorou ninguém desde que a Krissie foi embora. — A expressão em seus olhos agora é suave e ela estende a mão para Annie. — Sinto muito sobre o acidente.

Annie assente, e se enrijece diante da solidariedade da amiga da mãe. Molly não sabe que a irmã está viva.

— Tentei ligar para a sua mãe, mas ela não atendeu.

— Ela fica grata pelas suas ligações, de verdade, mas, por favor, dê um tempo para ela se recuperar. Está mesmo muito difícil para ela falar sobre o assunto agora.

Annie não sabe exatamente por que está defendendo a mãe. Mas, por alguma razão, parece ser o certo a fazer.

— Ela não merece isso, depois de tudo por que passou. Você sabe, a mãe dela e tudo mais.

Annie é pega de surpresa. Sim. Erika tinha só onze anos quando a mãe, Tess, se afogou. Ela adora contar histórias bonitinhas sobre Tess, e costuma recitar as frases inteligentes dela, mas nunca fala sobre o acidente da mãe. Annie se lembra das palavras do avô e seu coração tem um ligeiro sobressalto. *Se quer saber a verdade, a Erika parou de acreditar em milagres há anos.* Foi aí a primeira mudança dela, quando a mãe morreu? Annie tenta pensar em outro assunto, algo que não lhe dê vontade de chorar.

— Como está o Jonah?

Os olhos de Molly se iluminam.

— Ele vem para casa amanhã!

— É mesmo? Que incrível!

— O Jonah é um herói. Passou por seis meses de cirurgias e fisioterapia.

Annie e Krissie ainda estavam na ilha, no último verão, quando Jonah, o filho de dezessete anos de Molly, caiu do skate e abriu a cabeça no asfalto. Ele foi levado às pressas para a unidade de traumatismo craniano em um hospital no continente. Annie e a irmã tinham passado os últimos dias na ilha ajudando a turma de Jonah a organizar um levantamento de fundos para ajudar com as despesas médicas.

— Estou tão feliz por ele estar bem.

— O Jonah sofreu danos neurológicos permanentes — explica Molly. — Mas você o conhece... ele está determinado a voltar a andar.

Annie sente a boca seca. Andar? Não tinha ideia de que o trauma havia sido tão sério. Ela arranca o esmalte do anelar, enquanto tenta encontrar alguma coisa positiva para dizer.

— Ele vai conseguir. O Jonah tem fé.

— Graças a Deus ele ainda consegue usar as mãos e os braços. E o seu avô tem sido uma bênção. Ele está dando aulas particulares ao Jonah.

— O vovô dá aula particular?

Molly assente.

— Seu avô vai duas vezes por semana ao continente. Quando não consegue ir, eles se falam via Skype. Consegue acreditar nisso?

Annie sente o peito se encher de orgulho.

— Que o meu avô saiba usar o Skype? Não, não acredito.

Molly ri.

— Tem sido ótimo para o Jonah ter um homem na vida dele.

A animação de Molly deixa Annie envergonhada. O sr. Christian é um soldado e está no Iraque, e Johan está paraplégico. E ali está Annie, tendo um ataque de autopiedade porque precisa esperar mais um ou dois dias até encontrar Krissie.

Uma frase da mãe vem à sua mente: Para cada "pobre de mim", conte suas bênçãos multiplicadas por três.

Annie abaixa os olhos para as próprias duas pernas. As coxas grossas já não parecem mais tão horríveis. Ela respira o ar agradável da ilha e pensa em sua terceira bênção. Krissie está viva, Annie tem certeza disso. Pode levar mais tempo do que planejara, mas ela vai encontrar a irmã.

14

Erika

Já se passaram oito dias desde que Annie me deixou. Mando mensagens de texto todos os dias, mas ela não responde. Não posso dizer que a culpo. Fico repassando nossa briga feia até as palavras dela estarem entalhadas no meu cérebro. *A Krissie nunca deveria ter embarcado sozinha naquele trem. Não finja que não pensa o mesmo, todo santo dia. Não posso morar com você, mãe. É difícil demais.*

Annie me afastou completamente, e Brian fez o mesmo. A única vez que ele teve tempo para falar comigo, insistiu que passar um tempo na ilha com Kate e meu pai é exatamente do que Annie precisa. Quando envio uma mensagem para saber como Annie está, a resposta é um emoji de um polegar para cima. Brian não se dá conta de que é um homem de cinquenta e quatro anos, capaz de usar palavras de verdade?

Não tenho escolha se não dar a Annie o espaço de que precisa. Ao menos é isso que digo a mim mesma. A verdade é que eu estava falando sério. *É* mesmo mais fácil não ver Annie todo dia. Vou para o trabalho. Depois vou para a cama, sabendo que ela está segura na casa de Kate. Não tenho que testemunhar o desprezo nos olhos da minha filha. Ou sentir a acusação que vem de seu silêncio.

Caminho rápido pelo corredor na quinta-feira de manhã, pronta para sair para o trabalho, quando o celular escapa da minha mão. Ele desliza pelo piso de madeira e bate contra a porta do quarto de Kristen. A placa NÃO PERTURBE balança na maçaneta.

Eu me aproximo pé ante pé da porta fechada dela, como uma criança se aproximando do bicho-papão. Ninguém colocou os pés no quarto de Kristen desde o acidente. Se eu não tivesse pendurado a placa de NÃO PERTURBE, é provável que Annie tivesse estabelecido residência na cama da irmã e nunca mais saído. Exatamente como eu tentei fazer depois que a minha mãe morreu.

Meu coração bate com força no peito. Devo entrar? Estou forte o bastante para isso agora? Embora não esteja totalmente certa, afasto a placa e abro a porta.

O quarto escuro ainda guarda o cheiro da tinta de um azul esfumaçado que ela escolheu na última primavera. Fiquei preocupada que o tom pudesse ser melancólico demais, mas Kristen insistiu. Eu já havia aprendido anos atrás que, quando Kristen colocava uma coisa na cabeça, não havia como fazê-la mudar de ideia.

Afundo lentamente na cama e enfio o rosto no travesseiro. Respiro fundo, esperando capturar um último vestígio do perfume de Kristen, Viktor & Rolf, ou da mistura de alecrim e menta do xampu que usava.

Mas não consigo sentir o cheiro da minha filha. E agora está ficando cada vez mais difícil visualizar a covinha no lado esquerdo do rosto dela, ou os dedos longos e delicados. Até mesmo o som da risada dela começa a desaparecer. Estou perdendo Kristen, um pedacinho de cada vez.

Eu me viro de costas e me esforço para controlar a respiração, uma técnica que aprendi ainda criança. O teto do quarto está coberto de adesivos de estrelas e planetas que brilham no escuro. Annie os colou ali logo depois de nos mudarmos, para criar o que chamou de "céu particular" para Kristen.

— Você está aí em cima, minha menina querida? — sussurro. — Está feliz? Sua avó está tomando conta de você? — Engasgo com as palavras. — Me dê um sinal. Por favor, meu bem. Mostre para mim que está bem.

Meu pé bate contra alguma coisa dura, e logo escuto um baque de alguma coisa caindo ao pé da cama. Eu me agacho para ver o que foi. Tateio o chão até minha mão encontrar o que caiu.

O caderno de pensamentos de Kristen.

Não tinha ideia de que ela o deixava em cima da cama.

Fiz um caderno de pensamentos para cada uma das minhas filhas no sexto Natal delas. Foi o modo que encontrei de ficar perto da mãe de quem nunca deixei de sentir saudades. Eu sempre soube que Annie adorava as frases. Ela conseguia até recitá-las de cor. Mas, ao que parecia, a tradição que passei para as minhas filhas — uma tradição que começou com a minha avó Louise — também importava para Kristen.

Acendo a luz na mesinha de cabeceira e abro o livro ao acaso, em uma frase criada pela minha mãe.

Quando a vida puxa o tapete de debaixo dos seus pés, ela cria uma pista de dança.

Sinto um aperto no peito. Minha mãe tinha deixado essa frase na minha lancheira um dia depois que a sra. Lilly, minha professora favorita, anunciou que estava mudando de emprego e deixando Milwaukee. Fiquei arrasada. Ainda consigo ver minha mãe parada na nossa cozinha pequenininha, depois que voltei da escola, me convencendo a dançar o twist com ela.

— Você vai encontrar a sua pista de dança, espere só.

E eu encontrei. Na semana seguinte, conheci a srta. Tacey, a nova professora de olhos brilhantes que infundiu em mim o amor pelos livros, por arte e até mesmo por divisões matemáticas longas.

Sorrio. Deixei essa mesma frase na lancheira de Annie quando ela foi cortada do time de basebol no sexto ano. Eu a tomei nos braços e nós giramos juntas.

— Viva! — exclamei. — O tapete se foi e você tem a sua pista de dança. Agora pode fazer aquela aula de escrita criativa depois da escola.

Annie encontrou a própria voz naquela aula de escrita criativa, graças ao fato de o técnico de basebol ter puxado o tapete de debaixo dela.

Eu me levanto e levo o caderno para a poltrona perto da janela. Do lado de fora, o céu tempestuoso de fevereiro pesa sobre o Central Park. Folheio as páginas do caderno prateado e paro em outra da minha mãe.

Se as pessoas acham você estranha, esforce-se ao máximo para provar que elas estão certas.

Eu tinha dez anos. Tínhamos acabado de nos mudar de Milwaukee para a ilha Mackinac quando descobri essa frase na minha lancheira. Um menino da minha turma nova tinha chamado a minha mãe de maluca e eu contei para ela. Ele tinha visto um bilhete que a minha mãe escrevera para a professora. Mamãe estava em sua fase de escrever de trás para a frente. O bilhete só poderia ser lido se fosse colocado diante de um espelho. Ainda não sei como ela conseguia fazer aquilo.

Reparo em uma anotação ao lado da frase, escrita a lápis, as letras maiúsculas suaves.

Ela me dá permissão para ser eu mesma. Eu a amo por isso.

De quem ela está falando? Corro os dedos pela letra de Kristen. Com mensagens de texto e e-mails, fazia uma eternidade que não via a caligrafia dela.

Viro a página e paro em um dos adágios da minha avó.

Amigas são o jardim florido da nossa vida. Pode-as e fertilize-as para ter as flores mais espetaculares.

Estreito os olhos para conseguir ler a anotação de Kristen na margem.

Sempre me senti sortuda. Tenho as duas melhores amigas, minha irmã e minha mãe.

Meu coração acelera. Eu deveria mesmo estar lendo isto? São pensamentos privados de Kristen. Meus dedos tremem quando viro a página.

Todo mundo vê beleza no extraordinário; só os mais perspicazes encontram beleza no ordinário.

Ao lado, encontro um comentário que mal está legível. *Ela tem um jeito especial de transformar o dia mais comum em extraordinário.*

Fico olhando para as palavras, meu coração em festa. Sei, sem sombra de dúvida, que a "ela" sou eu. Eu já fui uma boa mãe. Kristen acreditava em mim. Ela me amava. Até eu decepcioná-la.

Meu olhar encontra a frase na página oposta. *Encontre a paz perdida.* Sinto os pelos do braço se arrepiarem. É a mesma frase que recebi na semana passada. Como não a reconheci?

Tiro o celular do bolso e procuro nos meus e-mails, desesperada para descobrir quem mandou a frase. Mas a mensagem não está mais lá. Droga! Jogo o celular na cama. Por que deletei aquela mensagem misteriosa?

Suspiro e passo a mão pelo caderno. Este é o sinal que pedi? Este é o modo de Kristen me dizer que está bem... e que eu também vou ficar? Se for, então por que estou tão inquieta?

15

Annie

O sol perdeu a batalha contra o horizonte, e o avô acabou de ir embora da casa de Kate. Annie limpa a mesa da cozinha e Kate guarda o último copo no armário. Ela pendura o pano de prato no puxador do forno e pega o iPad em cima da bancada.

— Vamos nos sentar. Quero te mostrar o e-mail que recebi hoje da Soléne. Lembra daquela minha amiga que toca a European Au Pair?

Annie sentiu o estômago apertado. No último outono, quando anunciou que não iria voltar para a faculdade, a tia tentou convencê-la a conseguir um trabalho como *au pair*, uma espécie de intercâmbio em que se mora com uma família em outro país em troca do serviço de babá para o filho, ou filhos, dessa família. Então, para tirar Kate do seu pé, ela havia preenchido um formulário de inscrição para a vaga e pedido um visto de trabalho. Mas não havia a menor possibilidade de Annie ir sozinha para a Europa. Precisava ficar e encontrar Kristen.

Enquanto a tia abre o e-mail, Annie fica sentada na beirada da cadeira, arrancando o esmalte vermelho do indicador.

— Você sabe que eu não tenho ideia do que fazer com crianças... seria uma péssima *au pair*.

— Dê uma olhada — pediu Kate, e virou o iPad na direção de Annie.

Cara Kate,

Obrigada por recomendar sua sobrinha para trabalhar em nossa agência. O formulário de inscrição dela parece estar completo. Como você pode ver no link abaixo, a European Au Pair tem vagas na maioria dos países da Europa. Estamos fazendo as últimas verificações das referências dela. Annie receberá notícias nossas em um ou dois dias. Só queria dizer merci beaucoup.

Soléne

Tia Kate estende o punho cerrado para um soquinho de vitória com Annie.

— Parabéns! Parece que você conseguiu o trabalho!

Antes que Annie tivesse tempo de explicar por que aquela era a pior ideia de todos os tempos, Kate abriu o link. Então elas veem um mapa da Europa, com vários pontinhos vermelhos espalhados por ele.

— Imagine só viver em um destes lugares incríveis — comenta tia Kate.

Annie olhou pela janela, agora arrancando o esmalte do dedo mínimo. Por que a tia estava sendo tão insistente? Kate já tinha sido gerente de um restaurante grande e elegante em Chicago. Ela já tinha viajado o mundo todo com o ex-marido. Mas acabou voltando para a ilha, o lugar que ama.

— Ainda não posso ir embora daqui.

Annie já varreu cada centímetro daquela ilha, de Mission Point a Arch Rock e a Point Aux Pins, e tem assaduras nas coxas para provar. Mas não está disposta a desistir, não quando é ela a principal razão para a irmã estar sumida. Annie tem uma teoria: Krissie vai aparecer quando Wes voltar. Seja lá quando for que isso aconteça.

A tia esfrega o braço dela.

— Eu entendo. Esta ilha é mágica. Mas todos concordamos que você precisa de uma certa distância da sua mãe. Um trabalho na Europa seria incrível.

Annie sente a garganta apertada. Ninguém a quer por perto? Nem mesmo a tia?

— Ah, Annie — diz Kate, e puxa a sobrinha para um abraço. — Eu amo você demais, meu amor. E te manteria aqui para sempre, se eu pudesse. — Ela estende a mão e pressiona a tela do iPad. A tela fica escura. — Não me dê ouvidos. Foi uma péssima ideia. Mas tenha em mente que, se você sempre disser não, jamais irá crescer.

16

Erika

Estaciono na garagem e deixo escapar um suspiro. São sete e quinze da noite de uma sexta-feira e, para ser honesta, o dia foi péssimo... na verdade, a semana toda foi péssima. Nada parece certo sem Annie.

Passei toda a noite de ontem analisando os comentários no caderno de pensamentos de Kristen, me perguntando se havia alguma conexão entre eles e aquele e-mail estranho. Os comentários a lápis dela me deixaram arrasada. A mãe sobre a qual ela falava com tanta gentileza jamais a teria deixado naquela manhã. Aquela mãe que aparecia nas anotações de Kristen não quebraria uma promessa, ou mandaria a outra filha embora.

Desço do carro e tranco a porta. O barulho dos meus saltos no chão ecoa pela estrutura de concreto. Checo o celular para ver as mensagens, torcendo para ter alguma coisa de Annie. Mas só o que encontro são os memorandos de negócios de sempre, incluído outro e-mail de Carter. Porque nesta manhã, entre os treze mil corretores imobiliários de Manhattan, entrei oficialmente na lista dos cinquenta melhores.

Não esmoreça. A disputa termina em nove semanas.

Um ano atrás eu teria deixado escapar um grito de comemoração e subido as escadas correndo para contar às meninas. Como era me sentir daquele jeito... feliz?

Checo todas as mensagens e um novo e-mail chama minha atenção. Aperto o botão do elevador. O remetente é conhecido. Seria a mesma pessoa que na semana passada me mandou aquela mensagem dizendo "Encontre a paz perdida"? Desta vez o que está escrito no assunto me deixa paralisada: FILHA PERDIDA.

Clico para abrir, o coração disparado.

O explorador sábio examina sua última jornada antes de planejar a próxima rota.

Era outra frase original, escrita pela minha mãe. Levo a mão à boca. Minha mãe deixou essa frase na minha lancheira durante um momento de tristeza quando eu tinha sete anos e minha amiga Nicole ficou brava comigo sem motivo nenhum. Mamãe explicou a frase para mim naquela noite, quando estava me colocando para dormir.

— Examinar o passado significa mergulhar fundo e aprender com o que aconteceu. Se não resolver os seus problemas, Riki Jo, vai ser como se olhar em um espelho quebrado. Todos os lugares rachados vão distorcer a sua verdadeira imagem, e logo você não vai mais nem se reconhecer.

Mas o que isso tem a ver com o assunto do e-mail, "Filha perdida"? Olho para o endereço do remetente. APD_UmMilagre@iCloud.com. APD... poderia ser a abreviatura que usávamos para "à procura de"... um milagre?

Um milagre. Levo a mão à boca. Kristen era a definição de um milagre para todos, a filha biológica que nunca imaginamos que teríamos.

O elevador chega, mas eu o ignoro. Meus dedos tremem quando digito uma resposta. **Quem é?**

Pressiono *enviar* e fico olhando para a tela. Com o coração ainda disparado, espero. Mas não chega nenhuma resposta. Digito de novo. **Não entendi. O que você quis dizer?**

Minhas têmporas latejam. Eu me viro, assustada, meio esperando ver alguém atrás de mim, escondido entre as pilastras de concreto, me vigiando.

— Kristen? — chamo, correndo os olhos pela garagem.

Um jovem casal aparece em um canto. Desvio os olhos. Qual é o problema comigo, caramba? Balanço a cabeça. Não estou enlouquecendo. Sou uma pessoa racional.

Então por que acredito que acabei de receber um e-mail de um fantasma?

Deixo as chaves na mesa do hall de entrada e tiro o salto. Entro apressada na sala de estar. O caderno de pensamentos de Kristen está em cima do braço de uma poltrona, exatamente onde o deixei ontem à noite.

Folheio as páginas até chegar à frase do e-mail.

O explorador sábio examina sua última jornada antes de planejar a próxima rota.

Abaixo dela, leio o comentário de Kristen, escrito a lápis.

Todo ano imploramos para ela vir. Por que não vem?

Um tremor percorre meu corpo. Ela está falando da ilha Mackinac.

Quarenta minutos mais tarde, Brian abre a porta do seu apartamento em Midtown. Seu cabelo loiro foi recém-cortado, o que lhe dá uma aparência de menino que contrasta com os óculos sérios, de armação preta. Está usando o uniforme azul do hospital. "Ele é como Clark Kent quando entra em uma cabine telefônica e sai de lá o Superman", queixava-se Annie sobre o pai, cirurgião cardiovascular, e as amigas dele. "Coloca aquela roupa do hospital e, de repente, vira o George Clooney. As mulheres não percebem que os serventes do hospital usam a mesma roupa?"

— Erika — cumprimenta ele, e dá beijinhos de leve no meu rosto. — Entre.

Ao contrário do meu apartamento no Upper West Side que, mesmo quando as meninas estavam em casa, estava sempre variando entre limpo e imaculado, o apartamento de Brian é bagunçado, o que um corretor de imóveis amenizaria como "confortável". Passamos pela cozinha e entramos na sala de jantar cinza-clara, onde o tampo de vidro da mesa está coberto por pacotes e correspondência ainda fechada. Aquilo sempre foi um problema para mim quando éramos casados, o modo como Brian ignora a correspondência diária, às vezes por semanas. A julgar pelas pilhas que estou vendo hoje, ele já chegou ao nível de ignorar por meses.

Eu o sigo até a sala de estar e, da janela que dá para o sul, vejo um relance do Empire State. Brian abaixa o volume da televisão.

— Quer me dar o seu casaco? Aceita um drinque?

— Não, obrigada. Não vou demorar. — Enfio a mão no bolso do casaco e seguro o celular. — Teve notícias da nossa filha?

— Falei com ela no último... domingo, eu acho. Está tudo bem. Ela parece feliz por estar passando um tempo com a Kate e com o seu pai.

Abaixo a cabeça.

— Preciso vê-la, conversar com ela.

Ele faz uma careta.

— Acho que você vai ter que ir para a ilha.

Sinto um arrepio por todo o corpo e recuo um passo. Esse é basicamente o mesmo conselho que recebi de "Um Milagre".

— Preciso te mostrar uma coisa — digo, e tiro o celular do bolso. — Acabei de receber este e-mail de alguém que se refere a si mesmo como *Um Milagre*. — Minha mão treme quando estendo o aparelho para Brian.

— "O explorador sábio examina sua última jornada antes de planejar a próxima rota." Hum — comenta ele, e me devolve o celular.

Eu me forço a olhá-lo diretamente nos olhos.

— Poderia ser da Kristen?

A expressão dele se fecha, e vejo uma mistura de pena e sofrimento atrás da armação escura dos óculos.

— Eu sei o que você está pensando — digo. — Acredite em mim, também achei que a Annie estava fora de si. Mas e se ela tiver razão? A Annie conhecia a Kristen melhor do que qualquer um de nós. E ela pesquisou a respeito disso, Brian. Há casos documentados de erros de identificação. E agora eu recebo este e-mail misterioso.

Brian solta o ar.

— Querida, isso não é saudável. — Ele segura meus braços como um pai lidando com uma criança agitada. — Sei que é difícil, mas você precisa aceitar, Erika. A nossa filha se foi.

Eu me desvencilho dele, as palavras familiares demais para mim. Não é a mesma coisa que eu disse à Annie, nove dias atrás? Um gemido baixo sobe pelo meu peito, mas consigo abafá-lo.

— Então quem é? — pergunto.

— A Annie. É o jeito complicado dela de se aproximar de você.

— Isso é simplesmente cruel. A Annie jamais faria uma coisa dessas. Só... por favor, considere a possibilidade. E se a Kristen estiver escondida? Não é impossível.

Ele me encara por um momento, e finalmente assente.

— Isso significaria que eu ferrei com tudo. Fui eu que identifiquei o corpo. — O rosto dele agora está franzido, a expressão derrotada. Brian se deixa cair no sofá e abaixa a cabeça.

— Ei, pare com isso. Não é culpa sua. — Eu me sento ao lado dele e esfrego suas costas. — Eu estava tão arrasada que mal consegui olhar para aquelas fotos. E concordei que os registros dentários não eram necessários. Mas não estávamos pensando direito. E se nós tivermos cometido um erro?

— O que você sugere, então, Erika? — A expressão do rosto dele se altera de novo e seu tom agora é defensivo. — Não, eu me recuso a colocar em dúvida o que eu vi. Conheço a minha filha. — Ele bate com as mãos nas coxas, como costuma fazer quando toma uma decisão. — Era a Kristen naquelas fotos, por maior que seja a nossa vontade de negar isso.

Olho nos olhos dele, e quase posso sentir o fardo horrível que Brian está carregando. Fico dividida entre deixá-lo acreditar que está certo e desafiá-lo. Mantenho a voz baixa.

— Como você pode ter certeza, Brian? Deve ter havido alguma coisa, *alguma coisa* que o fez ter certeza de que a garota naquelas fotos era, sem sombra de dúvida, a nossa filha.

Ele cobre a boca com a mão e assente.

— O colar dela. O que eu dei de presente. A garota nas fotos estava usando aquele colar. Tinham uma foto dele. Você e a Annie já tinham saído da sala.

Meu corpo fica frio. Ele está falando do pingente corriqueiro Return to Tiffany que comprou para Kristen no aniversário de treze anos dela. Não consigo me lembrar da última vez que a vira usando. Mas, ainda que Kristen estivesse com o colar naquele dia, aquilo com certeza não era uma prova. Sem dúvida havia centenas, se não milhares, de meninas loiras de dezenove anos com um colar como aquele.

— Brian, você precisa me ouvir.

— Ela adorava de verdade aquele colar — diz ele.

Brian não está escutando. Ele nunca escuta! Eu me preparo para o confronto. Mas, quando abro a boca para falar, a ternura que vejo em seus olhos me detém.

— Sinto como se uma parte de mim estivesse com ela naqueles últimos momentos — sussurra ele.

Tenho duas escolhas. Posso insistir na possibilidade de ele ter cometido um erro terrível, com implicações sérias que talvez nunca sejam resolvidas. Ou posso deixá-lo acreditar que a filha gostou tanto do presente que ele lhe deu aos treze anos que o usou até o dia de sua morte.

— Era a joia favorita dela — digo, puxando-o para um abraço. — Porque foi um presente do pai.

17

Erika

Fico ainda mais confusa ao longo do fim de semana. Nem o trabalho me distrai. Primeiro, o e-mail anônimo, então a confissão de Brian, me dizendo que a identificação que fez do corpo foi amplamente baseada em um colar da Tiffany igual aos que metade das adolescentes da cidade usa. É possível que Annie esteja certa, que Kristen não estivesse naquele trem? Começo a ligar para investigadores particulares na segunda-feira de manhã, às oito em ponto, e marco uma hora com um que pode me receber no fim da tarde.

Está nevando quando chego ao prédio Kleinfelt, no Flatiron District. Do outro lado da rua, as pessoas caminham pelo Madison Square Park. Coloco o capuz do meu casaco e disparo pela calçada, torcendo para não ser vista. O que as pessoas pensariam se soubessem que vou ver um investigador particular porque estou tendo dúvidas sobre a morte da minha filha? Parece simplesmente insano.

Abaixo o capuz quando entro no saguão do prédio, e admiro a mistura elegante do clássico com o moderno. Sigo até o balcão de mármore antigo na recepção e estendo meu cartão para o recepcionista de cerca de trinta anos, antes de perceber o que estou fazendo.

— Desculpe — digo a ele. — Estou acostumada a mostrar apartamentos. Sou Erika Blair. Estou aqui para ver o detetive Bower.

— Sem problemas. — Ele pega o interfone, sorrindo por trás de uma barba absurdamente cheia. Segundos mais tarde, volta a pousar o fone. — Pode subir. Apartamento 309.

Sigo na direção do elevador.

— Sra. Blair? — O recepcionista levanta o meu cartão. — Vou ficar com isso — diz ele, sorrindo. — Minha esposa e eu estamos nos preparando para comprar um imóvel em breve. Vou ligar para a senhora.

Eu me encolho por dentro.

— Hum, não estou aceitando novos clientes no momento. Mas obrigada. E boa sorte.

Subo até o terceiro andar de elevador, tentando apagar da mente a expressão envergonhada no rosto do recepcionista. Mesmo se eu quisesse, Carter nunca permitiria que eu aceitasse um comprador de primeira viagem, com orçamento apertado.

O detetive Bower é um homem de expressão gentil, com um emaranhado de cachos ruivos, e me recebe parecendo mais um terapeuta bondoso do que um detetive. Ele me entrega uma xícara de café e gesticula indicando a cadeira de madeira do outro lado da mesa.

— Sente-se, por favor. O que a traz aqui?

— A minha filha, Kristen — respondo, com a caneca quente entre as mãos. — Ela foi uma das vítimas do acidente com o Acela Express, em agosto.

— Eu me lembro desse acidente. Foi um ataque terrorista, certo?

— Ainda estão investigando. O motorista do caminhão-tanque talvez tivesse alguma ligação com uma milícia radical, mas os motivos ainda não foram elucidados. E o NTSB, o Conselho Nacional de Segurança nos Transportes, que é responsável pela investigação, não está dando muitos detalhes. — Paro para ganhar coragem. — A questão é — digo, encarando-o nos olhos. — Estou começando a ter dúvidas se ela estava mesmo naquele trem.

Fico grata ao ver que o sr. Bower nem pisca.

— Vocês identificaram o corpo?

— Sim, nós vimos fotos.

— E registros dentários?

— Meu marido descartou essa possibilidade. A carteira de identidade estava no bolso dela. Nós tínhamos todos os motivos para acreditar que era ela.

Ele inclina a cabeça.

— E agora?

— Minha outra filha, Annie, foi a primeira a questionar o que aconteceu. Entenda, o corpo estava em mau... estava desfigurado. Era difícil ver a nossa Kristen nele. — Conto ao sr. Bower sobre a teoria de troca de identidade de Annie.

— As torres de celular talvez consigam rastrear a localização dela. Presumo que a sua filha estivesse com o celular.

— Só vão devolver os pertences das vítimas depois que acabar a investigação. Dizem que pode levar até um ano. Mas de qualquer forma não adiantaria. O celular da Kristen não estava carregado. — Levo a mão à testa. — Não consigo acreditar que a deixei partir.

— Trocas de identidade são extremamente raras — afirma Bower —, mas a Annie tem razão, isso acontece. Para nos certificarmos, podemos pedir uma análise do DNA dela.

Balanço a cabeça, a culpa me atingindo mais uma vez.

— Ela foi cremada.

O sr. Bower levanta os ombros.

— Se conseguir recuperar um fragmento de osso, ainda podemos fazer o exame.

— As cinzas dela foram pulverizadas. Foi o que o crematório recomendou.

Ele assente.

— É o que costumam fazer. Infelizmente, isso torna impossível a análise do DNA.

— Eu queria ter feito as coisas de forma diferente — murmuro. E levanto os olhos. — Há mais uma coisa... um e-mail estranho que recebi na última sexta-feira. — Conto a ele sobre o e-mail anônimo enviado por Um Milagre. — O estranho é que todo mundo, menos eu, chamava a Kristen de "milagre"

— Interessante. Quem mais poderia ter mandado?

— Além da Kristen, só a Annie e a minha irmã, Kate, conhecem essas frases. Não perguntei a elas a respeito. — Abaixo os olhos para as mãos. — Não quero que a minha irmã pense que estou enlouquecendo. — Dou um sorrisinho rápido que pretende dizer *Porque é lógico não estou!* — E a Annie... se ela descobrir sobre o e-mail, vai ficar ainda mais convencida de que a irmã está viva. Não quero encorajá-la.

— Encaminhe o e-mail para mim. Talvez eu consiga rastrear o endereço IP. Depois que soubermos a localização geográfica do remetente, podemos seguir a partir daí.

— O e-mail está bem aqui. — Pego o celular na bolsa e abro o e-mail. Meus dedos tremem enquanto digito o endereço de e-mail de Bower. Pressiono *encaminhar*.

— Feito — digo.

Ele assente.

— Entro em contato quando tiver alguma novidade.

Deixo o escritório de Bower e reconheço, para meu desalento, uma minúscula chama de esperança despertando em meu coração abatido.

89

18

Annie

Annie está sentada diante da escrivaninha, no quarto vago de Kate, na quarta-feira de manhã, digitando sua mensagem diária para Kristen no Facebook, e enviando em modo privado, como sempre, para que ninguém ache que ela enlouqueceu.

Oi, Krissie. Ainda estou aqui na ilha. Vou passar no Wes às nove. Se estiver lá, por favor, desta vez abra a porta. Não vou contar para a mamãe, prometo.

Às 8h55, ela sobe até a Casa Calyx e bate com a aldrava na porta, exatamente como tinha feito nos últimos treze dias. Será que algum dia Wes vai voltar?

Annie conta até trinta, projetando imagens mentais na pintura granulada da porta. Quando ergue a mão para bater de novo, a porta enorme é aberta. Ela dá um gritinho de susto. Droga! Por que não estava preparada para isso?

Wes está parado no saguão, o cabelo escuro desarrumado, como se tivesse acabado de sair da cama. Ele está usando um jeans rasgado e uma camiseta desbotada do Saint Barth Iate Clube. Se alguma outra pessoa estivesse usando aquela camiseta, Annie presumiria naturalmente que era um souvenir de viagem. Mas Wes? Ele podia mesmo ser membro daquele Iate Clube na luxuosa ilha do Caribe.

— Anna? — diz ele, a expressão fechada. — O que aconteceu?

— É Annie. — Ela força sua entrada na casa e entrega o casaco a ele. — Nós precisamos conversar.

Ele não discute, e ganha um ponto com Annie.

— Você veio na hora certa — comenta ele, e joga o casaco dela por cima do corrimão da escada. — Voltei ontem. Só vou ficar aqui até arrumar minhas coisas, depois vou sumir. Este lugar está mexendo com a minha cabeça.

Ele a guia por uma sala pintada em tons pastel, até chegarem a uma cozinha branca, em estilo country-chique, que faria Martha Stewart babar. Wes pega duas xícaras no armário.

— Café?

— Hum, pode ser, obrigada.

Annie para diante de uma ilha de mármore gigantesca, olhando ao redor em busca de qualquer sinal da presença da irmã. Ela pigarreia. Qual era o discurso que tinha preparado? O que tinha soado racional e não o deixaria apavorado? Ela precisa dizer aquela única frase direito, a parte onde é firme, mas sem acusar.

— Onde está a minha irmã? — fala de supetão.

Wes gira o corpo para encará-la, com uma embalagem de creme para o café na mão.

— Como? Achei que já tínhamos tido essa conversa.

— Não cara a cara. — Annie endireita os ombros. — Onde ela está, Wes? A Kristen veio ver você, eu sei que veio. — E volta a olhar ao redor da cozinha. — Ela está aqui, não está?

Ele deixa escapar uma risadinha abafada — um som sarcástico que fica entre o riso e uma bufada.

— Anna... Annie... a sua irmã morreu. Ela não está comigo. Nós conversamos sobre isso, lembra?

— Sim, bem, não acredito em você.

Ele bufa.

— Sente-se — diz a ela, e pousa uma xícara de café sobre a bancada, diante dela. Wes puxa um banco e se senta, de frente para Annie. — Agora me conte o que está acontecendo.

Ela segura a xícara de café para firmar as mãos trêmulas.

— A Kristen tem transtorno bipolar, Wes.

Annie o observa com atenção, esperando ver uma expressão de choque no rosto dele. Em vez disso, Wes assente.

— Desconfiei. — Então ele se vira e suspira. — Eu sinto falta daquela garota.

O coração de Annie amolece.

— Você realmente a amava.

Wes passa a mão pelo cabelo.

— Não... eu não sei. Sinceramente, não sei se sou capaz de amar. A Kristen odiava o fato de eu não dizer que a amava. Mas eu simplesmente não conseguia, sabe?

Ele se vira para Annie. Wes acha mesmo que uma garota gorda como ela, que teve apenas um encontro às escuras na vida, saberia algo sobre o assunto? Um dia vai encontrar a pessoa por quem está destinada a se apaixonar. Mas, até agora, a alma gêmea dela parece ter encontrado um ótimo lugar para se esconder.

— Você fez a coisa certa. As palavras são importantes para as mulheres da minha família. Teria sido errado iludi-la.

— Ainda assim, depois que ela descobriu sobre o bebê e tudo mais, pareceu...

A mente de Annie gira e parece dar cambalhotas. Bebê? A irmã dela estava... *está*... grávida?

Wes fecha os olhos.

— Merda. Você não sabia.

— Está... está me dizendo que a Kristen estava grávida?

O pomo de adão de Wes sobe e desce.

— Achei que ela contasse tudo para você.

— Também achei.

As lágrimas ardiam nos olhos de Annie.

Ele se inclina para trás e solta o ar com força.

— Foi feio. Ela perdeu a cabeça completamente. Mas nós estávamos tomando conta das coisas.

— Tomando conta das coisas? — Annie cobre os ouvidos. — Pare. Não quero ouvir isso. — Ela o encara, a respiração saindo em arquejos. — Ela está aqui, Wes? Você está escondendo a Kristen? — Os olhos dela percorrem de um lado a outro da cozinha. — Kristen? — chama. — Eu sei que você está aqui. Desça agora mesmo.

Wes a segura pelo pulso.

— Annie, estou dizendo a verdade. Juro. Pode ficar à vontade para revistar a casa. Mas me diga: por que eu estaria escondendo a Kristen?

Annie pisca com força para evitar que as lágrimas escorram.

— Porque ela está grávida. Porque vocês dois vão ter um bebê e ela não quer que ninguém saiba. De quanto tempo ela está?

Wes pega uma maçã em uma fruteira de cerâmica e fica olhando para a fruta, girando-a na mão.

— A Kristen ficou grávida no fim de semana do Quatro de Julho. Ela... nós... nos arriscamos, demos bobeira.

Annie faz os cálculos rapidamente.

— Quase oito meses agora — diz, mais para si mesma. Então, abaixa os olhos para o colo, e fica descascando o esmalte, distraída. — Você disse que estava ajudando a Kristen a tomar conta das coisas. Ela ainda estava com o bebê na barriga?

Wes devolve a maçã para a fruteira.

— Sim. Estava.

Annie solta o ar.

— Minha mãe biológica quase fez um aborto.

— Eu sei. E por isso a sua irmã se recusou a falar sobre opções. — Ele faz aspas no ar ao falar *opções*. — A Kristen me disse que nunca conseguiria viver consigo mesma sabendo que teria roubado o mundo de alguém como você.

O nariz de Annie arde e ela coloca os dedos sobre o queixo trêmulo.

— Não a escutei naquela manhã. Eu a fiz ir embora.

— A culpa é uma merda. — Wes balança a cabeça, como se estivesse tentando afastar uma lembrança ruim. — Na última vez que conversamos, tivemos uma briga feia. Eu exigi que ela, aspas, tomasse conta da situação. A Kristen ficou furiosa. Antes de ela ir embora, fui até o cofre do meu pai. — Ele olha rapidamente para Annie, de relance, como se estivesse com vergonha. — O meu velho tem grana. Enfim, peguei uma quantidade enorme de dinheiro e obriguei a Kristen a aceitar.

Annie o encara.

— Ela ainda deve ter o dinheiro. É isso que está usando! Seria o bastante para a Kristen viver por, tipo, um ano?

Ele assente, ainda com uma expressão envergonhada.

— E com estilo.

A culpa tem um preço alto.

— Muito bem, presuma por um minuto que a Kristen está viva. Se ela estivesse se escondendo em algum lugar, onde estaria?

— Pare. Ela não está...

— A Kristen queria me contar alguma coisa naquela manhã, mas não contou.

A lembrança da última conversa delas — a insistência de Kristen para que Annie saísse da barra da saia da mãe — volta à mente de Annie. E, de repente, tudo fez sentido.

— Ela estava com medo que eu contasse para a nossa mãe — diz para si mesma. — Mas agora nem mesmo estou falando com a minha mãe. A Krissie precisa saber disso. Tenho que encontrá-la. — Annie se vira para Wes. — Ela deve ter te dado alguma pista. Pense!

Ele abre a boca, mas logo fecha.

— Nada.

Annie agarra o braço dele.

— O que é? Droga, me diz!

Wes passa a mão pelo rosto.

— A Kristen vivia dizendo... não que isso signifique alguma coisa... "Vamos fugir para Paris e deixar o mundo para trás".

Paris. Exatamente o lugar aonde Krissie disse para Annie ir.

19

Erika

Na quarta-feira, bato à porta antes de entrar no escritório do detetive Bower, ofegante de ansiedade. A luz do fim do dia projeta sombras nas paredes de tijolo aparente. Desde que Bower ligou, naquela tarde, perguntando se eu tinha tempo para uma reunião, meus nervos estão à flor da pele e minhas esperanças, crescendo.

Eu me sento na mesma cadeira, e não perco tempo com formalidades.

— Tem alguma notícia da Kristen?

Ele me dá um sorriso bondoso.

— Não, sinto muito.

Meu coração aperta no peito e eu fecho os olhos.

— Mas — adiciona ele. Levanto os olhos. — Tive a chance de checar o endereço IP do e-mail. Seu remetente está usando um VPN na Dinamarca.

Levo a mão à cabeça.

— A Kristen está na Dinamarca?

— Não. Ela... ou ele... está usando uma Rede Privada Virtual. É como um servidor fantasma para esconder a localização do remetente.

— Ela quer esconder a localização? Você consegue quebrar a criptografia?

— Não. Essas redes se orgulham de serem bem lacradas. Nem mesmo a Agência de Segurança Nacional consegue invadir.

Balanço a cabeça.

— Então, não estamos nem um pouco mais perto de saber quem é Um Milagre, ou onde está.

— Com base no fato de que o remetente está usando o VPN, meu palpite é que é alguém com menos de quarenta anos. Um millennial, provavelmente.

Penso em Kristen, minha millennial... e minha filha que entende de tecnologia.

— E tem que entender de tecnologia, certo?

— Não necessariamente. A maior parte dos jovens conhece bem os VPNs. Eles cresceram usando essa rede para fazer download de músicas e de... de qualquer coisa que queiram manter em segredo.

— Então, ela quer manter a localização em segredo — concluo, enquanto me esforço para compreender o que isso significa.

Ele faz uma pausa antes de prosseguir.

— Erika, sei que é tentador partir para a conclusão de que o remetente é a Kristen. A sua outra filha quer acreditar que a irmã está viva, e você também. Mas, de um ponto de vista objetivo, acho que isso é altamente, altamente improvável.

— Eu sei.

Mas um ponto de vista objetivo não é páreo para a intuição de uma mãe. E, neste momento, meus instintos maternos me dizem que talvez, apenas talvez, Annie esteja certa.

Ligo para Annie a caminho do carro. Ela não atende. Ligo de novo enquanto desço a Tenth Avenue. Nada ainda. Tento mais uma vez enquanto penduro o casaco na entrada de casa. Estou me servindo de uma taça de vinho quando a ligação cai no correio de voz, do mesmo jeito que tem acontecido nos últimos onze dias.

— Droga!

— Annie, sou eu de novo. Por favor, liga pra mim. Não importa a que horas. Aconteceu uma coisa e eu preciso falar com você. Sin-sinto muito. Por tudo.

Levo o vinho para a sala e fico parada diante da janela alta que dá vista para o parque. A chuva cai em cascata dos galhos das árvores e as pessoas se abrigam embaixo de guarda-chuvas. Você está aí fora em algum lugar, Kristen?

Chega uma notificação no meu celular. Levanto o aparelho, esperando ver o endereço de e-mail de Annie e, em vez disso, meus olhos encontram APD_UmMilagre. De novo, no assunto, se lê "Filha perdida".

Deixo escapar um arquejo e abro o e-mail.

Não confunda o que é importante com o que importa.

A lembrança cai sobre mim como a chuva, suave como a voz da minha mãe. Eu estava no quarto ano do fundamental e era primavera. Ainda morávamos em Milwaukee. Eu estava pronta para sair para a escola, e amarrava meus tênis gastos quando o cadarço arrebentou. Como não tínhamos mais nenhum cadarço branco em casa, minha mãe usou um cadarço preto do meu pai. Fiquei aflita. Era importante para mim ter cadarços brancos com tênis brancos.

Quando abri a lancheira, mais tarde naquele dia, encontrei um bilhete da minha mãe: *Não confunda o que é importante com o que importa.*

Naquela tarde, no recreio, enquanto meus amigos e eu corríamos pelo parquinho, percebi que Ryan Politi, um garoto do quinto ano, estava torcendo por nós do lado de fora, sentado em sua cadeira de rodas. Na mesma hora, compreendi a mensagem da minha mãe.

Ligo para Kate enquanto atravesso o hall de entrada para pegar o caderno de pensamentos de Kristen.

— Oi para você! — A voz da minha irmã era tranquila, como um rio que flui devagar.

— Pode colocar a Annie na linha, por favor?

— Nossa, oi para você também.

Caminho pelo corredor enquanto falo.

— Vamos lá, Katie, por favor. É importante.

— Ela precisa de um pouco de espaço, Rik. E, mesmo se a Annie quisesse falar com você, ela não está aqui, está na casa do papai.

Paro na porta do meu quarto.

— Quem está com ela?

— Ninguém.

— Tem certeza de que ela está sozinha?

— É claro que tenho certeza.

Entro no meu quarto e me sento na beira da cama.

— Tenho recebido uns e-mails estranhos, com frases antigas da mamãe. A primeira foi "Encontre a paz perdida". Depois "O explorador sábio examina sua última jornada antes de planejar a próxima rota". E agora acabei de receber outra: "Não confunda o que é importante com o que importa". — Faço uma pausa de efeito. — É de alguém que se autodenomina "Um Milagre".

Enfatizo as duas palavras: *Um Milagre*. Prendo a respiração e espero. Com certeza Kate vai pegar a conexão das palavras com Kristen.

— Inteligente — comenta ela. — Parece um desafio: a forma que a Annie encontrou de finalmente trazer você aqui para a ilha. Acho que ela não me ouviu quando eu disse que ela precisava de um tempo longe de você.

Esfrego a testa. Kate acha que "Um Milagre" é Annie. Assim como Brian. Será que estou me enganando?

— Mas e se não for a Annie? E se essas mensagens forem da... Kristen? — Fecho os olhos com força, me preparando para não ser atingida pela reação que com certeza virá do outro lado da linha.

— Rik, você não pode estar falando sério. Por favor, não me diga que está acreditando nessa bobagem.

Enquanto Kate continua seu sermão sobre limites e sobre o que é melhor para Annie, pego o caderno de pensamentos prateado na minha mesinha de cabeceira e folheio, desesperada para encontrar palavras de Kristen. *Não confunda o que é importante com o que importa*. Na margem, vejo a letra meio apagada de Kristen.

Eu costumava importar. Mas agora, às vezes, acho que poderia desaparecer e ela nem sentiria a minha falta.

Meu Deus. Como eu não tinha visto esta? E por que a mudança no tom? Agarro o celular. Ela importa. Preciso dizer a ela. Preciso *mostrar* a ela!

— Estou indo para a ilha, Kate. — As palavras escapam da minha boca antes que eu consiga detê-las.

— Jura? E o seu trabalho?

Levo a mão ao peito, o coração disparado. Por razões que não consigo entender, acredito que a minha filha está me guiando, me chamando de volta ao lugar terrível que já chamei de lar. E preciso escutá-la.

— O que importa é a minha filha. — Pela primeira vez em muito tempo, me sinto quase orgulhosa. — Se houver a menor chance que seja de esse e-mail ser da Kristen e ela estiver me desafiando a encontrá-la...

— Tá... bom. Vamos ser objetivas. Você vai vir para cá por causa da Kristen? Mas não pela Annie, a filha que está viva e que precisa de você?

— Eu vou porque amo minhas filhas, as duas. E a Annie precisa de mim. E estou me sentindo péssima por não estar presente para ela. — Fecho os olhos novamente. — Mas ainda posso ter esperança de que a Kristen talvez também esteja aí, certo?

— Ah, Rik.

Odeio a piedade que escuto na voz da minha irmã. Ela acha que estou enlouquecendo. E a verdade é que não tenho provas de que a mensagem seja de Kristen. A não ser pelo o que meu coração está me dizendo.

20

Annie

Annie volta correndo para a casa da tia, já de noite, debaixo de chuva e neve. Quando sobe apressada os degraus da varanda, seus cachos estão molhados e os tênis ensopados. Ela para assim que entra para tirar os sapatos.

Da cozinha, escuta Kate falando ao telefone. Annie apura os ouvidos e fica parada, imóvel. A tia está falando com a mãe dela... sobre ela.

— Jura? E o seu trabalho?

Annie prende a respiração. Seria possível que a mãe estivesse vindo para a ilha? Será que a havia perdoado? Annie espera em silêncio no hall de entrada, um sapato no pé, o outro no chão, já descalçado, desesperada para ouvir mais. Quando Kate finalmente volta a falar, sua voz é suave, como se estivesse triste por Annie.

— Vamos ser objetivas. Você vai vir para cá por causa da Kristen? Mas não pela Annie, a filha que está viva e que precisa de você?

É como se todo o seu oxigênio fosse sugado. A mãe não está indo para a ilha por causa dela. Annie foi idiota por achar que poderia ser. Quando ela vai entender? Erika culpa Annie por perder Krissie. E sempre vai culpar.

Ela enfia o pé de volta no tênis molhado e sai em silêncio pela porta. Precisa sair dali! Seus olhos estão marejados, e ela desce cambaleando os degraus da varanda. Não consegue respirar. Não consegue enxergar. Annie desce a rua às pressas, os passos vacilantes, até as luzes da rua acabarem e ela se ver escondida na escuridão das árvores. Então dobra o corpo e deixa escapar uivos longos e reprimidos de dor. De solidão. De um sofrimento inconsolável que só uma filha sem mãe consegue sentir.

Uma hora mais tarde, do lugar onde está sentada no alto do barranco, Annie vê a luz do quarto da tia se apagar. Ela enfia as mãos geladas nos bolsos e espera mais dez minutos antes de voltar para a casa de Kate.

Annie sobe os degraus da varanda sem fazer barulho, então abre a porta devagar, rezando para que a tia não escute e desça para dar boa-noite. Seus olhos e seu nariz devem estar inchados como salsichas.

Ela passa pelo corredor na ponta dos pés e vai direto para o quarto. A mãe nunca a perdoará por ter deixado Krissie desaparecer. E nada que a tia possa dizer vai fazê-la mudar de ideia.

Annie fecha a porta do quarto e abre o notebook, esperando contra todas as possibilidades encontrar alguma mensagem de Krissie.

Em vez disso, encontra um e-mail da agência de *au pair*.

Para: AnnieBlair@gmail.com
De: SoléneDuchaine@EuropeanAuPair.com

Cara srta. Blair,
Tenho a satisfação de informar que a sua checagem de antecedentes foi feita com sucesso. A senhorita é qualificada para se candidatar a uma vaga com a European Au Pair.

Com base na data de hoje, e em seu desejo de retornar aos Estados Unidos em agosto, temos oportunidades limitadas. A vaga mais urgente é com uma família norte-americana, um pai solteiro e sua filha de cinco anos, Olive.

Eles estão morando em Paris.

Paris.
Annie sente um tremor percorrer o corpo.
Parece que o mundo todo está conspirando.

O professor Thomas Barrett está em um período sabático da Universidade Georgetown, trabalhando na Sorbonne até o dia 10 de agosto. Por favor, esteja ciente de que a filha do professor Barrett é tida como "desafiadora".

É urgente que essa vaga seja preenchida. Precisamos da sua resposta o mais rápido possível.

Atenciosamente,

Soléne

Annie descasca o esmalte do polegar. Desafiadora? Certo. É um modo gentil de dizer que a garota é um verdadeiro monstrinho. Ela encara a tela do computador, os pensamentos indo da mãe que a odeia para a irmã que precisa dela. Será que consegue fazer aquilo? Por Krissie? E pela mãe? E por si mesma?

Porque, se tiver sucesso e conseguir encontrar Krissie, talvez, apenas talvez, seja perdoada.

Ela coloca a mão sobre o teclado.

Cara sra. Duchaine,

Sim, aceito a vaga em Paris, com o professor e a filha. Posso partir...

Annie faz um cálculo rápido. É quase meia-noite. O dia seguinte é quinta-feira. Ela vai precisar voltar para casa para pegar o passaporte e mais roupas.

... no sábado.

Annie pressiona *enviar* e sente um arrepio intenso de empolgação e medo. Está mesmo se tornando independente, como Krissie quer. Mas será que consegue dar o próximo passo, e realmente sair de debaixo das asas da mãe?

Os dedos de Annie estão gelados enquanto ela apaga todas as mensagens da mãe, sem ler nem ouvir nenhuma.

21

Erika

Estou parada do lado de fora da sala de Carter Lockwood na quinta-feira de manhã bem cedo. A Imobiliária Lockwood, que ocupa o décimo quarto andar de um antigo prédio no bairro de Sutton Place, já está cheio de agentes e corretores. Eu me encosto contra a porta laqueada de preto de Carter e checo para ver se há alguma mensagem de Annie. Mas é claro que não encontro nada. Verifico a hora. Oito e vinte. Vamos, Carter! Apresse-se!

— Você não deveria estar fechando negócios? — pergunta ele, caminhando pelo corredor com a mão no bolso.

Meu coração dispara.

— Tenho que te pedir um favor. Você tem um minuto?

Ele pega um molho de chaves e enfia uma na fechadura da sala.

— Desde que não envolva dinheiro ou sexo. Jesus, a Rebekah está acabando comigo. Aquela mulher não consegue formular uma única frase coerente, mas é um perfeito Shakespeare entre os lençóis.

Ele ri e meu estômago revira. A última em sua lista de quatro esposas é uma beldade russa de vinte e sete anos. Sou a última pessoa que deveria falar sobre diferença de idade. Afinal, Brian é uma década inteira mais velho do que eu. Mas não consigo evitar sentir pena de Rebekah, uma mulher que está a milhares de quilômetros de casa e é evidentemente dominada pelo marido rico.

Carter abre a porta e gesticula para que eu entre. O sol do leste entra pelas janelas amplas. Eu costumava ficar encantada com a vista do escritório de Carter. Ficava olhando o East River, lá embaixo, vendo o tráfego seguir lentamente pela ponte Ed Koch até o Queens. Hoje, eu me sento em uma cadeira de metal escorregadia e não olho nem de relance para a janela.

Carter se acomoda atrás da escrivaninha grafite e liga o computador. Pigarreio para chamar a atenção dele.

— Eu pre-preciso de alguns dias de folga, Carter.

Ele encara a tela do computador.

— Agora não é uma boa hora, Blair. Estamos nas últimas semanas da disputa. Você sabe disso.

Torço as mãos suadas.

— Carter, eu não tiro férias há... nem consigo me lembrar das minhas últimas férias de verdade... férias que não envolvessem uma conferência sobre o ramo imobiliário, ou uma propriedade em potencial.

Mas eu me lembro, sim. Foi quando Brian e eu levamos as meninas para Londres. Marquei a viagem dois dias depois de descobrir o caso de Brian com Lydia, a nova anestesista. Estava determinada a salvar nossa família, convencida de que todos precisávamos de um tempo juntos, só nós. Mas Brian queria um tempo sozinho. Ele escapou para pubs e museus, recusando-se a participar dos passeios escolhidos por nossas filhas de dez anos, como o Madame Tussauds e o London Dungeon. No fim da viagem, a conta de celular de Brian me mostrou que o tempo que ele passara sozinho era usado para falar com a namoradinha, que tinha ficado nos Estados Unidos. Embora eu tentasse manter uma expressão feliz por causa das meninas, a viagem deixou uma cicatriz horrível. Passei uma semana me recuperando, na ilha, na casa de Kate, então retomei as rédeas da minha vida. Desde então, minhas únicas folgas são os fins de semana alongados, de vez em quando, na nossa casa na baía.

— Preciso de você aqui, fazendo o que você faz de melhor... vendendo propriedades.

— É a minha filha. Preciso ficar com ela. A Annie está em Michigan, com a minha irmã. Vai ser uma viagem rápida.

Era estranho brigar pelo direito de visitar a ilha, quando passei a vida brigando para evitar ir até lá.

— A Allison consegue dar conta?

Secretamente chamo Allison, minha assistente, de "Altoid" por causa da bala de menta, de sabor intenso, que sempre foi um pouco forte demais para o meu gosto. No último outono, quando um dos nossos clientes ameaçou recuar de um negócio, a poderosa Altoid garantiu a ele que tínhamos três outros compradores prontos para fazer uma oferta. Nenhuma palavra daquilo era verdade. Sim, fechamos o negócio, mas, como eu disse a ela, não era meu estilo mentir.

— E não é meu estilo perder — retrucou ela.

Não apenas minha assistente de vinte e seis anos consegue dar conta, como facilmente conseguiria ficar com o meu emprego, e provavelmente com o de Carter também. Para minha sorte, Allison não fala mandarim. Ainda.

— Ela deve ficar bem por conta própria por alguns dias — respondo. — Vou levar meu notebook comigo, é claro. Eu gostaria de partir hoje à tarde.

Ele finalmente levanta os olhos para mim, as sobrancelhas franzidas.

— É tão importante assim?

Não confunda o que é importante com o que importa.

Assinto.

Ele dá uma risadinha debochada.

— Não estrague tudo, Blair. Se a sua posição cair, você nunca vai se recuperar. Estou contando com você.

As palavras dele são mais uma ameaça do que um encorajamento, seu típico *modus operandi*. Carter tem motivos ocultos para aquilo. Ter um de seus corretores entre os cinquenta melhores vai criar um influxo de novos negócios para a Imobiliária Lockwood. Mas neste momento não me importo com negócios. O que importa é encontrar minhas filhas — as duas.

Ele abre a agenda.

— Preciso de você na reunião de amanhã com o sr. Huang. Você pode ir no sábado. E esteja aqui de volta o mais rápido possível.

— Tudo bem. Volto no meio da próxima semana. — Saio logo da sala, o músculo do meu maxilar saltando. Por que aguento esse tirano?

— Blair? — chama ele. — Você viu quem está colada na sua bunda?

Eu me viro.

— Como?

— Emily. Ela se esgueirou entre os sessenta melhores. É melhor ficar atenta ou ela vai ferrar com você de novo.

Estendo a mão para me apoiar na parede, subitamente zonza. Meu lado egoísta queria ganhar a disputa para poder esfregar meu sucesso na cara de Emily. Ela é uma corretora de renome no mercado, mas eu não tinha ideia de que estava na disputa pelos cinquenta melhores. Não me importo de não ser a primeira, ou mesmo a quadragésima primeira. Tenho plena consciência de que haverá outros corretores na minha frente, e tudo bem... com uma exceção. Emily Lange, a mentora-barra-traidora.

Emily me colocou embaixo de suas asas, me ofereceu um emprego como sua assistente quando Brian e eu nos mudamos para a cidade. Ela me ensinou muito sobre comparáveis e cooperativas, e sobre fechar um negócio em uma cidade vinte vezes maior que Madison. Dois anos mais tarde, quando eu era uma mãe solo, considerando a possibilidade de abrir minha própria imobiliária, Emily foi quem mais torceu por mim.

— Faça isso! Eu até deixo você levar seus clientes junto. Vai fazer o dobro de dinheiro, trabalhando metade do tempo.

O que não previmos foi que a bolha imobiliária estava prestes a estourar. Toda a indústria prestes a entrar em colapso. Duas semanas depois de eu assinar o contrato de aluguel do meu novo escritório, Emily voltou atrás com a oferta. E acionou a cláusula de não concorrência do meu contrato. Tive que abrir mão de todos os meus clientes asiáticos — os únicos que ainda estavam comprando imóveis. Ela quebrou a promessa que tinha feito, e sacrificou a mim e ao meu negócio para se salvar.

Por causa de Emily, fui à falência. E quase perdi a guarda das minhas filhas. Levei anos para me recuperar. Embora Carter não seja nenhum príncipe, ele me recebeu na Imobiliária Lockwood quando Emily Lange nem atendia minhas ligações.

— Vejo você de volta na segunda — diz Carter.

Abro a boca, mas volto a fechar logo em seguida. A área toda de Mackinac é de menos de dez quilômetros quadrados, e conheço cada centímetro do lugar. Se Kristen estiver realmente se escondendo, não vou demorar muito a encontrá-la. Carter e Emily Lange me deram a desculpa perfeita para passar o mínimo de tempo possível naquela ilha desgraçada.

— Segunda, que seja.

22

Erika

É como se o globo terrestre tivesse se inclinado, me deixando sem escolha que não deslizar de cabeça para outro mundo, um lugar sombrio, que me deixa aterrorizada. Fico parada na escuridão, no extremo entre dois píeres, em Saint Ignace, no sábado à noite, encarando a extensão congelada que leva ao trecho isolado de terra que já chamei de lar. O céu da noite está pontilhado de estrelas, e o ar tão quieto que eu poderia ouvir o bater da asa de um morcego. A luz prateada da lua me permite ver a ponte de gelo, uma trilha ladeada pelas árvores de Natal mortas do último ano. Uma entrada de mau gosto para a terra de ninguém congelada.

Faz cinco anos que não venho à ilha, e quase uma década que não vejo a baixa temporada. É uma cretina de coração gelado. Principalmente no inverno. Uma velha dama isolada, que perdeu seus entes queridos. Mas, em vez de se tornar acessível, ela se guarda atrás de um fosso de gelo, proibindo qualquer um de se aproximar... ou de ir para longe. *Meio como você*, diria Annie.

Quando morava ali, ainda menina, o que eu mais detestava era a primavera. As temperaturas subiam, e passava a ser arriscado demais atravessar a ponte de gelo. Mas ainda demoraria semanas antes de as balsas voltarem a fazer a travessia, que levava moradores locais, turistas e veranistas para a ilha e de volta para o continente. Aquelas eram as semanas mais desagradáveis para mim, quando eu me sentia presa, solitária e claustrofóbica. Assim como a minha mãe.

Um calafrio percorre meu corpo. Tento subir o zíper da parca que estou usando, mas está emperrado. Meus dedos não conseguem soltá-lo. De repente, sou aquela garota desajeitada de dez anos de novo. O rosto do meu pai está vermelho de irritação. *Você acha que vai ter alguém para subir o zíper do seu casaco pelo resto da vida?*

— Não! — digo em voz alta, e puxo o zíper para cima com força.

Balanço a cabeça. Não deveria ter vindo. É um grande erro.

Eu tinha dez anos quando nos mudamos de nossa casa estilo Cape Cod, em Milwaukee, no Wisconsin, para o chalé de verão da família de minha mãe, na ilha Mackinac. Meu pai, um homem de quarenta e cinco anos e capitão de navios de carga, teve a ideia equivocada de que largar seu emprego de prestígio e levar nossa família para aquele lugar esquecido por Deus, tornando-se um capitão de balsa, seria bom para todos nós. Ele estava cansado de ficar longe de casa por semanas a fio. A esposa e as filhas precisavam dele.

Depois da mudança, tive certeza de que nossa vida nunca mais seria a mesma. E estava certa. Minha mãe, uma linda sonhadora, que amava livros e música, nunca se adaptou ao isolamento da ilha na época de baixa temporada. Naquela primeira primavera, no mês de abril, ela desapareceu nas águas geladas, logo depois de Point aux Pins, a ponta mais ao norte da ilha. O corpo dela foi encontrado seis dias mais tarde. Houve muitos rumores, mas eu logo os dissipei. Minha mãe estava fazendo o perigoso caminho até o continente porque nossa despensa estava vazia. Anos mais tarde, ainda acredito que ela estava tentando escapar da ilha, não da vida.

Em dois anos, perdi tudo — meus amigos, minha mãe, minha existência de classe média e minha inocência. Quanto ao meu pai, ele nunca agiu muito como um pai para começo de conversa. Quando mais precisei dele, ele se foi, emocional e talvez até fisicamente. Era ríspido e rabugento, apenas testosterona e músculos, e tateava às escuras para criar sozinho uma criança pequena e uma pré-adolescente. Qualquer suavidade que ele pudesse ter tido quando minha mãe estava viva logo endureceu e se transformou em amargura e ira. Eu sentia vergonha do homem de voz estrondosa e rosto desfigurado, do homem que bebia até cair todo sábado à noite. O homem amaldiçoado, que não sorria e que tirou a vida da minha mãe quando a levou para aquele lugar desgraçado.

Engulo com dificuldade e olho para o céu. "Por favor, me ajude", é o que quero dizer. Mas parece hipócrita pedir ajuda a Deus quando me recuso a falar com Ele há sete meses.

À minha direita, um movimento de relance me assusta e eu recuo. Um homem que está na extremidade do píer vizinho se coloca de pé e levanta a mão em um aceno.

— Riki Franzel, é você?

Não! Eu não sou Riki Franzel. Aquela garota foi embora anos atrás.

— Hum... sim — respondo, e só então noto uma motoneve parada na extremidade do píer. Meu táxi da neve. — Agora me chamam de Erika Blair.

— Certo. Estava só esperando você.

Pego minha mala, desço rapidamente o píer de concreto e passo para o outro, ao lado. Há quanto tempo ele estava me observando? Estou a um metro e meio de distância quando reconheço que o homem de jeans e casaco de couro é Curtis Penfield, o cara esquivo por quem eu — e todas as outras garotas da escola da ilha Mackinac — tive uma terrível paixonite, por mais que ele fosse completamente superficial.

— Como vai, Riki?

— Prazer em vê-lo, Curtis. Como vão as coisas? — Pego o capacete de sua mão estendida.

— Não posso reclamar. A marina teve a temporada mais agitada de todos os tempos no último verão. — Ele pega minha bolsa. — Já faz algum tempo desde a última vez que você esteve em casa.

Abro a boca para corrigi-lo. Aqui não é a minha casa e nunca foi. Mas não faz sentido aborrecê-lo.

— Cinco anos — digo.

— Seis — corrige ele. — Você esteve aqui no verão em que o Jimmy Pretzlaff estava de licença.

É verdade. Faz seis anos. A cidade havia organizado uma pequena parada quando seu herói de guerra voltou para passar o verão.

— Como vai a Molly? — pergunto, sentindo uma pontada de culpa no estômago. — Eu soube do acidente do Jonah.

— Ela é forte — diz ele, e coloca minha bolsa de viagem no trenó. — O Jimmy está tentando voltar do Catar, mas o exército está fazendo jogo duro com ele. A Sammie, de sete anos, é quem está tendo mais dificuldade para lidar com a situação. Por sorte, todo mundo aqui se oferece para ajudar.

— Que bom.

Eu me lembro das flores cercando o caixão da minha mãe, do fornecimento infinito de pratos salgados e de bolos, das senhoras que apareciam para ajudar com Katie e para limpar a casa. Mas o que eu fiz para retribuir isso? Durante a crise pela qual Molly passou, eu a ignorei.

Curtis liga o motor e nós partimos com uma guinada. Por baixo das lâminas da motoneve, uma camada de neve semiderretida cobre o gelo, como a cobertura grossa de um bolo. Estremeço.

— Segure firme — grita ele por cima do ombro. — Vamos balançar um pouco.

Eu me agarro mais forte à cintura dele e grito. Mas Curtis já acelerou e o barulho encobre minha voz.

Saltar no gelo é basicamente aquaplanagem. Dependendo da velocidade da motoneve, um bom condutor consegue pular por cima das aberturas no gelo, deslizando por cima da água embaixo. É algo tão idiota e perigoso que é ilegal em três estados.

Curtis acelera, mantendo a máquina alinhada para a frente. Qualquer mudança de direção ou de velocidade pode fazer a motoneve afundar nos trechos de água. Pressiono o capacete contra as costas do casaco de couro dele e fecho bem os olhos. Procuro me concentrar em minha respiração. Em Annie e Kate, talvez até Kristen, esperando por mim na ilha.

As palavras do detetive Bower voltam a me incomodar. Trocas de identidade são extremamente raras. Muito improváveis.

Sinto o nariz arder e visualizo o lindo rosto da minha mãe. Ela estende a mão para mim. Também está esperando por mim, do outro lado? Abaixo os olhos para o gelo fino. Uma sensação estranha se abate sobre mim, como se eu estivesse sendo esticada entre o passado e o futuro, um cabo de guerra de vida ou morte.

E sinto vergonha ao não conseguir me decidir sobre que lado deve vencer.

Curtis para a motoneve na margem em British Landing. Recolho os braços que estavam ao redor dele, rígidos de tensão. Ele desliga o motor e tira o capacete.

— Que corrida!

— Foi insana. Você deveria ter me avisado que o gelo estava derretendo. — Minhas mãos tremem tanto que não consigo soltar o capacete.

Ele ri e se inclina para soltar a tira embaixo do meu queixo.

— Vamos a cavalo até a casa da sua irmã. Não há neve o bastante para o Cat.

Curtis está se referindo à motoneve dele — da marca Artic Cat — e ao fato de mal haver alguma neve na ilha, o que é muito diferente dos invernos da minha juventude, quando, de novembro a abril, eu andava até a escola atravessando um túnel branco de neve.

Curtis pendura minha bolsa de viagem no ombro e pula para a margem como um adolescente desajeitado. Ele sobe em um tronco caído e se vira para mim.

— Me dê a sua mão.

Usando a mão dele como apoio, subo no tronco. Meus joelhos ainda tremem quando meus pés pousam na ilha Mackinac. Inspiro o ar gelado, tentando relaxar.

— Eu tinha me esquecido do cheiro daqui... é como deve ser o cheiro de diamantes, ou do ar, ou da água. Nunca seria capaz de descrever.

— Eu chamo de o aroma do silêncio — comenta ele.

Eu me viro para encará-lo.

— Sim. É isso.

Passamos por um caminho de cascalho até chegar a uma rua asfaltada estreita, escondida nas sombras. Há um cavalo esperando diante de uma carroça.

— Não acredito que vocês ainda se deslocam por aqui como se estivessem no século XIX.

Ele sorri e me ajuda a subir.

— É melhor do que ter que pagar por um carro. — Curtis agita as rédeas e o cavalo começa a trotar em um ritmo constante. — Você deve sentir falta deste lugar.

— Se você soubesse.

Sem aviso, escuto a voz do meu pai. *Ah, pelo amor de Deus, desça desse crucifixo onde está se torturando. Alguém deve estar precisando da madeira.* Talvez aquela tenha sido a tentativa fracassada dele de me fornecer frases de efeito depois que mamãe morreu.

— **Essa** é para você, Erika Jo — disse ele, apontando para mim do outro lado da sala de estar escura, certa noite, quando estávamos assistindo a *Priscilla, a rainha do deserto*. — Sempre alegando ser a alma mais torturada.

Seguimos em direção ao sul, pela rua estreita, e espio o bosque escuro. Será que Kristen está em algum lugar por ali? Ou está escondida no chalé de veraneio de Devon? Será que Annie a encontrou? Sinto um frio no estômago. Annie não vai acreditar que realmente estou aqui, no lugar que venho evitando há anos. Será que minha filha vai enfim perceber o quanto eu a amo? Vai conseguir me perdoar?

Chegamos aos arredores da cidade, as luzes da rua lançando um brilho âmbar sobre o pequeno vilarejo de veraneio. Se eu fosse uma visitante de primeira viagem, descreveria o lugar como singular e pitoresco, quase idílico. Encarapitado sobre uma colina à minha esquerda, o antigo e majestoso Grand Hotel embeleza a cidade com os toldos de listras amarelas e a famosa varanda de duzentos metros. Na encosta, vemos as silhuetas das antigas mansões de veraneio, os narizes empinados, como se fossem boas demais para os moradores locais. Confeitarias e lojas de aluguel de bicicletas, restaurantes caros e hotéis chiques estão distribuídos pelos dois lados da rua. Quase todos ficam fechados na baixa estação. Passamos pelo The Mustang, um bar local, e ouço estranhas notas de uma música antiga dos Doobie Brothers tocando lá dentro.

Curtis sorri.

— O Doug Keys ainda toca aqui toda sexta e sábado. Temos sorte por esse cara nunca ter deixado a ilha. Ele recebeu uma oferta para gravar um álbum anos atrás, mas recusou.

Balanço a cabeça.

— Que pena.

— Na verdade, não é não. O Doug é feliz aqui.

Meu coração dispara quando a casa pequena, com molduras de madeira, onde cresci, surge à vista. Uma luz pisca na janela panorâmica. Imagino meu pai lá dentro, sentado na poltrona reclinável, com uma cerveja na mesinha ao lado, cochilando diante da televisão. A não ser por Kate, que está na disputa para ser canonizada, ele está sozinho agora. Nem Sheila, sua segunda esposa, conseguiu tolerá-lo.

Seguimos por mais duas quadras, e então Curtis puxa as rédeas. O cavalo agora anda a passo, ritmicamente.

— Quanto tempo vai ficar na cidade? — pergunta ele.

— Vou embora amanhã à tarde. Tenho que estar de volta ao trabalho na segunda-feira. Sem querer ofender, mas vou pegar um voo de volta para o continente.

Curtis ergue a sobrancelha.

— Viagem longa para passar só uma noite.

— Nem me fale. Minha filha... bem, você entende... — Pego a carteirinha de estudante de Kristen no bolso do casaco. Pigarreio para tentar aliviar a pressão na garganta e mostro a foto a ele.

— Você a viu por aqui nos últimos tempos?

— Não — diz ele, balançando a cabeça. — Não desde o último verão, Riki. Sinto muito mesmo por tudo o que aconteceu.

Curtis acha que ela está morta... e que eu enlouqueci. E por que não acharia? Ele não sabe sobre as mensagens. Endireito os ombros e tento engolir.

— Obrigada — digo. — Na verdade, vim até aqui por causa da minha outra filha, também.

— A Annie?

— Sim.

— Riki, eu levei a Annie para Saint Ignace hoje de manhã. Ela pegou o avião à tarde.

Eu me viro para ele, o coração disparado.

— Não. Você deve estar enganado. Está me dizendo que ela voltou para Nova York?

Ele ergue os ombros.

— Annie foi para o aeroporto. É só o que eu sei.

Toda a vergonha e culpa que sinto vêm à superfície. Annie deve ter descoberto que eu estava vindo para a ilha. Ela ainda não quer qualquer contato comigo.

— A irmã estava com ela?

Curtis franze o cenho.

— Não, Riki.

Levo a mão à testa. Annie voltou para casa. Eu estou aqui. Onde está Kristen?

23

Annie

Annie está sentada no banco de trás de um táxi, na tarde de sábado, lendo uma mensagem de texto do professor Thomas Barrett.

Olive e eu estamos entusiasmados por você estar se juntando a nós. Encontraremos você na área de desembarque amanhã de manhã. Boa viagem.
Tom

Até parece. O professor podia até estar entusiasmado, mas Olive? De jeito nenhum. A monstrinha iria tornar a vida de Annie miserável, isso era certo. Quando Annie falou com Soléne Duchaine da European Au Pair, ouviu uma ladainha sobre a garotinha já ter colocado duas *au pairs* para correr.

— Olive Barrett é, como se diria, mais difícil do que a maior parte das crianças.

Ela explicou o gênio difícil de Olive, e que a menina estava tendo dificuldade em se relacionar com outras crianças desde que a mãe morrera, dezoito meses antes.

Annie descascou o esmalte da unha do dedo médio. Não fazia ideia de como lidar com crianças, menos ainda com uma criança de luto pela mãe e com um péssimo comportamento.

Mas, espere... será que talvez a própria Annie não pudesse ser descrita por alguém da mesma forma?

O táxi deixou Annie diante da calçada, e ela entrou no prédio onde morava. O lugar estava silencioso. Grande surpresa, a mãe ainda estava no trabalho. Aquilo era bom. Não queria vê-la. Não queria que a mãe a convencesse a não viajar sozinha para um país estrangeiro, onde ela não conhecia viva alma e onde teria que tomar conta de uma criança dos infernos. Aquela era a última coisa que Annie queria.

Ela olha para o relógio. Dali a uma hora tem que estar de volta ao aeroporto. Annie vai direto para o escritório e abre a gaveta da escrivaninha, onde a mãe guarda os passaportes. Ela prende a respiração e vasculha a gaveta, procurando. Só há dois passaportes ali. Como Annie desconfiava, o de Krissie não está na gaveta.

Annie pega o próprio passaporte e fecha a gaveta. Mas logo abre de novo. Hesita por um momento, mas pega também o passaporte da mãe e enfia na bolsa.

Agora, mesmo se quiser, não vai poder ligar para a mãe e implorar que ela vá para Paris. *Ela*, Annie, é quem vai encontrar Krissie.

Às seis da tarde, Annie embarca em seu voo para Paris. Ela recosta no assento, a música de sua banda indie feminina favorita, Chastity Belt, tocando nos fones de ouvido sem fio. Pela primeira vez naquele dia, Annie fecha os olhos.

No entanto, não consegue relaxar. Ela ergue o celular pela centésima vez. Talvez devesse ligar para a mãe uma última vez e contar o que está acontecendo. Talvez a mãe compreenda e diga que está tudo bem, que ela sabe que Annie não pretendia perder Krissie. Que ainda ama Annie, e quer que ela volte para casa.

Annie respira fundo. Não. Não é isso o que Krissie quer. Ela quer que Annie solte a barra da saia da mãe. Quer que Annie vá para Paris. Sozinha.

Então, Annie liga para o pai. Ele atende, mas há muito barulho ao fundo e ela mal consegue ouvi-lo.

— Estou saindo para encontrar minha instrutora, amorzinho, mas tenho uns dois minutos.

Dois malditos minutos. Annie pisca, ansiosa.

— Só queria me despedir. Você não vai me ver por algum tempo.

— Está voltando para a casa da sua mãe, não é? Bem, coloque limites, para o seu próprio bem. A sua mãe está um pouco difícil ultimamente, você mesma disse.

O pai, a tia, o avô, até mesmo Kristen... estavam todos certos? Ela logo descobriria, porque estava prestes a estabelecer um limite do tamanho do Oceano Atlântico.

— Na verdade, pai, eu vou...

— Oi, Julie. Já vou — diz ele para alguém, então abaixa a voz. — Podemos conversar sobre isso mais tarde? Estou pagando por hora aqui.

Annie sente um peso se abater sobre ela. Poderia desaparecer e ninguém se importaria.

Ela encerra a ligação e abre o aplicativo do Facebook. Fotos surgem. Kayleigh, sua amiga da escola preparatória, posta uma selfie com um cara qualquer em um jogo de basquete em Stanford. Uma garota do antigo clube de poesia de Annie está em um show do Ed Sheeran. Elas estão felizes... despreocupadas. Será que se lembram da existência de Annie? Ela clica no perfil de Krissie. A irmã, a garota que todo o resto do mundo acha que está morta, parece ser sua única amiga.

A caminho de Paris, digita Annie em uma mensagem privada. Sozinha. Meu endereço é no quartier de Saint-Germain-des-Prés. Pode confiar em mim. Eu sei que você está grávida. Juro que não vou contar para a mamãe. ME LIGA, KRISSIE!

Ela escuta um anúncio nos alto-falantes. A comissária de bordo avisa que todos os aparelhos eletrônicos devem ser desligados.

Annie digita com pressa uma última mensagem. Desta vez para a mãe.

Estou perfeitamente bem. Confie em mim, por favor, e não se preocupe comigo. Bloqueei suas chamadas. Você e eu precisamos de um tempo separadas, não acha?

Ela pressiona *enviar*. Então procura o número da mãe e aperta *bloquear número*. E joga o celular dentro da bolsa, como se fosse radioativo, sentindo-se ao mesmo tempo orgulhosa, horrorizada e absolutamente apavorada.

24

Erika

— O que quer dizer com "ela foi embora"? Como você deixou isso acontecer, Katie? — Estou parada na cozinha minúscula da minha irmã, ainda de casaco.

— Sinto muito. Fiquei tão surpresa quanto você quando eu estava trabalhando no café e a Annie passou para se despedir. Ela não ligou para você?

Pego o celular na bolsa, certa de que ela não havia ligado. E deixo escapar um grito de alegria quando vejo uma mensagem da minha filha.

— Sim!

Estou perfeitamente bem. Confie em mim, por favor, e não se preocupe comigo. Bloqueei suas chamadas. Você e eu precisamos de um tempo separadas, não acha?

Eu me apoio na bancada da cozinha, a mão na testa.

— Fiz todo o caminho até aqui, e ela voltou para Nova York?

Kate mantém os olhos fixos no copo de água que está servindo.

— A Annie está indo para Paris.

Minha visão perde o foco.

— O quê? Por quê?

Ela apoia a jarra na bancada.

— Ela aceitou um trabalho de *au pair*.

— Não. Isso não é possível. Ela não sairia do país sem me dizer.

— Antes que você surte, respire fundo. Alguns meses em Paris vão fazer bem a Annie.

— Com quem ela vai ficar? Quanto tempo vai passar lá? Tem alguém tomando conta dela?

— A Annie é adulta, Rik. Ela vai ficar bem. — A expressão de Kate é severa.

Estremeço, pensando em Annie completamente sozinha em Paris, e sinto uma nova onda de pavor me dominar. Releio a mensagem e, pela primeira vez, me dou conta da gravidade do que está escrito.

— Ela bloqueou as minhas ligações. — Sinto um pânico crescente e tenho dificuldade para respirar. — Não vou conseguir entrar em contato com a minha filha, Kate!

— Calma. Eu vou manter contato com Annie enquanto ela estiver fora, mas você precisa respeitar a vontade dela. A sua filha está pedindo um pouco de tempo.

— Não. Isso é um absurdo, e é perigoso. Me ajude. Por favor, ligue para ela agora. Diga que estou aqui, e que ela precisa atender as minhas ligações.

— Certo. Vou ficar do seu lado e fazer exigências. E sabe o que vai acontecer? A Annie vai me afastar também.

Estalo os dedos.

— Tenho que falar com o Wes Devon. Você pode me levar à casa dele? Kate morde o lábio.

— O Wes voltou para Connecticut na semana passada. — Antes que eu possa perguntar, ela acrescenta: — Sozinho.

Wes se foi. E Annie também. Então o que aconteceu com Kristen? Sinto um peso se abater sobre mim. Se houvesse mesmo a mais remota chance de a irmã estar aqui, na ilha, Annie jamais teria partido.

Eu vim para este lugar esquecido por Deus para nada.

Giro de um lado para o outro.

— Vou voltar para casa. Vou pegar o meu passaporte e...

— Pare! — Kate me segura pelo braço. — Por que não escuta a sua filha? Ela quer um tempo longe. E essas frases que ela anda mandando para você? A sua filha está te pedindo para examinar o passado, para descobrir o que importa. É por isso que você está aqui, meu amor.

Eu me desvencilho dela.

— Examinar o passado não vai trazer a Krissie de volta.

Kate assente.

— Eu sei. — Ela coloca uma mecha de cabelo atrás da minha orelha. — Mas talvez traga você de volta.

Coloco minha mala em cima de uma poltrona de veludo no quarto de hóspedes de Kate. Persianas de madeira branca cobrem a única janela, e, no alto do guarda-roupa antigo da nossa avó, meia dúzia de plantas exóticas exibem todos os tons de verde. Pego o celular na bolsa e ligo para Brian.

— Oi, Erika — diz ele. — O que houve?

— Para começar, a nossa filha está a caminho de Paris. Estou na ilha e ela foi embora.

— É mesmo? A Annie está em Paris? Que bom para ela.

— Não é bom. Estou apavorada. E ela está me afastando. Você poderia, por favor, me ligar quando tiver notícias dela?

— Claro. É estranho ela não ter me contado que estava deixando o país quando me ligou mais cedo.

Dói. Eu sei que não devia, mas me sinto traída, com ciúme, insignificante. Como foi que Brian conseguiu ganhar a confiança dela? Ele passou os últimos anos ausente, física e talvez até emocionalmente, e mesmo assim, Annie ainda o ama.

Mas é óbvio, Brian não quebrou nenhuma promessa que tenha feito para a irmã de Annie.

***

Estou desligando o celular quando minha linda irmã entra no quarto, parecendo mais uma universitária do que a gerente de um restaurante. Kate veste um jeans rasgado e botas de cano mole, uma blusa larga e várias pulseiras. Seu cabelo castanho brilhante é longo e liso, assim como sua silhueta, que é longa e esguia.

— GT — diz ela, e me estende um dos copos. — Saúde.

Encaro o copo.

— Pegue — insiste ela.

Brindamos e eu tomo um gole de gim-tônica forte.

— Agora você pode relaxar. Mandei uma mensagem para você com as informações de contato da Annie. — Ela levanta um dedo. — Só em caso de emergência.

— Obrigada. — Pego o celular na mesma hora. Kate o arranca da minha mão.

— Eu disse só em caso de emergência. — Ela afunda na cama, se apoia na cabeceira e dá um gole na bebida. — Sabe de uma coisa? O Max me convidou para ir a Key West no fim de abril.

Insira aqui um suspiro profundo. Max Olsen, namorado de verão de Kate pelos últimos dois anos, é uma decepção amorosa à espreita. Nove anos mais novo do que ela, o preguiçoso de vinte e cinco anos chega todo mês de junho para tocar um negócio de aluguel de bicicletas. Em setembro, ele arruma suas coisas e parte para Key West, onde repete o processo durante os meses de inverno. Embora, para dizer a verdade, eu nunca o tenha visto, já ouvi histórias e vi fotos suficientes para saber que Max é encantador, sedutor e cheio de charme... exatamente o tipo de cara que Kate deveria evitar.

— Ele está alugando uma pequena *villa* a uma quadra da praia — continua Kate.

Seus olhos brilham, e, se eu não soubesse a verdade, poderia jurar que ela é uma garota ingênua, que nunca sofreu uma decepção amorosa. Mas sei que não é esse o caso.

A vida de Kate tem sido tão difícil quanto a minha. Além de perder a mãe e a avó, ela também perdeu a madrasta, aos quinze anos, quando

Sheila deixou nosso pai. E, mais tarde, quando tinha vinte e cinco, um casamento fracassado partiu seu coração. Os sonhos da minha irmã eram muito simples: ela queria se casar com um bom homem e ter uma casa cheia de filhos. Parte meu coração ver o sonho dela desaparecer.

— Só tome cuidado — aconselho, e abro a minha mala.

— Diz a mulher que não tem um encontro romântico em... — Kate levanta os olhos para mim. — Faz quantos anos agora?

Tiro uma camisola prateada da bolsa.

— Não sou a pessoa mais fácil de amar. Basta perguntar ao Brian e à Annie.

— Não seja idiota. O amor vai encontrar você um dia, irmãzinha.

— Acredite em mim. Mesmo se eu quisesse... o que não quero... não tenho tempo nem vontade de me apaixonar.

— Certo. Você precisa se concentrar no que importa, rever o passado. — Um sorriso preguiçoso brinca em seus lábios. — Estou aqui pensando que essa sua viagem pela alameda das lembranças deve começar no The Mustang. — Ela fica de pé. — Vamos. Te pago um hambúrguer e uma caneca de cerveja.

— Uma caneca de cerveja? Está falando sério? A minha filha está sumida, Kate.

— Vou presumir que está se referindo à Annie. E ela não está sumida. A Annie é uma mulher adulta que vai passar os próximos cinco meses trabalhando em Paris. Aceite isso. Você está aqui, comigo. É sábado à noite. Não quer ver seus velhos amigos?

Quase posso ouvir as condolências bem-intencionadas deles, as bobagens como "Sinto muito" ou "Era para ser".

— Velhos amigos? Eu mal os conheço agora.

Enfio a mala embaixo da cama.

— Vamos lá. O Stang está chamando o seu nome.

A gíria de garota da ilha para se referir ao bar me faz sorrir.

— Ah, Kate, está tarde.

— São nove e meia da noite, pelo amor de Deus! Vamos. Rápido! Rápido!

Nunca fui capaz de resistir à minha irmãzinha. Talvez seja porque ela ainda usava fraldas quando nossa mãe morreu. Cada vez que Kate gritava "mamãe", meu coração se partia. Ou talvez seja porque ela tem o coração de um anjo e o espírito de uma motociclista, uma combinação ilusória que faz parecer que Kate tem mais alma do que o resto de nós. Seja lá qual for o motivo, minha irmã caçula é a única pessoa que sempre teve, e provavelmente sempre vai ter, o poder de me controlar.

Fico de pé, mas não antes de deixar escapar um suspiro exagerado.

— Já que você insiste.

Sigo para a porta, mas Kate me para, puxando meu rabo de cavalo.

— Quem é a inspiração para o seu cabelo? A idosa juíza Ruth Bader Ginsburg? — Ela sorri e abre um botão da minha blusa. — Minha resposta para um dia de cabelo feio é um decote.

Balanço a cabeça.

— O papai realmente deveria ter investido em uma escola de boas maneiras.

Abotoo novamente a blusa. Kate dá uma gargalhada e eu me divirto.

Minha irmã já foi casada com Rob Pierson, um dono de restaurante bem-sucedido de Chicago. Depois de dois anos de vida a dois, Rob decidiu que era hora de ter um filho. Kate ficou empolgada. No mesmo dia em que ele mencionou o assunto, Kate parou de tomar o anticoncepcional e marcou uma consulta com um ginecologista.

Ela cancelou a consulta cinco dias mais tarde, quando descobriu que Rob queria ter o tal bebê com Stephanie Briggs, uma garçonete animada, de vinte anos, do restaurante dele, o Leopold's. Seis meses mais tarde, Stephanie deu à luz um filho a quem batizou de Robbie.

Se Kate ficou devastada, ninguém nunca soube. Ela e Rob se divorciaram sem alarde. Ela mandou para Stephanie e Rob um lindo cavalinho de balanço para Robbie. Há oito anos, Kate deixou o emprego como gerente-geral do Woodmont, o restaurante mais bem-sucedido de Rob, e se mudou de volta para ilha. Embora minha irmã finja estar muito bem, nunca me convenceu.

— Como você consegue ser tão animada, Kate? Me diga, por favor. Quero saber o segredo.

Ela dá de ombros.

— Ah, quem sabe? — Kate morde o lábio e parece pensar a respeito. — Mesmo nos piores momentos, nunca desisto de ter esperança de que a alegria está esperando por mim... ainda que esteja escondida debaixo de uma tempestade de merda. — Ela sorri. — E o mesmo vale para você. Bem devagarinho, sem que você nem perceba o que está acontecendo, seus pedaços quebrados vão se remendar. Vai chegar um momento em que você vai ouvir o som do próprio riso de novo... aquela risada sincera, que vem do fundo da barriga, não da boca. — Kate dá de ombros. — Ou, a curto prazo, talvez você só queira transar. — Ela pega a bebida e segue para a porta. — Por falar nisso, vamos! O Stang está esperando a gente... e o papai também.

Meu coração aperta no peito. O papai? Não. Não esta noite, quando minha filha acaba de me banir da sua vida. Quase posso visualizá-lo agora, balançando aquele dedo ossudo para mim: "O que você fez, Erika Jo? Por que ela não quer saber de você?"

— Não posso vê-lo hoje, Kate. Não no meio de uma multidão. O homem me odeia. Você deve perceber. Ele nem sequer olha para mim.

— Porque, toda vez que ele olha, vê a decepção nos seus olhos.

Um relance dos olhos de Annie aparece em minha mente, na noite em que eu disse para ela ir embora. Afasto a imagem.

— Eu teria ficado aqui na ilha para ajudar a criar você. Mas ele tinha conhecido Sheila àquela altura. Ele me disse... sim, Kate, ele realmente me disse... "Suma daqui antes que eu mesmo dê um chute na sua bunda".

— O que, se parafrasearmos, foi mais ou menos a mesma coisa que você disse para a Annie, certo?

As lágrimas fazem meus olhos arderem, e eu pisco furiosamente para afastá-las.

— Não sou nada, *nada* como o nosso pai.

Desvio os olhos e mordo a parte interna da boca até sentir gosto de sangue. *Engula o choro.* Sinto a mão de Kate no meu braço. Então me viro para ela, os olhos suaves e cheios de amor.

— Está tudo bem — sussurra Kate. — Pode chorar, Rik.

Engulo com dificuldade e balanço a cabeça.

— Chorar não vai melhorar... porra... nenhuma.

— A não ser, talvez, a sua alma. — Ela espera um instante, então apaga a luz. — Pronta?

Fico parada no quarto escuro, paralisada, o coração disparado no peito.

— Vá sem mim. Talvez eu encontre você mais tarde.

— Não, você não vai. — Ela fica parada no corredor mal iluminado, apenas uma silhueta. — Você está desaparecendo, Rik. — Sua voz sussurrada está carregada de tristeza. — Quase não consigo te ver mais.

A porta da frente se fecha. Estou sozinha. De novo. É melhor assim. Não posso magoar ninguém. Abro a mensagem de Kate com as informações de contato de Annie.

Thomas Barrett, PhD
Professor visitante de bioquímica
Faculté de Médecine Pierre-et-Marie-Curie, Sorbonne Université
UPMC
4 place Jussieu
75005 PARIS
thomas.barrett@upmc.fr

Só em caso de emergência, acrescenta Kate no fim da mensagem.

Até parece. Eu me sento na beira da cama com meu notebook e escrevo uma mensagem.

Caro dr. Barrett,

Sou a mãe de Annie Blair. Acabo de descobrir que a minha filha está a caminho de Paris.

Levanto os dedos do teclado. Será que ele vai pensar que sou uma mãe negligente, que não se comunica com a filha? Ou pior, uma mãe superprotetora se metendo na vida da filha adulta? Culpada em ambos os casos, eu acho.

Annie e eu estamos passando por um momento difícil no nosso relacionamento. Poderia, por favor, me avisar se ela chegou em segurança?

Ela deve estar bem acima do oceano neste exato momento, completamente sozinha. Meus pensamentos começam a girar em espiral, e meu estômago revira.

A área onde o senhor mora é segura para uma jovem norte-americana como Annie? Ela é muito sensível, e talvez sinta saudade de casa. Por favor, seja gentil com ela.

Por favor, compreenda, estou só preocupada com a minha filha.

Digito meu nome e meu número e pressiono *enviar*.

A seguir, abro o último e-mail de Um Milagre e clico em *responder*.

Estou aqui, Kristen. Vim até a ilha por sua causa. Mas onde você está? Eu te amo e sinto muita saudade. Por favor, volte para casa. E, meu bem, sinto muito. Sinto muito de verdade.

25

Annie

Annie está parada logo depois da área da alfândega, no aeroporto Charles de Gaulle, no fim da manhã de domingo, procurando o professor e a filha entre a massa de viajantes. Os olhos dela vasculham a multidão, esperando encontrar um cara com aparência de nerd, cujo corpo parece um canudo e que usa óculos redondos e gravata-borboleta.

Uma voz atrás dela, baixa e melodiosa, chama:

— Annie Blair?

Ela se vira e os olhares dos dois se encontram. Diante dela está um cara de quarenta e poucos anos, absurdamente gato, sorrindo. Ele está usando calça jeans e uma camisa branca de algodão, tem cabelo escuro e ondulado e um corpo fantástico.

Annie responde com um "Sim" que parece o coaxar de um sapo, a boca muito seca, e por algum milagre se lembra de estender a mão.

— Seja bem-vinda a Paris. Sou Tom Barrett.

Ela assente, mas só consegue pensar no calor da mão dele na dela, nos pontinhos dourados em seus olhos escuros, como a cor de manteiga queimada. O homem é, pura e simplesmente, lindo. Ele solta a mão dela e a pousa em cima da cabeça de uma garotinha.

— E esta é Olive.

Annie se agacha diante de uma menininha de pele pálida e bochechas gordas, com uma presilha torta no cabelo escuro, cortado abaixo
do queixo, que está se escondendo atrás da perna do pai.

— Oi, Olive.

Quando Olive finalmente olha para ela, Annie quase deixa escapar
um arquejo. Os olhos da menina, aumentados pelas lentes grossas
dos óculos de armação cor-de-rosa, refletem a mesma dor e perda que
Annie sente. Instintivamente, Annie estende a mão para tocar o braço
dela. A menina se retrai, e Annie rapidamente recolhe a mão.

— Sou Annie. Vou ser sua...

— Babá — Olive completa a frase.

Annie sorri.

— Sim. Isso mesmo. Você acertou, Olive.

— Dã. Quem mais você seria?

— Ah. Sim. Certo. — Fofa, sim, mas abusada, como Soléne avisou.
Annie balança o corpo, ainda agachada. — Espero que nós possamos
ser amigas.

Olive ignora o comentário e levanta os olhos para o pai.

— Ela parecia muito mais bonita naquela foto que você me mostrou.

O sorriso de Annie vacila. Ela sente o rosto arder diante da sinceri-
dade da menina de cinco anos... que parece ainda pior pelo fato de o pai
gato de Olive estar testemunhando sua humilhação.

Tom acaricia o cabelo da filha.

— Seja gentil, Olive. Eu por acaso acho que a Annie de verdade é
muito mais bonita que a da foto.

— Não — diz Annie, rezando para que sua voz não vacile. — A
Olive está certa. — Ela se vira para a menina. — Olive, aquela foto foi
tirada há um ano. Eu estava bem melhor naquela época, não é mesmo?

— Estava. Você nos enganou.

— Olive! — repreende Tom, obviamente constrangido.

Annie abaixa os olhos para os pés, desejando desaparecer. No entanto, precisa encontrar sua voz antes que a pestinha leve a melhor. O que a

mãe de Annie teria dito, na época em que as duas de fato conversavam? Ela levanta os olhos, encontra os de Olive e força um sorriso.

— Sabe o que é? Eu queria tanto ser sua babá, que procurei e procurei até encontrar a foto mais legal que eu tinha. Para algumas pessoas, o jeito que a gente parece do lado de fora importa muito. Imagine só! Graças a Deus você não é uma dessas pessoas.

Olive fecha a cara, como se não soubesse bem como responder. Tom sorri.

— Vamos pegar as suas malas. — Ele para atrás de Annie e sussurra: — Você lidou muito bem com a situação.

Annie o observa pegando as malas na esteira de bagagem, tão zonza com a sensação do hálito dele em seu ouvido que está prestes a gritar: "Sim, estou solteira, disponível e à sua disposição!". Então ela percebe que ele está de volta ao seu lado, e a única pergunta que faz é se Olive precisa usar o banheiro antes de eles irem.

Annie está no banco do passageiro do sedã de Tom, o olhar indo da vista deslumbrante de uma Paris banhada pelo sol para a garotinha que a está fuzilando com o olhar no banco de trás e então para o homem lindo atrás do volante, tamborilando com o polegar no ritmo da música que toca no rádio. Ela repara nos pelos escuros em seus antebraços musculosos, no relógio enorme, nas botas de camurça que ela viu na J. Crew, as mesmas que pensou em dar ao pai no Natal, antes de decidir que ele não era descolado o bastante para usá-las. Annie volta a atenção para a janela, surpresa ao ver que não está coberta de vapor.

A cidade é exatamente como ela imaginou que seria, com prédios de pedra em estilo Beaux-Arts e hotéis com mansardas nos telhados e detalhes em ferro fundido. Tom segue pela Pont de Sully. Abaixo da ponte, o rio Sena flui por entre trechos de terra. Ele aponta para pontos turísticos, como a Île Saint-Louis e a Île de la Cité, mais a frente. Eles entram na Margem Esquerda e descem pelo agitado Boulevard Saint-Germain. Annie mantém os olhos atentos. *Onde você está, Kristen?*

A irmã poderia estar andando pela calçada cheia naquele exato momento, mais uma entre os milhares que entravam e saíam de lojas, cafés e restaurantes. Mas, com a mesma rapidez com que chega, a esperança desaparece. E o peito dela se enche de receio. Como vai conseguir encontrar Krissie em uma cidade estrangeira daquele tamanho? Ainda mais se a irmã não quiser ser encontrada?

Tom entra na rue de Rennes, uma linda via ladeada de árvores, no quartier de Saint-Germain-des-Prés. Em alguns instantes eles chegam a um prédio antigo de pedra calcária, de quatro andares, que parece saído direto de um livro.

Tom leva as malas de Annie até o último andar, tagarelando de um jeito camarada — ao contrário de Olive, que só grunhe quando lhe fazem alguma pergunta. Enquanto Tom destranca o apartamento, a porta do outro lado do corredor é aberta. Um cara alto e magro aparece.

— Oi pra todo mundo! — Ele bagunça o cabelo de Olive e sorri para Annie. — Você deve ser a Annie.

— Oi, Rory — cumprimenta Tom. — Esta é a nossa nova *au pair*, Annie Blair. Annie, este é Rory Selik, nosso bom amigo e vizinho. Ele é aluno da Le Cordon Bleu.

— Oi — cumprimenta Annie, e aperta a mão de Rory.

— Será um prazer te mostrar a cidade, Annie — convida Rory, em um sotaque nitidamente alemão. — Estou de saída agora. Se quiser vir comigo, eu posso esperar.

Annie olha para Tom, esperando que ele a resgate daquele varapau ansioso, mas Tom apenas sorri e diz:

— Fique à vontade.

— Obrigada, mas é melhor eu desfazer as malas.

— Nós podemos explorar a cidade outra hora, então — diz Rory.

— Claro — responde ela.

Mas Annie não viajou quase cinco mil quilômetros para explorar a cidade. Está ali para encontrar a irmã. E não precisa de um amigo... nem de uma distração.

— Vem logo! — Olive empurra a porta com o peso do seu pequeno corpo e Annie entra.

É menor do que o apartamento delas em Nova York, mas o pé-direito alto e as janelas longas criam uma ilusão de espaço. Tom a guia através da sala de estar e de jantar ensolaradas, com piso de madeira cintilante e sancas grossas. Eles passam também por um lavabo minúsculo, forrado de azulejos pretos e brancos, e passa por um corredor onde há três quartos e um segundo banheiro.

— Meu quarto é o do fim do corredor — aponta Tom para uma porta fechada bem no fim. Ele inclina a cabeça para um banheiro que chega a brilhar de tão limpo. — Você e a Olive vão compartilhar este daqui — avisa. — Espero que não se incomode.

— Sem problema.

— Ela não pode usar o meu xampu — avisa Olive ao pai.

— Com certeza não — concorda Annie. — Eu trouxe o meu próprio xampu, e ele tem cheiro de cereja e amêndoas. Talvez você queira experimentar.

— O seu cabelo fede.

— Olive, isso é inaceitável!

— Nossa! — exclama Annie, e se inclina para examinar o nariz da menina. — Você é uma farejadora poderosa. — Ela dá um tapinha na ponta do nariz de Olive. — Este nariz vai ser muito útil quando nós estivermos procurando doces amanhã.

Tom dá um sorriso conspirador para Annie, então caminha pelo corredor até chegar ao quarto do meio.

— Aqui é onde Olive sonha.

Annie para na porta e observa o quarto rosa pálido, com cortinas de estampa de poá em rosa e preto. Na mesinha de cabeceira, há uma foto de uma mulher bonita de cabelo escuro, sentada em uma cadeira de vime, abraçando uma criancinha. Deve ser a mãe de Olive, imagina Annie. Antes que ela chegue mais perto, Olive entra correndo na frente e segura a maçaneta com as duas mãos.

— Você não pode entrar!

Ela bate a porta com tanta rapidez que Annie sente um jato de ar no rosto.

— Olive! — exclama Tom, e abre a porta. — Tenha cuidado. Você quase acertou o rosto de Annie.

— Sem problemas, Olive — diz Annie, adiantando-se para poupar o pai do constrangimento. — Nós podemos ficar juntas no meu quarto, então. Quer mostrá-lo para mim?

Olive cruza os braços diante do peito.

— Não é o seu quarto. Você não é da nossa família.

— Já chega, Olive — repreende Tom, a voz firme.

Ele leva Annie até o último quarto, no fim do corredor. As paredes são de um belo tom de amarelo, com um edredom branco na cama de casal e vários travesseiros azuis e brancos em cima. Uma porta francesa dupla dá para um balcão minúsculo.

— É lindo — diz Annie, indo até a cômoda antiga, onde um vaso de flores a recebe com alegria. — Girassóis — comenta ela, correndo o dedo por uma pétala amarelo-ouro. — Minhas flores favoritas. — Ela se vira para Olive. — Minha irmã gostava de orquídeas, mas nem sempre se pode confiar em orquídeas. Os girassóis são muito mais leais, não acha?

Olive estreita os olhos.

— Você é esquisita.

Tom abre a boca, mas, antes que possa repreender Olive de novo, Annie solta uma gargalhada. Logo Tom se junta a ela. Olive fica olhando de Annie para Tom, e Annie pode jurar que vê a pestinha disfarçando um sorriso.

26

Erika

Depois de uma noite agitada que passo me virando na cama, me levanto no domingo de manhã e estendo a mão até a mesinha de cabeceira para pegar o celular. Droga. Um Milagre não respondeu a mensagem que mandei ontem. Ligo para Kristen e escuto a voz da minha menina, meu ritual matinal nos últimos 190 dias.

— Oi, é a Kristen. Deixe uma mensagem para mim.

— Caixa de mensagens cheia — diz a voz.

— Bom dia, amorzinho — sussurro, torcendo para que Kate não escute. — Estarei em casa à noite. Volte, por favor. Estou implorando.

Com o cinto do roupão sendo arrastado atrás de mim, entro na cozinha de Kate. Ao lado da pia, vejo a xícara de café que ela usa, marrom e com a frase *Acorde e sonhe!* escrita em vermelho. Os sonhadores, como Kate, realmente vencem? Ou, no fim, a vida é uma grande cretina?

Vejo um bilhete em cima da tábua de carne na cozinha.

Fui para a ioga e de lá vou para o trabalho. Estarei em casa em breve. Sirva-se de café e de pãezinhos de canela — ou, melhor ainda, venha até o Seabiscuit e coma o que quiser. Amo você.

PS Se sair, por favor, não tranque a porta.

PSS: Por favor, reconsidere e fique mais alguns dias.

Coloco o bilhete de volta onde estava. Sem chance, Kate. Minhas filhas não estão aqui.

Dou uma olhada em uma bandeja de papel-alumínio em cima da bancada, cheia de pãezinhos de canela. Como gerente do Seabiscuit Café, Kate tem um estoque permanente dos famosos pãezinhos de canela deles. Não como um há anos. Eu me inclino e sinto o aroma amanteigado e intenso, que faz minha boca encher de saliva. Então me viro e sirvo uma xícara de café.

Do lado de fora, os últimos vestígios da neve praticamente derretem diante dos meus olhos. O céu cinza chumbo se abre e um raio de sol entra pela janela. "O sol entrando pelas persianas", costumava dizer a minha mãe. "Há algo que dê mais esperança que isso?"

Dou um gole no café. Um esquilo se balança no galho de uma árvore, como um trapezista, na esperança de capturar as sementes do alimentador de pássaros que Kate mantém pendurado ali. Sorrio. Minha mãe adorava os pássaros da ilha.

Uma lembrança surge, nítida e vívida como uma pedra de rio. É inverno, e estamos em nossa casa em Milwaukee. Kate é um bebê e está chorando. Ela está com fome, até eu sei disso. Tento dizer a mamãe, mas ela não parece ouvir.

— Uma mãe precisa alimentar seus bebês — repete ela, sem parar. Mas em vez de cuidar de Katie, ela pega um saco de sementes para passarinhos na nossa despensa e sai pela porta, usando apenas o roupão de banho e chinelos. Isso me assusta. Algo nos olhos dela deixa minha pele arrepiada. Observo a mamãe pela janela enquanto enche o alimentador de pássaros de sementes, a pilha cada vez mais alta, até transbordar do engradado de arame.

Finalmente minha mãe retorna, e se encolhe ao ouvir o grito agudo de Katie. Estendo para ela a mamadeira que esquentei, mas, em vez de pegá-la, mamãe entra no quarto dela e fecha a porta.

Eu me afasto da janela agora, sentindo que há um buraco no meu coração onde minha mãe costumava ficar. Eu havia me esquecido desse incidente até agora. É estranho, o modo como ela se comportou naquele dia, a mulher que costumava ser tão cheia de vida e alegria. Morar nesta ilha desgraçada estava transformando a mamãe. Mas não, ainda morávamos em Milwaukee na época. Que esquisito...

Paro diante da bancada, com meu notebook e o café — e metade de um pãozinho de canela —, e volto a pensar em Kristen em sua última manhã, em seu comportamento estranho. Parecia tanto a minha...

Suor escorre pela minha nuca. Pego o celular e abro o meu e-mail, aliviada por encontrar uma mensagem, mesmo sendo de Carter. Qualquer coisa para me distrair daquela lembrança perturbadora.

Você está na posição 47 hoje. Dizem que a Emily Lange conseguiu exclusividade para o novo prédio em Midtown East, o Fairview, na Lexington Avenue. Dezesseis unidades. Corra atrás, Blair, antes que o negócio esteja fechado e ela chute a sua bunda.

Conseguir exclusividade significa que Emily teria a chance de negociar todos os apartamentos do prédio — todas as dezesseis unidades caríssimas. Faço uma conta rápida para calcular a comissão em potencial. Ela vai passar na minha frente. Não há como competir com uma venda exclusiva.

O que Carter espera que eu faça? Não posso roubar o negócio dela... ou posso? Afinal, é Emily Lange, a mulher que não teve qualquer problema em roubar meus clientes.

Encaminho o e-mail para a Altoid, e peço a ela para checar como está o andamento da coisa.

Em seguida vejo uma mensagem de thomas.barrett@upmc.fr, enviada duas horas atrás. Como são seis horas de diferença de fuso, agora é meio da tarde em Paris.

Cara Erika,
Tenho o prazer de informar que sua filha chegou em segurança esta manhã.

Deixo escapar um suspiro.

— Graças a Deus!

Já posso afirmar que ela é fantástica. Você criou uma jovem encantadora.

Sorrio e esfrego a dobra no meu pescoço.

Como qualquer cidade grande, Paris tem sua cota de criminalidade, mas o bairro em que moramos é seguro. Fica no sexto arrondissement, uma curta caminhada até os cafés e livrarias, até a escola de Olive e o Sena. Posso ver que Annie é muito independente e aventureira. Apesar de ter acabado de chegar, ela está tirando todo o proveito de seu dia de folga e saiu sozinha para explorar a cidade.

É mesmo? Annie? Minha filha que não quis nem considerar faculdades que ficassem a uma distância maior do que duas horas de carro de casa? A garota que hesitou diante da ideia de estudar fora um semestre? Ela mudou tanto assim?

Annie me contou que você é uma das corretoras imobiliárias mais bem-sucedidas de Manhattan. Parabéns. Ela obviamente tem muito orgulho de você. Mencionei isso porque, em sua mensagem, percebi que você estava se sentindo um pouco afastada de Annie. Sinceramente, sinto o mesmo às vezes com a minha Olive — e ela só tem cinco anos. Por favor, me diga que fica mais fácil.

Sorrio e dou uma mordida no pãozinho de canela. Esse cara não é tão diferente de mim, lutando para criar a filha sozinho, sentindo-se inseguro e preocupado.

Olive já passou por duas babás desde que chegamos aqui em agosto. Espero que na terceira vez funcione, como dizem. Olive já foi

uma criança perfeitamente feliz e carinhosa, e tenho fé de que algum dia essa menina vá voltar. Tenho plena consciência de que sou permissivo, de que preciso ser mais rígido, mas parece cruel disciplinar Olive depois de tudo que ela passou.

O que ela passou? Olive perdeu uma irmã? A mãe? Está sofrendo com o divórcio dos pais?

Certo, peço desculpas pela confissão pessoal demais, e pela autoanálise. Estou certo de que você já está cochilando a esta altura, ou talvez esteja procurando terapeutas para me recomendar. Ou, pior, pode estar pensando como levar sua filha de volta para casa assim que possível!

Sorrio de novo. Ele é fofo, esse professor norte-americano.

O que quero dizer é que sou pai solo, assim como você. Compreendo suas preocupações em relação a Annie e farei o melhor possível para servir de ponte entre você e sua filha enquanto ela estiver sob meus cuidados. E, enquanto ela estiver aqui, prometo tomar conta dela como se fosse minha própria filha.
Um abraço,
Tom
+1 888 555 2323

Releio o e-mail, e desta vez meu coração bate em um ritmo normal, meu pescoço já não coça mais de ansiedade.
Digito uma resposta, optando pelo mesmo tratamento informal.

Caro Tom,
Obrigada por seu e-mail tão gentil. Você acalmou a minha ansiedade. E, se não se importar, poderia por favor não contar a Annie que conversamos? Como você imaginou, ela e eu estamos passando

por um momento difícil. Até que ela se torne mãe, não acho que vá conseguir entender como é importante para mim saber que está segura e bem cuidada.

Bem, parece que superei você em termos de compartilhar intimidades. Peço desculpas. Ao que parece, subestimei a liberdade de digitar mensagens em um teclado para uma pessoa que não conheço.

Mais uma vez, obrigada. Não posso expressar em palavras o alívio que é saber que Annie está em um bom lugar.

Um abraço,

Erika

Uma hora mais tarde, estou parada no banheiro de Kate, enrolada em uma toalha, falando com alguém do aeroporto da ilha Mackinac — pista de pouso seria uma descrição mais precisa.

— Como assim o aeroporto está fechado?

Agarro o celular com força e tento manter a voz baixa. Ele vai pensar que sou nova-iorquina. É óbvio, eu *sou* nova-iorquina. E com muito orgulho.

— Sinto muito, sra. Blair. A pista está passando por reparos. O uso deve ser normalizado em uma ou duas semanas.

Aperto o alto do meu nariz entre os dedos.

— Eu preciso estar no continente hoje à tarde.

— Parece que vai ter que pegar o táxi-motoneve.

O que significa atravessar o estreito de novo. Atravessar o gelo que está derretendo rapidamente. Um arrepio percorre meu corpo.

140

27

Erika

Pego meus óculos escuros para esconder o rosto arrasado e visto a parca. Quando a porta bate atrás de mim, sou recebida pelo ar quente. O que é isso? Deve estar uns quinze graus aqui fora. E ainda é dia 5 de março!

Sigo para o sul, na direção da marina Penfield, a parca aberta voando atrás de mim como a cauda de um fraque. À distância, uma mulher caminha ao lado de uma cadeira de rodas. Ela vira a cabeça e eu arquejo. É Molly Pretzlaff, minha melhor amiga de infância. Um tsunami de vergonha me atinge. Não atendi as ligações dela depois do acidente de Kristen. O bilhete genérico que mandei em agradecimento aos cartões e flores que ela me mandou agora parece quase ofensivo. Por que eu não a procurei para falar sobre o filho *dela*, a tristeza *dela*, as dificuldades *dela*?

Meu coração dispara. Eu me escondo atrás de uma árvore e espio o filho de Molly, Jonah, manobrar a cadeira de rodas para subir na calçada. Ele mesmo guia a cadeira até a porta da frente da mesma casinha azul onde Molly morou por anos. Agora, uma rampa de madeira cobre os degraus da varanda.

Tenho tempo. Poderia correr até ela agora e dar um abraço apertado.

Espero até ter certeza de que eles estão dentro de casa, antes de voltar para a calçada. Então corro na direção da marina Penfield.

***

Curtis está sentado atrás de uma mesa usando uma camiseta desbotada e um boné dos Spartans. Bato na porta aberta do escritório. A mão dele esbarra na xícara de café e derrama um pouco do líquido na seção de esportes do jornal. Ele fecha a cara, aborrecido... até me ver. Seu rosto, então, se ilumina como se o sol tivesse acabado de nascer.

— Oi! — cumprimenta ele, se levantando da cadeira em um pulo. Os chinelos batem contra o piso de cerâmica quando ele atravessa a sala. — Riki Franzel! Entre!

Não sou Riki Franzel!

Passo a mão no meu cabelo molhado e endireito os óculos escuros.

— Oi, Curtis. Preciso chegar ao continente ainda hoje. O aeroporto está fechado para reparos. Você pode me levar pelo estreito?

— Acho que eu poderia. — Ele esfrega o queixo, e parece estar pensando a respeito. — Na primavera passada, Andy Kotarba deslizou por um trecho de água da extensão de uma piscina. A julgar pela aparência do gelo derretendo hoje de manhã, talvez a gente consiga bater o recorde de Andy. Eu diria que as chances são de cinquenta por cento.

Eu recuo.

— Cinquenta por cento de chance de afundar no gelo? Você perdeu o juízo? — Pego minha carteira. — Com certeza você tem um barco de pesca que possa manobrar através do gelo derretido. Eu pago o quanto você quiser.

Ele cruza os braços diante do peito e observa enquanto tiro notas da carteira. Finalmente, pousa a mão sobre a minha.

— Pode guardar o seu dinheiro, Riki. Nenhum barco atravessa o estreito até o gelo flutuante desaparecer. Você se lembra do que aconteceu com o *Titanic*, certo?

Desço pela calçada como um furacão. Não é possível! Preciso chegar em casa. Preciso encontrar Kristen. Annie não fala comigo. Minha respiração sai em arquejos rápidos e superficiais. O pânico que eu passei anos me esforçando para controlar vem à tona, e aperta meu peito e minha garganta. Quase consigo ouvir a voz irritada do meu pai dizendo: "Erika Jo! Agora chega!".

Conto até quatro a cada inspiração, como a sra. Hamrick, a bibliotecária da ilha, me ensinou a fazer quando me encontrou hiperventilando atrás das pilhas de livros, numa tarde, há trinta anos.

— Você está bem — sussurrou ela, a mão gentil nas minhas costas.

Mas eu não estava bem naquele dia, e não estou bem agora. Sem saída, esta ilha pode derrubar e esmagar uma pessoa. Minha mãe sabia disso melhor do que qualquer um.

Ligo para Kate, minha última esperança.

— Tenho que escapar desta ilha, Kate. Você tem que me ajudar. — Conto a ela sobre a pista do aeroporto e sobre o gelo flutuante.

— Espere — diz ela, e mal consigo ouvir sua voz com o barulho do restaurante ao fundo. — Estou voltando para o meu escritório. — O barulho diminui e agora posso ouvir a voz dela sem ruídos. — Calma — tranquiliza Kate. — Está tudo bem. Aproveite o seu tempo aqui. Examine o seu passado, como foi orientada a fazer.

Meu coração dispara.

— Foi você, Kate? Você me mandou os e-mails?

— Não. É claro que não.

Esfrego a parte de cima do nariz.

— Por que alguém iria querer que eu desenterrasse o meu passado doloroso? É cruel. — As palavras traiçoeiras doem quando saem da minha boca. Porque eu sei que Kristen, Annie, ou seja quem for que está mandando essas mensagens está fazendo isso por amor.

— Talvez porque suas lembranças dolorosas não sejam precisas, irmã.

— Pare.

— Não, Rik. Não posso continuar permitindo que você faça isso consigo mesma. — Ela faz uma pausa e seu tom fica mais suave. — Quando você vai aceitar a verdade? Não só sobre a Kristen, mas sobre a mamãe também. O papai não pôde salvá-la, Rik, do mesmo jeito que você não conseguiu salvar a Kristen. Até você conseguir perdoá-lo, nunca vai perdoar a si mesma.

Meu mundo fica escuro. Se meu pai não é culpado, então só há uma pessoa que pode ser.

— Eu sei a verdade, Katie. Não importa o que qualquer pessoa diga. E não vou permitir que esta ilha envenene as minhas lembranças.

— Mas não tem problema elas envenenarem os seus relacionamentos?

Fecho os olhos com força.

— Rik — diz ela, baixinho. — Minha exploradora sábia. Você precisa fazer as pazes com o seu passado. O seu futuro depende disso.

28

Erika

A calçada termina, mas eu continuo pela Lakeshore Drive, a rua estreita que segue ao longo da margem oeste da ilha. Tento afastar as palavras de Kate da mente e, em vez disso, me concentrar nas minhas filhas. Se Kristen realmente estiver viva, como Annie acha, tenho que encontrá-la. O mais provável é que ela esteja se escondendo em Nova York. O que significa que preciso ir para casa.

Mais acima, vejo a casa do meu pai. Sinto os cabelos da minha nuca se arrepiarem como se eu fosse a Scout, a menina de *O sol é para todos*, diante da casa do recluso e temido Boo Radley. Diminuo o passo e a examino. É minúscula, aquela casa feita de tábuas de madeira branca. É difícil acreditar que uma família de quatro pessoas morou ali, por mais fugaz que o tempo fosse. De onde estou, já posso dizer que está precisando de um telhado novo, e uma das persianas está pendurada na dobradiça.

Será que ele me vê, parada aqui na rua? Será que se sente tentado a me convidar para entrar, a me oferecer uma xícara de café e perguntar sobre minha vida em Nova York? Dou uma risadinha debochada. Desisti dessa fantasia anos atrás.

Subo mais um pouco a rua e me encontro diante da casa que já foi minha. Meu coração está disparado. Uma lembrança de minha avó Louise me vem à mente, sua mão enrugada pousada na minha bochecha.

— Um dia, Erika Jo, você vai deixar esta ilha, a sua casa. Mas lembre-se sempre: se não a levar com você, não espere encontrá-la quando chegar lá.

Por razões que não consigo compreender — talvez uma tentativa desajeitada de recuperar algo que esqueci de levar comigo tantos anos antes —, eu caminho até a casa e subo os degraus da varanda.

Meu coração continua batendo descompassado, e toco a campainha mais uma vez. Por fim, puxo a tela de proteção e giro a maçaneta da porta.

— Pai? — chamo baixinho, e entro.

Sou atingida pelo aroma forte do tabaco rançoso, familiar e repulsivo ao mesmo tempo. A minúscula sala de estar é apertada e sombria. Como sempre, a poltrona reclinável dele está posicionada na frente da televisão, o cachimbo e o controle remoto na mesinha ao lado.

— Pai? — chamo de novo, embora saiba que ele não está em casa.

Em cima da televisão está uma foto antiga de Annie e Kristen, tirada dezesseis anos atrás, em nosso pequeno bangalô em Madison. Eu me aproximo da fotografia, o coração apertado com aquela lembrança tão doce.

Era um sábado, e eu tinha pedido que o fotógrafo fosse até a nossa casa. Havíamos acabado de almoçar, e Brian subira para tomar banho e se trocar. Kristen e Annie estavam me ajudando a tirar a mesa, as mãozinhas muito pequenas levando tigelas de sopa da mesa para a bancada de laminado amarelo.

— Vamos vestir as roupas mais bonitas que temos — disse às minhas filhas de três anos. — Depois que terminarmos de tirar as fotos, nós vamos visitar a vovó e o Papa Blair. Esta noite nós vamos todos jantar no Lombardino's.

— Vamos usar nossos vestidos elegantes? — perguntou Kristen, e me estendeu uma tigela.

— Com certeza — respondi. — O Lombardino's é muito especial.

— Oba! — exclamou Annie.

Como se para pontuar o momento de animação, a tigela que ela carregava escorregou de suas mãos. Caquinhos de vidro ricochetearam pelo piso da cozinha.

— Ninguém se mexe — ordenei. Com Annie em um dos braços e Kristen no outro, fui até a escada e as plantei no primeiro degrau. — Que tal eu terminar de limpar a cozinha, enquanto vocês duas sobem e começam a se arrumar?

Elas subiram correndo as escadas.

— Vem, Annie. Vamos nos arrumar!

Varri o vidro quebrado e levei para o lixo com um sorriso no rosto o tempo todo por causa das risadinhas e gritinhos que vinham do quarto das meninas, logo acima de onde eu estava.

Brian entrou na cozinha usando uma camisa engomada e cheirando à colônia amadeirada que costumava usar.

— Deixe-me ver meu belo marido — pedi.

Ele veio por trás de mim quando estendi a mão para guardar um copo no armário, e beijou a minha nuca. Uma paz me dominou — não, foi mais do que paz, foi um desses raros momentos de alegria plena. Eu tinha a família que sempre imaginara. Nós quatro éramos felizes e saudáveis. Não havia nada, *nada*, que eu quisesse ou de que precisasse. Como tinha tanta sorte?

Quinze minutos depois, ouvi a agitação de passinhos acima de mim.

— Fechem os olhos — pediu Kristen do topo da escada.

Peguei a mão de Brian e o puxei para a sala de estar. Esperamos na base da escada, cobrindo os rostos de um jeito exagerado.

— Abram os olhos — disse Annie.

Quando levantei o rosto, meus olhos encontraram duas princesas. Elas desceram as escadas de mãos dadas, como se fossem mesmo da realeza.

— Ah, meus amores — disse, emocionada, e levei a mão ao peito.

As duas estavam usando as fantasias de princesas da Disney. A de Annie era rosa, e a de Kristen, roxa. As saias de tule oscilavam a cada passo nos sapatinhos de cetim. Na cabeça, as duas usavam chapéus de cone combinando, com fitas se derramando da ponta.

— Não estamos lindas? — perguntou Kristen, mais como uma declaração do que como uma pergunta.

Annie, porém, não estava tão confiante. Ela olhava para mim, para Brian, o rosto tão cheio de esperança que meu coração inchou de amor.

— Sim! — exclamei. — Vocês parecem duas princesas de verdade de tão lindas.

Kristen deu risadinhas.

— Nós nos vestimos sozinhas — contou Annie, orgulhosa.

Brian sorriu.

— Mas vocês não podem usar estas fantasias bobas na foto. A mamãe vai ajudar vocês a colocarem vestidos de verdade.

A alegria sumiu do rosto delas. Juro que fui capaz de ler a mente das minhas filhas. O pai não as aprovava. Mesmo todo o esforço que fizeram não tinha sido o suficiente. Eu conhecia muito bem aquela sensação.

— Não — retruquei, em uma quebra nada característica da nossa união como pais. Eu me virei para as meninas. — Vocês estão perfeitas assim.

Brian passou o resto do dia irritado. Eu compreendia. De verdade. Até o fotógrafo pareceu espantado por eu ter permitido que as meninas usassem seus vestidos de princesa. Mas, até hoje, essa é a minha foto de família preferida.

Meus lábios hesitam entre um sorriso e um tremor. De todas as fotos de família que mandei para meu pai ao longo dos anos, é essa que ele deixa à mostra. Talvez seja a sua favorita também. Ou, o que é mais provável, ele prefere a foto em que não estou.

Abaixo a foto. Meu olhar agora vai para o velho crucifixo de madeira, ainda pendurado perto da porta, junto com um bordado emoldurado da vovó Louise. *Família: quem deixa você partir, mas não deixa você se perder.*

Do outro lado da sala, reparo em uma pintura alegre, muito diferente das gravuras sem graça e desbotadas nas outras paredes. Vou até lá, o coração disparado. É uma pintura em acrílico de um pavão, a cabeça virada e as penas abertas. Corro o dedo pela minha assinatura de adolescente, rabiscada no canto inferior, e sinto a garganta apertar.

Reparo em outra, essa na estante. É uma representação desajeitada de um elefante que pintei na aula de artes avançada, com o sr. Mehaffey, no meu último ano na escola. Meus olhos ardem com as lágrimas. Meu pai guarda minhas pinturas bobas antigas. E as emoldurou.

A batida da porta me provoca um sobressalto. Eu me viro e dou de cara com meu pai. O nariz dele está vermelho, sem dúvida resultado da bebedeira de sábado à noite. Tufos de cabelo branco escapam de debaixo de um boné onde se lê *Arnolds Transit*. O corpo dele, que já foi rijo e musculoso, começou a vergar. É claro que sim. Meu pai agora tem setenta e oito anos. Mesmo assim, sua presença domina a sala.

— Como você entrou? — pergunta ele, a boca torta pela paralisia.

— Eu-eu estava caminhando. Pensei em passar por aqui, mas você não estava.

A moldura oscila quando a coloco de volta na estante.

— Ouvi dizer que você perguntou a Penfield se ele viu a Kristen. Continue assim e as pessoas vão achar que perdeu a cabeça.

Fico na defensiva.

— Re-recebi uns e-mails. Frases da mamãe, e da vovó também. Por isso estou aqui. Supostamente, eu devo examinar meu passado. Há uma chance de que talvez...

— Examinar o seu passado? — interrompe ele. — O que isso tem a ver com você andar por aí tentando encontrar a sua filha morta?

As palavras dele são como uma pancada no meu coração.

— Achei que ela estivesse me atraindo para cá, para a ilha.

Ele solta um muxoxo de desdém, seu jeito típico de fazer pouco caso do que eu digo.

— Se a Kristen estivesse na ilha, eu saberia. Ela não está. Ela estava em um trem, um trem que descarrilou.

Pisco furiosamente para conter as lágrimas. *Engula o choro.*

— Pode ter sido outra pessoa no lugar dela. As chances são poucas, eu admito, mas contratei um detetive para trabalhar no caso.

— Pare de viver no mundo da fantasia, está me ouvindo? Esse sempre foi o seu problema. Você perdeu uma filha, não duas. Ainda tem a sua outra filha, que está viva e precisa de você.

Cravo as unhas na palma das mãos.

— É melhor eu ir agora.

— Me responda uma coisa, está bem? — pede ele. — O que você está realmente procurando?

A pergunta me pega de surpresa. Sou uma criança de novo, envergonhada por perguntas que me fazem sentir tola e me deixam com dor de estômago. Meus olhos encontram a pintura na parede. Indico-a com um gesto, torcendo para conseguir mudar de assunto

— Nã-não acredito que emoldurou as minhas pinturas antigas.

— Não emoldurei. Isso foi coisa da sua irmã.

Eu me viro antes que ele veja minha expressão arrasada.

A tela bate depois que eu passo, como se fizesse questão de dar a última palavra. Um único encontro com meu pai e já estou um caco. Ando a passos rápidos e longos, enquanto tento afastar a frustração e a humilhação.

Trinta minutos mais tarde, chego ao cruzamento com a Scott's Cave Road. Meu pescoço está suado e minha boca, seca. Uma placa de madeira anuncia: *Port aux Pins, 1,5 km à frente*. Meu peito se aperta. Eu deveria voltar. Sei o que me espera adiante. Mas, como uma masoquista, continuo.

Ando por mais vinte minutos até finalmente alcançar a ponta mais ao norte da ilha, Port aux Pins. E me pergunto se aquele não era mesmo o destino a que pretendia chegar o tempo todo.

Saio da rua vazia e entro em uma reserva florestal. Um caminho de terra, que conheço como a palma de minha mão me guia mesmo na mata fechada. *Pare. Não vá mais além*. Mas insisto, seguindo entre os arbustos e os espinheiros, até chegar a um pedaço de terra com vista para o estreito parcialmente congelado. O último lugar na Terra onde minha mãe respirou.

O explorador sábio examina sua última jornada antes de planejar a próxima rota. Mas isso não parece muito sábio. As lembranças voltam em uma enxurrada, e eu fecho os olhos com força. Eu encontrando a casa vazia ao chegar da escola. Kate, ainda bebê, toda molhada e aos prantos no berço. As botas do meu pai subindo os degraus da varanda, o céu de um cinza chumbo. O pânico nos olhos dele, o modo frenético como procura pela casa, como se estivesse brincando de pique-esconde com algo muito sério em jogo. Vizinhos e amigos se juntaram para procurar pela ilha. A sra. McNees dizendo que viu Tess Franzel indo em direção a Port aux Pins. E então, o nada. Dia após dia de nada.

Toco a água congelada com um dos pés, hesitante. O gelo parece sólido aqui, protegido do sol neste canto sombreado. Apoio o peso no pé e a umidade entra pelos meus sapatos.

Será que minha mãe ficou assustada quando saiu daqui, preocupada que o gelo pudesse não aguentar? Ou estava distraída, até mesmo esperançosa, ansiando pela caminhada revigorante pelo gelo? Eu me pergunto, como sempre fiz, a que hora do dia aconteceu. Será que ela veio até aqui bem no início da manhã, assim que saí para a escola, torcendo para já estar de volta em casa quando eu chegasse? Será que planejou passar algum tempo no continente, fazendo compras para a casa, talvez? Será que esperava nos regalar com histórias de sua breve excursão, mais tarde, naquela noite, enquanto jantássemos frango frito e purê de batata?

— Por quê? — pergunto em voz alta. — Por que a minha mãe? Por que Kristen? Por que não eu?

Atrás de mim, um galho se quebra. Eu me viro. Meus olhos varrem o bosque, os nervos à flor da pele. Um relance de tecido chama minha atenção. Alguém está fugindo.

— Quem está aí?

O arbusto agora está imóvel. Seja lá quem era, se foi.

Respiro fundo e me viro de volta para o lago semicongelado. Alguns passos mais. Então mais alguns. O gelo ainda firme.

Ela morreu na hora, os pulmões explodindo ao receberem a água gelada? Ou se debateu embaixo do gelo, tentando se agarrar e lutando, desesperada para encontrar um modo de subir à superfície? Passo os braços ao meu redor.

A dor volta, tão aguda quanto no dia em que o corpo dela foi encontrado, seis dias depois, a quinhentos metros de distância. Um buraco se abriu onde ficava meu coração. E nada, nem ninguém, jamais conseguiu preenchê-lo.

Dobro o corpo e apoio as mãos nos joelhos, mal conseguindo conter as lágrimas.

— Eu amava você. Amava tanto você, mãe. Sinto muito pelo papai ter trazido você para cá.

Eu me levanto e olho para o céu. As nuvens giram e redemoinham, me deixando zonza e nauseada. Grito com toda a força dos meus pulmões.

— Desgraçado! Como pôde tirá-la de mim? Eu precisava dela! Você roubou todo mundo que eu amo!

E, em algum lugar, nos recantos mais escuros da minha mente, uma pergunta me pega de surpresa:

Que pai estou amaldiçoando? O do Céu ou o da Terra?

29

Annie

Annie abre os olhos devagar na segunda-feira de manhã e se vê diante de um par de enormes olhos castanhos encarando-a por trás de lentes grossas. Ela se assusta e ergue o corpo, nervosa.

— Olive! O que está fazendo?

A menina arranca o edredom de cima de Annie.

— Meu pai tem que ir para o trabalho. Você precisa se mexer.

— Preciso o quê?

— Se mexer! Quer dizer "andar rápido".

Annie tenta se concentrar, mas sua cabeça ainda está grogue. Ela pega o celular na mesinha de cabeceira. Não é possível já ser nove da manhã. Mas, sim, a julgar pela luz do sol entrando pelas janelas francesas, já deve ser meio da manhã. Infelizmente, seu corpo ainda está no fuso horário de casa, e para ela ainda são três da manhã.

— Ah, cac... — pragueja Annie, e automaticamente leva a mão à boca. Ela olha para Olive e abaixa a mão — ... puccino. É o que eu tomo de manhã. — Então, se levanta de qualquer jeito e pega o roupão no pé da cama.

Olive a pega pelo braço e a puxa pelo corredor.

— Meu pai tem que ir. Você dormiu o dia todo.

Annie se encolhe quando chega perto da porta. Tom está parado perto da janela, checando o celular. Está usando jeans e um blazer, e está muito gato. A bolsa de couro já pronta na cadeira perto dele. Cacete. Ele está esperando. Tom sorri ao vê-la e guarda o celular no bolso.

— Bom dia. Presumo que você tenha dormido bem, certo?

Ela enfia o cabelo atrás da orelha e abaixa os olhos para os pés descalços.

— Hum, sim. Dormi. Não costumo dormir até tão tarde. Desculpe. Eu...

— Acontece comigo toda vez que eu viajo. Ou fico acordado direto até às três da manhã, ou sou um zumbi até o meio-dia.

Ela sorri. Como ele sabe exatamente o que dizer?

— Você pode ir para o trabalho agora. Vamos ficar bem.

Olive corre para o pai e se agarra aos joelhos dele.

— Deixa eu ir com você. Por favor, papai! Não quero ficar com ela.

Tom se desvencilha da filha e se agacha diante dela.

— Amor, quando você diz coisas assim, magoa a Annie. — Ele olha para Annie com uma careta de quem lamenta.

Olive bate o pé.

— Eu não ligo! Ela não é minha mãe.

Annie sente o coração se partir pela menininha.

— Eu entendo — diz. — E isso deixa você triste. Eu sei como é. — Annie cruza os dedos atrás das costas, odiando a si mesma pela mentira que está prestes a contar. — Alguém que eu amo também morreu. A minha irmã. — *Por favor, me perdoe, Krissie!*

Tom se vira e fita Annie nos olhos.

— Sinto muito, Annie.

Olive cruza os braços diante do peito como se não quisesse ouvir aquilo. Tom pega a bolsa.

— Vou deixar vocês duas conversando. Deixei um mapa em cima da bancada com algumas áreas que você talvez queira explorar. Junto de um cartão de crédito. Se você tiver tempo, talvez possa passar no mercado. Olive sabe o caminho.

— Não me deixa com ela! — grita Olive.

— Já chega, Olive. Você vai se divertir com a Annie.

— Não! — exclama a garotinha, e então cai de joelhos e dá início a um choro teatral, sem lágrimas.

— Você tem o meu número. — Tom abre a porta. — Ligue se precisar de alguma coisa. Boa sorte.

Ele dá um beijo no topo da cabeça de Olive, acena para Annie e fecha a porta depois de sair.

— Ai, cacete — murmura Annie baixinho.

— Eu ouvi isso! — exclama Olive. Ela se vira, passa pelo corredor às pressas e bate a porta do próprio quarto.

Annie dá a Olive cinco minutos para se acalmar antes de bater à porta.

— Querida?

— Vá embora.

Annie abre uma fresta da porta, aliviada ao ver que a tranca foi removida. Ela espia Olive sentada no chão, com uma boneca com o rosto salpicado de sardas. Annie se senta ao lado dela.

— Quer ouvir um segredo?

Olive brinca com o cabelo da boneca e não encontra o olhar de Annie.

— Minha irmã sofreu um acidente grave. — Ela volta a cruzar os dedos, torcendo para que a mentira ajude. — Então sei como é se sentir triste e sozinha. Até um pouco brava, às vezes.

A mão de Olive fica parada.

— Bateram no carro dela?

— Não. Foi um trem. — Os olhos de Annie se enchem de lágrimas, mas ela consegue dar uma versão resumida do descarrilamento sem perder o controle.

Olive levanta os olhos pela primeira vez.

— Doeu quando ela morreu?

Annie dá um sorrisinho triste.

— Não. Nem um pouco. Assim como a sua mãe, a Kristen não sentiu nada. Ela só caiu no sono e não acordou.

— E o corpo dela subiu para o céu?

Verdade ou não, obviamente era naquilo que Tom queria que Olive acreditasse.

— Sim. A Krissie está com os anjos agora... como a minha avó.

Olive parece ponderar a respeito por algum tempo, então se anima.

— Ei, você acha que elas agora são amigas lá em cima, a sua irmã e a minha mãe?

Annie passa a mão pelo rosto de Olive.

— Tenho certeza de que são. Melhores amigas. Aposto que estão felizes por nós duas sermos amigas também.

Olive se desvencilha da mão de Annie.

— Não estão, não. Nós não somos amigas!

Um passo de cada vez, diz Annie a si mesma.

Annie cantarola enquanto caminha pela Rue Madame, em direção à pré-escola americana de Olive. Ela estende a mão para trás para pegar a de Olive, mas a menina se afasta e enfia a mão no bolso do casaco vermelho. Elas se aproximam de um prédio de tijolos coberto de hera, com as bandeiras da França e dos Estados Unidos hasteadas. Olive sai correndo na frente.

— Mais devagar, Olive — pede Annie, sentindo o peso dos seios enormes a cada passo.

Olive para quando chega aos degraus de concreto da escola, de costas para Annie. Ao redor delas, mães beijam os filhos ao se despedir. Mulheres jovens — outras *au pairs*, imagina Annie — acenam e gritam suas despedidas. Uma ruiva bonita sopra um beijo para uma menina muito pequena que usa um vestido florido.

Annie se agacha e vira com delicadeza os ombrinhos de Olive para que a menina a encare. Olive se desvencilha mais uma vez do toque de Annie.

— Está tudo certo, Olive — tranquiliza Annie, e ajeita o laço que prendeu no cabelo de Olive naquela manhã. — Ao meio-dia eu volto para pegar você. Seja boazinha. Dê o seu me...

Antes que as palavras saiam da boca de Annie, Olive se vira e sobe correndo as escadas sem dizer uma palavra. Annie vê a menina desaparecer dentro do prédio e xinga a si mesma por se sentir magoada. Não está ali para fazer amizade com uma criança. Está ali para achar a irmã.

Ela pega o celular no bolso e digita um endereço no Google Maps. *Avenue Gabriel, 2, Paris.* A embaixada norte-americana.

Quinze minutos mais tarde, Annie atravessa o rio Sena para a margem direita e desce o Quai des Tuileries. A Rive Droite é mais elegante, mais cosmopolita e sofisticada do que o ar boêmio que domina a margem esquerda do rio. Ela entra na Place de la Concorde e deixa escapar um arquejo. Lá, olhando para o obelisco egípcio, está uma mulher loira e magra, de costas para Annie. Ela veste legging e um casaco impermeável, com sapatilhas. Exatamente o tipo de roupa que Krissie usa.

O coração de Annie dispara no peito. Krissie? É você? Ela sai correndo, o que não é de seu feitio.

Quando alcança a loira, Annie está sem fôlego. Annie pigarreia e dá um tapinha no ombro da mulher.

— Krissie?

A mulher se vira com uma expressão irritada, como se Annie a estivesse perturbando.

Annie sente o coração pesar no peito.

— *Excusez-moi* — diz, e leva a mão à boca.

Annie se vira na direção da embaixada, torcendo para que aquilo a leve à irmã, uma loira no oitavo mês de gravidez que precisa dela.

Annie percorre o saguão da embaixada norte-americana tranquila, esperando sair em poucos minutos com informações sobre Kristen Blair ter entrado ou não na França nos últimos seis meses. Em vez disso, dizem a ela para preencher um formulário.

— Mas é a minha irmã — explica Annie à mulher norte-americana atrás da bancada. — Ela está desaparecida. E levou o passaporte. Poderia, por favor, checar os registros para saber se ela entrou no país?

— Preencha o formulário, por favor. Você deve receber uma resposta da embaixada daqui a sete a dez dias — responde a mulher.

— Não. Eu preciso saber agora.

— Sinto muito. Vai receber um e-mail assim que registrarmos a sua solicitação.

Annie bufa, mas preenche a papelada. Dez minutos depois, deixa a embaixada, ao mesmo tempo esperançosa e desesperançada. Em dez dias, no máximo, vai saber se a irmã está ali, em Paris. Nesse meio-tempo, precisa continuar procurando. Para o azar de Annie, ela não tem a menor ideia de por onde começar.

30

Erika

Fico deitada enquanto a noite de domingo se transforma na manhã de segunda-feira, amaldiçoando esta ilha, meu pai e o frasco de remédio para insônia que deixei em casa. Quando a luz rosada da aurora entra pelas cortinas consigo enfim cochilar.

Acordo com o som de alguém esmurrando — não batendo — à porta da casa de Kate.

— Está bem, está bem, já ouvi.

Pego o roupão e desço correndo pelo corredor, a cabeça zonza e os olhos inchados. Quem está batendo à porta da minha irmã a esta hora da manhã? Espio pela janela estreita ao lado da porta. Meu coração dispara. Aperto o roupão com força ao redor do corpo e abro a porta.

— Bom dia, pai — cumprimento, e enfio o cabelo atrás da orelha. — Pode entrar...

— Pegue as suas coisas.

Eu recuo.

— Que coisas? Do que você está falando?

— Vou levar você para o continente. — Ele se vira para ir embora, as botas batendo com força em cada degrau desgastado.

Saio para a varanda. A chuva cai sobre a calçada e escorre dos beirais. Aperto ainda mais o roupão.

— Você... É... É seguro ir? — Penso nas correntezas agitadas, no gelo flutuando, no *Titanic*. Na minha mãe.

— Você quer sair daqui. Eu te levo.

— Não seja bobo. Vou esperar até o gelo derreter... ou congelar de novo.

— Pegue as suas coisas — repete ele. — Partimos em uma hora.

Ainda não posso ir embora. Mas isso não é verdade. Eu posso. As meninas não estão aqui. Prometi a Carter que voltaria para casa na primeira oportunidade. Esta é minha chance de dar o fora desta ilha desgraçada.

Sininhos antiquados soam quando abro a porta do Seabiscuit Café. A multidão que ocupa o lugar no horário do café da manhã já praticamente desapareceu. Olho ao redor para o espaço aberto, feito de tijolos e com quadros descolando nas paredes. Encontro minha irmã encarapitada em cima de um banco atrás do balcão, lendo no iPad.

— Estou indo embora — anuncio.

— Agora? — Ela desce do banco. — Você não pode ir. Ainda não terminei com você.

Terminou comigo? Será que Um Milagre é mesmo Kate? Não tenho tempo para perguntar.

— O papai vai me levar para o continente.

— O quê? Como? Não naquele barco de pesca velho.

— Não tenho ideia. Não foi uma oferta. Foi uma ordem.

— Ele perdeu a porra do juízo? — Kate arranca o avental.

— Acho que ele me viu ontem. Fui até Port Aux Pins. Estava meio chateada.

— Ah, Rik, você não fez isso.

— Acho que ele está com medo de eu enlouquecer se ficar aqui na ilha. Provavelmente está com vergonha.

— Mas ainda há gelo lá no meio do estreito. E está chovendo, pelo amor de Deus.

Sinto um calafrio percorrer meu corpo. Esfrego os braços arrepiados.

— Nós vamos ficar bem. Ele é um bom capitão.

Ela leva a mão à boca, e seus cílios estão pontilhados de lágrimas.

— Ah, Rik, não vá.

— Venha comigo — digo, e pego as mãos dela. — Venha para Nova York. Venha morar com a Annie e comigo. Você poderia trabalhar no restaurante mais elegante de lá. Quadruplicar o seu salário. — Escuto o desespero na minha voz, mas não consigo parar. — Vou comprar uma cafeteria para você. Você sempre quis um café...

Ela sorri para mim, uma expressão terna nos olhos.

— Não nasci para viver na cidade grande. Você sabe disso. — E dá um soquinho no meu braço. — Mas vou até o píer e vou colocar para tocar o tema de *Titanic* enquanto você e o papai zarpam.

Forço um sorriso.

— Muito legal da sua parte.

Engulo com dificuldade, a garganta apertada. Era besteira acreditar que ela iria.

— O Max vai estar aqui em maio. — Ela me encara, os olhos cintilando. — Acho que ele vai me pedir em casamento, Rik.

Aperto o braço dela e faço uma prece silenciosa para que minha irmã não tenha o coração partido.

— Nós vamos viver aqui, na Mackinac — continua Katie.

A vida dela se descortina diante dos meus olhos. Vejo minha irmã casada com um preguiçoso, trabalhando incansavelmente neste emprego ingrato pelos anos que virão.

— Ah, Katie — digo, e balanço a cabeça. — Só não consigo entender por que você quer viver em uma ilha que não valoriza tudo o que você tem a oferecer.

Ela sorri para mim.

— Engraçado, eu me pergunto o mesmo a seu respeito.

A chuva se transformou em garoa. Uma multidão de homens se reuniu no cais e, mesmo à distância, consigo ouvir as conversas frenéticas. Eles vieram assistir à tentativa assustadora do capitão Franzel de levar a filha até o continente.

Meu pai está parado diante do leme do seu velho barco de pesca, com um gorro de lã na cabeça. Está usando seu velho conjunto à prova d'água — calça com suspensório, um casaco de lona amarelo e galochas. Ele joga uma capa de chuva velha em minha direção, no embarcadouro de concreto.

— Obrigada — digo, depois enfio os braços nas mangas e fecho o zíper por cima da minha parca.

Ele estende a mão. Hesito, o coração disparado.

— Venha logo — brada.

Pouso a mão na luva já gasta dele e pulo do cais. O barco aderna quando meu primeiro pé toca o chão. Perco o equilíbrio. Olho para meu pai, mas ele já deu as costas para mim.

Recupero o equilíbrio e me acomodo em um banco de metal, minha mala ao meu lado. Uma rajada de vento sopra do oceano. Levanto o capuz e me aconchego no meu casaco.

As vozes se sobrepõem. Ao que parece, todos têm um conselho a oferecer para o capitão Franzel. Não vá mais rápido do que cinco nós. Mantenha os olhos colados no gelo flutuante. Tome cuidado quando chegar ao cruzamento do estreito, lá é o trecho mais perigoso.

— Não preciso que vocês me digam o que fazer, droga.

— Escute — digo, embora ninguém pareça estar ouvindo. — Eu não preciso deixar a ilha.

O velho Perry, o cara que costumava limpar nossa escola, se mete na conversa.

— O capitão já atravessou águas mais perigosas do que todos vocês juntos, seus maricas. Se ele diz que consegue, é porque consegue.

Mas por quê? Eu me viro para as águas cinza chumbo. Acima de nós, as nuvens pairam como um coro de anjos que se aproximam para dizer adeus. Por que meu pai está disposto a arriscar a própria vida, e a minha, para me tirar da ilha? Será que viu meu momento de descontrole em Point aux Pins? Foi ele que ouvi no bosque? Será que acha que a filha está enlouquecendo? Ou só quer mesmo se livrar de mim, como fez quando eu tinha dezoito anos? *Suma daqui antes que eu mesmo te expulse.*

Enfim perco a compostura.

— Pare, pai! — Eu me inclino para a frente e grito para que ele me escute acima do barulho do motor. — Isso é loucura. Vamos esperar. Eu não preciso...

Ele me lança um olhar tão venenoso que as palavras ficam presas na minha garganta.

O barco segue devagar, como se estivesse se esgueirando por um campo minado perigoso e sombrio — um campo minado que balança e oscila, e de vez em quando é pego de surpresa por uma onda que espalha água gelada pela proa.

Mantenho os olhos fixos no continente, ainda a quase dois quilômetros de distância, e rezo em silêncio. Rezo pela minha Annie, por Kristen, pela minha mãe e pela minha irmã. E até mesmo pelo meu pai.

O vento bate no meu rosto e eu fico sem fôlego. Vou morrer. As palavras saem rápidas e sem censura.

— Por quê? Por que você é tão cruel?

Olho com raiva para as costas da capa dele, onde gotas d'água escorrem pela lona lisa, e espero por uma resposta que não chega. Ele aumenta a velocidade, sem dúvida o seu modo de me dizer para calar a boca. Mas não consigo. O medo criou uma sensação de urgência, uma necessidade desesperada por respostas.

— Por que você nos trouxe para cá? A mamãe ainda poderia estar viva se você não tivesse feito a gente se mudar.

No momento em que as palavras saem da minha boca, sou tomada por arrependimento, vergonha e horror.

Ele se vira de lado, o rosto vermelho, salpicado de gotas de água.

— Você não sabe de merda nenhuma. — Os olhos de meu pai cintilam, e ele parece estar se controlando para não chorar. Mas isso é impossível. O capitão Franzel não chora. Quando volta a falar, sua voz sai rouca. — Já tirei você da ilha. Isso não basta?

Ele está falando de me tirar da ilha hoje ou há vinte e cinco anos, quando fui para a universidade?

— Por que me fez ir embora? — retruco, também vaga. — Eu teria ficado. A Kate precisava de mim.

Ele se vira de volta para a água e seca o rosto com um lenço. Antes que tenha tempo de responder, um baque sinistro soa na proa. O barco oscila, me arrancando do banco.

— Cristo! — murmura meu pai, as duas mãos no leme.

— Volte! — ordeno enquanto fico de pé. — Pare, seu velho idiota! Você vai matar nós dois!

Ele segue adiante na água agitada.

— E que diferença isso faz para você, hein? — Ele se vira e, pela primeira vez, nossos olhos se encontram. — Sou o desgraçado maluco que todo mundo odeia, o monstro que tirou vocês e a sua mãe do paraíso.

Encaro os olhos vermelhos do meu pai, paralisada por medo e indecisão. Por mais que eu queira me afastar dele, não consigo.

— Por quê? — grito. — Por que está brincando com a minha vida?

— Vida? É assim que você chama isso? — A gargalhada dele se transforma em tosse. — Cristo, nunca vi ninguém tão amarga. Você não passa de um cadáver. Toda essa culpa está estrangulando a vida dentro de você. E, o pior de tudo, está destruindo a sua filha.

Um calafrio percorre meu corpo.

— Passar algumas semanas por ano com a minha filha não significa que você a conheça.

— Passar uma vida inteira com ela também não significa que você conheça. — Ele tira um lenço de dentro do casaco, tosse nele, e volta a enfiá-lo no bolso. — Por que não toma uma decisão? Vida ou morte? Passado ou presente? Escolha um lado, pelo amor de Deus.

Ele está falando de Kristen e Annie. O barco oscila para o lado do porto e eu agarro a amurada. Por um brevíssimo instante, sou dominada pelo desejo de desistir, de me deixar cair nas águas geladas, no esquecimento negro. Escolher a morte. Eu poderia estar com a minha mãe... talvez com Kristen também.

Mas não faço isso.

Pela primeira vez desde o acidente, dentro deste barco velho e frágil, com meu pai rancoroso no leme, cercada de gelo e morte, me dou conta da verdade. Não sei se Kristen está viva, mas *sei* que Annie está. Ela pode me amar ou me odiar, mas uma coisa é certa: Annie precisa de uma mãe.

— Vida — digo baixinho.

Ele assente, com um brilho muito discreto nos olhos. Então, pega o rádio e brada:

— Lodestar para marina Penfield. Lodestar para marina Penfield. Estamos voltando. Câmbio, desligo.

Com cuidado, meu pai manobra o barco em uma volta de cento e oitenta graus, até estarmos virados na direção da ilha. Minutos se passam. Preciso dizer alguma coisa, pedir desculpas, ou dizer alguma palavra de gratidão, talvez. Abro a boca, mas qualquer palavra sentimental fica presa na minha garganta, rígida e constrangida. Opto por alguma coisa mais objetiva.

— Você tem sido bom com as minhas meninas — digo por fim. — É um bom avô.

E sei, do fundo do coração, que isso é verdade.

Ele levanta os olhos para o céu cor de chumbo, e passa a mão por cima da boca úmida.

— Eu tinha que começar por algum lugar.

Seguimos em silêncio. A chuva diminui, e eu abaixo o capuz. As ondas agora batem com mais suavidade, como se estivessem nos empurrando delicadamente para casa.

31

Erika

Fico surpresa quando acordo na manhã de terça-feira e o relógio mostra que são 7h23. E nem precisei de nenhum remédio. Quando pedi a Kate um comprimido para dormir, na noite passada, ela me entregou uma caneca de chocolate quente fumegante.

— Talvez seja hora de parar de entorpecer a dor, Rik.

Aqueço um pãozinho de canela no micro-ondas e, junto de uma banana e uma xícara de café, prossigo com a minha refeição na sala de estar de Kate. O tempo está ameno de novo, o que não é normal para esta época do ano, mas hoje o sol entra pela grande janela saliente. Do lado de fora, vejo as pontinhas dos açafrões de Kate brotando no solo.

A gata de minha irmã me assusta ao pular em meu colo.

— Bom dia, Lucy.

Sorrio e acaricio suas orelhas até ela se aconchegar ao meu lado. Sinto uma estranha sensação de conforto. A experiência de quase morte com meu pai ontem me fez lembrar que ainda sou mãe — mãe de Annie. Preciso curar nosso relacionamento. E vou trabalhar eternamente para isso, até o dia em que ela talvez me perdoe de verdade.

Entro na minha conta de e-mail e arquejo. Outra mensagem de Um Milagre. De novo, o assunto é "Filha perdida". Meus dedos tremem quando abro.

Às vezes a vida é se agarrar a alguma coisa como se não houvesse amanhã; mas na maior parte das vezes é desapegar.

É a frase que minha mãe deixou na minha lancheira no dia em que Josie, nossa cocker spaniel, foi sacrificada. Deixei a mesma frase para Annie e Kristen quando elas estavam começando na escola nova em Manhattan, e tiveram que dizer adeus aos seus antigos amigos do Brooklyn.

Desço correndo pelo corredor e pego o caderno prateado na mesinha de cabeceira. Folheio as páginas até chegar à frase. Ao lado dela, leio as palavras da minha filha.

Palavras. Mais verdadeiras. Da vida.

Kristen, meu amor, é você?, sussurro enquanto digito rapidamente a resposta. **Amo tanto você. Vou ser uma mãe melhor, eu prometo. Por favor, volte para casa.**

Do lado de fora, um estalo rompe o silêncio. Eu me viro e, por um brevíssimo instante, imagino que vou encontrar minha filha do lado de fora da janela, subindo a calçada às pressas, me dizendo que está viva, que aquilo tudo foi uma brincadeira terrível. Mas tudo o que vejo é um galho que caiu do carvalho de Kate.

Agarro dois punhados do meu cabelo e deixo escapar um gemido. O que há de errado comigo? Todo mundo, a não ser por Annie e eu, acredita que Kristen está morta. E se Um Milagre realmente for Annie? E se meu pai estiver certo? E se ela achar que não tem importância para mim?

Releio a resposta que escrevi e apago a primeira linha: **Kristen, meu amor, é você?**

Mantenho o resto e pressiono *enviar*.

A não ser pelo sr. Nash, o chefe dos correios, que está fazendo palavras cruzadas na mesa do fundo, o Seabiscuit Café está vazio. Aceno com a cabeça para ele e atravesso o piso de tábuas de madeira para me sentar diante do balcão. Uma lousa gigante presa à parede de tijolos exibe uma impressionante lista de coquetéis que custam uma fração do que custariam em Manhattan.

Minha irmã chega dos fundos, secando as mãos no avental.

— Oi! — diz, o rosto manchado de canela. — Acabei de colocar uma fornada de pãezinhos no forno. Tem tempo para um café? — Ela dá uma risadinha. — É óbvio que você tem tempo. Eu gostaria de poder dizer que lamento você não poder ir embora, mas seria mentira.

— Você me faria um favor? — pergunto, e vou direto ao ponto. — Entre em contato com a Annie e diga a ela para me ligar. Imediatamente.

Kate recua.

— Não, Rik. Você precisa deixá-la em paz para que ela viva essa experiência.

— Deixá-la em paz? — Eu me irrito. — Você ainda tem o caderno de frases da mamãe, certo? Tem certeza de que não é você que está me mandando esses e-mails?

— Sim, tenho certeza.

— Jura por Deus?

Ela desamarra o avental e o tira por cima da cabeça.

— Eu já disse, são da Annie.

Eu me sento em um banco e estendo meu celular para Kate.

— Recebi outra hoje de manhã. *Às vezes a vida é se agarrar a alguma coisa como se não houvesse amanhã; mas na maior parte das vezes é desapegar.*

Kate sorri.

— Adoro essa. Você me mandou essa frase depois que Rob e eu terminamos, lembra?

— Bem, eu não deveria ter mandado — comento, ainda magoada com a visita ao meu pai. — Essas frases não ajudam. Elas confundem.

Kate vai para trás do balcão e pega duas xícaras em uma prateleira alta.

— Ah, elas me ajudaram. Eu escutei. Deixei o Rob seguir o rumo dele. Talvez você deva fazer o mesmo.

— É mesmo? Bem, não tenho a menor ideia de como fazer isso.

— É bem objetivo. Siga o mapa. — Ela pousa a xícara de café na minha frente e se senta em cima do balcão. — Esse Um Milagre está te dando instruções sobre como lidar com o que você está vivendo. Escute as frases. — Ela conta nos dedos. — Um: *O explorador sábio examina sua última jornada antes de planejar a próxima rota.* Descubra os erros do seu passado e aprenda com eles. Dois: *Não confunda o que é importante com o que importa.* Concentre-se nas coisas que são realmente importantes para você. Três: *Às vezes a vida é se agarrar a alguma coisa como se não houvesse amanhã; mas na maior parte das vezes é desapegar.* Ela está te dizendo para se libertar da culpa, da raiva e da tristeza. Para seguir em frente.

Dou uma risadinha sarcástica.

— Odeio essa expressão, "seguir em frente". Nunca vou desistir da Kristen.

— E se... e se a única forma de se reconciliar com a Annie fosse deixar Kristen ir? — Ela ergue a mão, impedindo minha reação. — Não estou dizendo para você esquecer o amor que sente por ela, as lembranças, nem mesmo a tristeza que sente. A Kristen sempre vai estar com você. Estou falando de se desapegar da sua raiva, da sua culpa, e, sim, da sua crença de que ela ainda está viva. Você ainda é mãe, Rik. A Annie precisa de você.

— Como posso estar presente para a Annie, se ela não fala comigo? Tenho que conversar com ela. Só uma vez, Kate. Vou dar à Annie todo o espaço de que ela precisar depois que ouvir a voz dela e saber que está bem e que é ela que está me mandando os e-mails.

Minha irmã estreita os olhos, me examinando. Por fim, solta um suspiro exasperado e pega o celular.

— Tudo bem — diz, e começa a digitar no teclado minúsculo. — Mas estou lembrando a Annie de manter os limites que impôs até você estar saudável de novo. Vocês duas não estão se ajudando.

Deixo o ar escapar.

— Obrigada, Katie.

Ela abaixa o celular.

— Então — diz. — Pensei em convidarmos o papai para jantar hoje. Fico tensa.

— Não. Por favor. Não consigo lidar com aquele homem hoje de novo.

Ela bufa ainda segurando a xícara.

— *Aquele homem* arriscou a vida por você ontem.

Eu arquejo.

— Ele arriscou a minha vida também, Kate. Eu poderia ter morrido.

— Sem chance. O papai sabia exatamente o que estava fazendo. Sem dúvida, foi totalmente irresponsável, mas ele conseguiu conversar com você de verdade. Agora você sabe que ele te ama.

Bufo.

— Claro, como um rato de estrada adora o peso de um pneu.

Kate dá risada.

— Entendi... pneus, atropelamento. Parabéns! É a primeira piada que você conta em meses. — Ela desce do balcão. — Já se deu conta de que não fez uma única pergunta pessoal desde que chegou?

— Isso não é verdade!

— Esqueça de mim. E quanto à Molly? Você já entrou em contato com ela?

Em algum lugar na minha consciência já em frangalhos, uma faca é cravada e girada.

— Escute, Santa Kate. Não é tão fácil. Não sou como você, certo? Não uso um halo.

Uma campainha toca nos fundos do restaurante. Kate pega o avental nas costas do banco.

— Os pãezinhos estão prontos. — Ela se vira para mim e dá uma piscadela. — Provavelmente eu deveria ter feito um bolo dos anjos, já que essa é a minha especialidade.

Abro a boca para retrucar a péssima tentativa dela de fazer graça. Decido deixar para lá.

32

Annie

Annie sobe os degraus da estação Odéon, carregando duas ecobags cheias de compras do mercado e procurando por Krissie na multidão. A cada passo, ela olha para trás, para se certificar de que Olive está só a um passo de distância. A menina se recusa a caminhar ao lado dela, e mais ainda a lhe dar a mão.

Quando não está olhando para Olive, Annie está olhando para a frente, torcendo para ver Kristen. É quase hora do rush, e pessoas de todas as cores e etnias caminham apressadas pela estação do metrô. A mesma sensação de desânimo que experimentara ao chegar retorna. Como vai conseguir encontrar a irmã? É como se fosse criança de novo, sentada no chão, de pernas cruzadas, com um livro aberto à frente, tentando encontrar Wally.

— Não se concentre na blusa listrada — diria Kristen, e em segundos conseguia apontar Wally. Mas tudo o que Annie conseguia ver era um borrão de blusas listradas e gorros.

O telefone de Annie faz *pim*, mas as mãos dela estão cheias demais para conseguir pegá-lo. Deve ser Tom, mandando outra mensagem para saber se Olive está bem e se certificar de que a filha está se comportando. Annie sobe as escadas com os outros e deixa as ecobags ao lado do mapa do metrô.

— Espere, Olive. Preciso ver a mensagem.

A menina grunhe, como se estivesse terrivelmente aborrecida com o atraso, e se senta no concreto. Annie não tem certeza se aquilo é aceitável. Deveria fazer a menina se levantar? Olive está usando jeans escuro, mas talvez tenha cocô de pombo na calçada. Ela pegaria gripe aviária?

Mais uma vez, Annie lamenta a decisão que tomou. Devia haver um jeito mais fácil de ir para Paris e encontrar Krissie, um que não envolvesse uma criança. Ainda mais uma criança atrevida que parece ser mais esperta que ela o tempo todo. Há apenas dois dias ainda tinha esperança de conseguir conquistar Olive. Agora só deseja conseguir chegar até agosto sem esganar a menina.

Annie volta a atenção para a mensagem. É de tia Kate.

Por favor, ligue para a sua mãe, Annie. Só dessa vez. Ela está surtando com as suas mensagens. Amo você, querida.

O peito de Annie se enche de saudade de casa, e de mais alguma coisa... preocupação. *Ela está surtando com as suas mensagens.* Do que a tia está falando? A mãe dela está bem? Annie sente o coração apertar. Ela banca a forte, claro, mas Annie percebe como a mãe está frágil, como se pudesse desaparecer em um piscar de olhos.

Só daquela vez, ela ignora o conselho de Krissie para que seja independente e digita o número da mãe, prometendo a si mesma que será a última vez que fala com ela até julho.

— Só um minuto — avisa a Olive.

Se a menina ouviu ou não, Annie não saberia dizer. Ela está recolhendo uma formiga em um bilhete de metrô descartado. Annie mal consegue imaginar quantos germes estão reunidos naquele bilhete. Em vez de começar uma discussão, Annie deixa Olive continuar sentada no concreto, pegando formigas... e provavelmente doenças. Que maravilha, a garota já está sob controle.

A mãe atende ao primeiro toque.

— Annie, meu bem, obrigada por ligar. Eu estava tão preocupada. Sinto tanto por... tudo.

Annie sente a garganta apertada, e leva um instante para conseguir falar.

— Tudo bem — concorda.

— Sinto sua falta. Estou aqui na ilha. Vim buscar você.

Não. Ela foi para a ilha para encontrar Kristen. Annie ouviu em alto e bom som. *Você vai vir para cá por causa da Kristen? Mas não pela Annie, a filha que está viva e que precisa de você?*

— Você devia ter me contado que estava indo para Paris. Como você está?

— Bem. Estou morando com um professor estadunidense que está aqui em um ano sabático. — Annie tem vontade de contar mais à mãe sobre o professor gato, mas Erika teria uma síncope se achasse que Annie estava tendo uma paixonite por um cara com mais de quarenta anos. Além disso, a filha da tal paixonite está sentada bem ao lado de Annie, provavelmente ouvindo a conversa toda. — Ele é muito legal. — Ela abaixa os olhos para Olive, que está bisbilhotando a bolsa de compras e acaba pegando um pacote de chiclete que deveria ser a recompensa dela quando chegassem em casa. — Mas eu estava preocupada com a possibilidade de ter problemas para lidar com a filha dele.

Olive levanta a cabeça, atenta. E mostra os dentes para Annie.

— Mas acho que estava preocupada à toa. Ela é um verdadeiro anjo.

Annie abaixa os olhos para Olive e imita o jeito como a menina mostrou os dentes. Olive revira os olhos e volta a atenção para o chiclete.

— Fico feliz — diz a mãe. — Annie, eu preciso saber. É você que está me mandando os e-mails?

— Que e-mails?

O silêncio se instala do outro lado, e Annie se pergunta se a ligação foi cortada. Enfim a mãe volta a falar.

— Você realmente não sabe?

— Não sei o quê?

— Por favor, Annie. Sem joguinhos. Quero a verdade.

— Santo Deus, mãe. Para com isso! Do que você está falando?

Olive arregala os olhos.

— Você não é boazinha!

Annie leva a mão ao peito e pede desculpas para a menina em silêncio. Ela ouve a mãe deixar o ar escapar.

— Recebi três e-mails misteriosos. São de alguém que se autodenomina Um Milagre. Cada um vem com uma frase do nosso caderno de pensamentos.

Annie escuta a mãe recitar as frases. Sua pulsação acelera e ela leva a mão ao peito.

— Kristen — diz em voz alta.

A mãe geme.

— Ah, meu amor. Não quero te dar falsas esperanças.

— Ela está viva — insiste Annie.

— Isso é muito improvável, Annie. Mas realmente estou achando estranho. Veja, encontrei o caderno de pensamentos da Kristen.

— Encontrou? Nós procuramos por todo canto. Onde estava?

— Embaixo do edredom dela.

Annie fica paralisada.

— Es-está falando do caderno prateado?

— Isso.

Os olhos de Annie ficam marejados. Como a mãe pode não lembrar que o caderno prateado era dela, de Annie? Ela e a irmã tinham caligrafias parecidas, mas a mãe deveria perceber a diferença, certo? Já faz anos que toda a comunicação escrita delas tem sido por meio de um teclado.

— E ela escreveu anotações nas margens.

Anotações? Ela está falando das coisas que Annie escreveu. No ano anterior em Haverford, sempre que sentia saudades de casa, Annie pegava o caderno de pensamentos e fazia anotações ao lado das frases, pensamentos íntimos e pequenos lembretes do que as frases — e a mãe e a irmã — significavam para ela. E continuou fazendo isso pelos últimos seis meses... esgueirava-se para dentro do quarto da irmã para ler o caderno de pensamentos e, uma ou duas vezes, tinha escrito um comentário não muito gentil na margem.

— Mãe, esses comentários são...

— As frases misteriosas — completa a mãe, atropelando Annie — ... são anotações da Kristen. É quase como se ela estivesse me guiando, de certa forma.

Annie leva a mão ao peito. A mãe soa esperançosa, pela primeira vez depois do acidente. Annie tem duas escolhas. Pode contar a verdade e desanimar a mãe, ou pode deixá-la acreditar que aquelas anotações são de Krissie. Annie engole com dificuldade.

— Ela está guiando você.

— Tive a esperança de falar com o Wes Devon, mas ele foi embora da ilha.

— Eu sei — diz Annie. — Eu já o interroguei. Ele não tem nenhuma pista. A Kristen não está na ilha, disso eu tenho certeza.

Annie faz uma pausa. Deve contar à mãe sobre sua intuição de que Krissie está em Paris? De que vai encontrar a irmã e levá-la para casa? E que, quando fizer isso, tem esperança de ser perdoada por ter perdido Krissie antes?

— Ela vai voltar no verão — diz Annie, decidindo não estragar a surpresa. — Na nossa última manhã, a Kristen me falou para sair em uma aventura. Disse que nós iríamos nos reencontrar em agosto e que trocaríamos histórias.

— Mas Annie, querida, ela não sabia o destino que teria. Por favor, me escute. Não quero que você se desaponte. As chances de a sua irmã estar viva são extremamente remotas.

— Mas não impossíveis. Não vou desistir de ter esperança, e você também não pode desistir. Por favor, mãe. Continue acreditando.

Ela ouve a mãe respirar fundo do outro lado da linha.

— Estou indo para Paris. Preciso ver você.

— Você vai vir para cá? Por mim?

— É claro que sim.

A mente de Annie está girando. Ela pegou o passaporte da mãe, mas pode mandá-lo de volta para ela pelo correio. A mãe poderia estar ali no fim de semana! Annie descasca o esmalte do mindinho, lembrando-se do último pedido da irmã assustada e grávida. *Você precisa largar a barra da saia da mamãe. Não quer ser independente?*

— Preciso ficar sozinha. — Ela aperta os olhos com força. — Além do mais, estou com o seu passaporte.

— Annie! Você não está falando sério.

— Não podemos sair as duas do país. Se a Krissie voltar para casa mais cedo, você precisa estar aí para recebê-la.

— E eu não estava. Não estava presente para nenhuma de vocês. As anotações da sua irmã me lembraram de como eu costumava ser.

— Escute as frases, mãe. Ela está te dando um conselho.

— Vou escutar. E vou passar mais tempo com você. Vou até largar a disputa entre os corretores.

Annie fica boquiaberta. Ela realmente abandonaria a disputa?

— Não. A Krissie não tinha nenhum problema com a disputa. Só... se lembre do que importa, está bem? — Ela abaixa os olhos para Olive, desejando estar sozinha para poder levantar o assunto daquela última manhã, e para implorar pelo perdão da mãe. — A Krissie não está pedindo muito. Ela quer que você siga em frente e perdoe. Você acha... — Ela se força a engolir. — Acha que algum dia vai conseguir? Por que eu entendo se não for.

Annie prende a respiração, esperando pela resposta da mãe. Um pombo se aproxima e Olive o persegue. Enfim a mãe responde:

— Vou tentar. Prometo que vou tentar, querida.

Annie deixa escapar o ar.

— Isso é tudo o que eu estou pedindo. — A voz dela vacila. — Mas, até eu voltar para casa, vou deixar seu número bloqueado.

Annie guarda o celular. Deu para ver que a mãe já está um pouco mais tranquila. Ela agora tem esperança... essa é a diferença. Desde que haja uma chance de Krissie estar viva, a mãe não está mais tão ressentida com a filha que agora é só um prêmio de consolação.

Annie esfrega o pescoço para tentar aliviar o nó na garganta. Mas será que está sendo cruel cortando todo o contato? Como vai saber se a mãe a perdoou se as duas não estiverem se falando?

Oliver também parece estar mais abatida, não que ela em algum momento tenha sido animada. A menina caminha em silêncio a dois passos de Annie durante todo o caminho de volta ao apartamento. Não diz uma palavra enquanto Annie guarda as compras. Fica sentada na bancada da cozinha, os braços cruzados diante do peito, ignorando o livro de colorir e as canetinhas com aroma. E olha de cara amarrada enquanto Annie lava um frango na pia e coloca a ave em uma panela.

— Quer outro copo de leite? — pergunta Annie, enquanto lava as mãos.

Olive finge não ouvir.

Annie lê o próximo passo em seu livro *Alegria de cozinhar*, enquanto descasca uma cebola. Ela cozinha desde bem nova, primeiro no apartamento do pai, quando se iludia pensando que as receitas da mãe o atrairiam de volta para casa. E depois quando a mãe começou a trabalhar até tarde. Mas, até agora, suas especialidades eram pratos básicos de massa e *enchiladas* de carne. Agora, estava tentando um frango à *cacciatore*, uma receita complicada, que nunca tinha feito.

Na noite anterior, depois que Olive foi dormir, Annie e Tom conversaram, e ele mencionou que era meio italiano — o que não era surpresa, com aquela pele bronzeada e os lindos olhos castanhos. Annie tinha a esperança de que ele fosse gostar de um prato italiano. Também esperava que ele talvez gostasse de provar um prato estadunidense. Um prato chamado Annie Blair.

Ela está picando alho quando Olive enfim volta a falar.

— Você mentiu para mim.

Annie levanta os olhos.

— O quê? Não, Olive. Eu nunca mentiria para você.

— Você é uma mentirosa grande e gorda! — grita a menina.

Annie se encolhe ao ouvir a palavra "gorda" e se vira para a porta. Ainda é cedo, mas Tom poderia chegar a qualquer minuto. Annie planejava recepciná-lo com o aroma do frango assando e com uma Olive bem calma, talvez em uma cena fofa: as duas aconchegadas no sofá, lendo o livro novo que Annie comprara. Em vez disso, Olive está prestes a ter um ataque.

Annie desliza o alho para dentro da panela com azeite quente, então puxa um banco ao lado de Olive. Ela pousa a mão nas costas da menina. Olive se desvencilha.

— Sai. Eu detesto mentirosos.

— Entendo, amiga. Também não gosto de mentirosos. Mas você pode só me explicar qual foi a mentira que contei.

Olive afunda no assento, os braços ainda cruzados com força.

— Você me disse que a sua irmã estava morta. Mas ouvi você falando no telefone. Disse que ela está viva.

O coração de Annie aperta. Por que foi tão descuidada? Olive ouviu a conversa toda, exatamente como ela desconfiara.

Annie se vira no banco e pega a mão de Olive.

— Meu amor, é complicado. A minha irmã tinha um segredo. Ela fazia coisas bobas às vezes e, por isso, estou achando que talvez ela esteja fingindo que morreu.

Olive arranca a mão da dela.

— A minha mãe também está fingindo. — Então, desce do banco e sai correndo da cozinha.

Ah, droga! Tom avisou a Annie que Olive estava tendo dificuldade para aceitar a morte da mãe. E vai ficar aborrecido se Annie der falsas esperanças à filha dele. Como ser honesta, sensível e realista, tudo ao mesmo tempo?

Annie vai até o quarto de Olive. Ela se agacha diante do sofá em que a menina está deitada, escondendo o rosto em uma almofada.

— Olive, por favor, olhe para mim.

Olive não se mexe. Annie se adianta para pôr a mão nas costas dela, mas pensa melhor. Em vez disso, apoia os cotovelos no sofá e fala baixinho, o rosto a centímetros das orelhas cobertas de Olive.

— Sabe, eu não consegui ver a minha irmã, ou me despedir direito dela. Por isso é tão difícil acreditar que ela se foi de verdade.

Olive abaixa a almofada do rosto devagar e se senta. No entanto, olhos dela ainda não encontram os de Annie. *Já é alguma coisa*, decide Annie.

— Eu também não vi a minha mãe. Acordei, e ela já estava no céu.

Sim, era verdade. Na noite anterior, Tom tinha contado a Annie sobre o acidente.

— Um motorista bêbado — dissera ele. Gwen, a esposa, morrera instantaneamente. Olive quebrara o fêmur e precisou passar por uma cirurgia de emergência. — Olive passou algum tempo grogue, por causa da anestesia e dos analgésicos. No fim da semana, quando estava totalmente lúcida, a mãe já havia sido enterrada. Achei que seria mais fácil para ela — continuou Tom, com uma expressão distante nos olhos. — Mas, pensando agora, foi cruel. Olive não tem nenhuma lembrança do dia do acidente. É como se tivesse ido dormir uma noite, uma criança feliz, amada, e quando voltou a acordar estava sem a mãe.

— Olive — diz Annie. — Sei como é sentir falta da nossa mãe. Você sabia que eu sou adotada? — Ela está balbuciando agora, sem saber aonde vai chegar com aquilo. — Maria, a mãe que me carregou na barriga, nem sabe quem eu sou.

— Ela sabe, sim! Eu ouvi você falando com ela!

— Não. Aquela é a minha mãe adotiva. Eu nunca conheci a minha mãe de verdade.

O cenho de Olive já não está mais tão franzido, e ela agora fala com gentileza.

— Mas você acabou tendo duas mães. E ainda tem uma, por isso não tem que ficar triste.

— Isso é verdade. Tenho a minha mãe que me ama e cuida de mim, como uma mãe de verdade.

A menina se senta, os olhos cintilando.

— Eu posso conseguir uma nova.

O coração de Annie dói por essa criança sem mãe. Parece que ela e Olive não são tão diferentes assim. As duas sentem falta de uma mãe diferente... só que Annie ainda tem uma. A ideia a faz se sentir mesquinha e ingrata.

Antes que possa responder, a chave de Tom gira na porta. E é só quando vê a preocupação no rosto dele que Annie se dá conta do cheiro... e vê. A fumaça escura vindo da cozinha.

Cacete! O alho!

33

Erika

Está anoitecendo, e me sento no tapete em frente à lareira de Kate com Lucy no meu colo, encerrando uma ligação.

— Por favor, me avise se precisar de alguma coisa. Qualquer coisa. Obrigada, sr. Bower.

Deixo o celular de lado e enfio o rosto no pelo de Lucy.

— Oi para você.

Lucy pula do meu colo, nós duas fomos pegas de surpresa. Kate está parada no hall de entrada, tirando os sapatos. Ela desenrola o cachecol do pescoço.

— Com quem você estava falando?

Sinto o rosto esquentar.

— Com ninguém.

Os olhos dela permanecem fixos nos meus conforme se aproxima. Um olhar realmente penetrante, até que eu não resisto mais.

— Com Bruce Bower. Um investigador particular. Ele está me ajudando a procurar a Kristen.

Kate larga o corpo no sofá.

— Ah, Rik, não.

— Annie acha que a Kristen vai voltar em agosto. Eu falei com ela hoje... Aliás, obrigada por isso. Bower está checando aeroportos, albergues de jovens, está falando com antigos amigos dela, enfim, fazendo tudo em que consegue pensar.

Kate esfrega as têmporas.

— Quando isso vai parar?

— Não até eu ter alguma prova. O Conselho Nacional de Segurança nos Transportes está finalizando a investigação deles. Devo estar recebendo os artigos pessoais dela de volta nos próximos meses.

— Então você vai acreditar? Vai deixar isso de lado?

Respiro fundo. Será que vou? Sou capaz disso?

— Por quê, Kate? Por que você, ou esse Um Milagre, ou qualquer outra pessoa, quer que eu deixe minha esperança de lado? A Annie não mandou os e-mails. Ela não tinha a menor ideia do que eu estava falando. E também acha que é a Kristen quem está mandando as mensagens.

Kate se senta ao meu lado.

— Rik, você precisa me escutar. A Annie está desesperada. Acho que ela faria o que fosse preciso para fazer você mudar, mesmo se isso significasse mandar os e-mails e fingir que são da Kristen.

— Não. A Annie não mentiria.

Kate morde o lábio, e sei que quer me dizer alguma coisa.

— E se ela achar que você não escutaria se soubesse que as frases vêm dela?

Naquela noite, eu me sento na cama com o notebook para ler um e-mail da minha assistente na imobiliária. Ela resumiu as especificações do prédio e identificou uma dúzia de compradores para o Fairview — a corretagem exclusiva que, a princípio, pertence a Emily Lange.

Carter está certo. Nada foi assinado ainda, portanto o Fairview ainda está no jogo. Marquei uma reunião por telefone para amanhã, às duas da tarde, entre você, eu e Stephen Douglas, o construtor responsável pelo prédio. Se fecharmos esse acordo, Erika, o seu lugar entre os cinquenta mais está garantido. Fique ligada.

Meu estômago revira. Nunca, em todos os meus anos como corretora de imóveis, roubei uma corretagem de um colega. Entretanto esse prédio — se eu conseguir vendê-lo por inteiro — garantiria o meu lugar entre os cinquenta mais. Tenho a bênção das minhas filhas. Posso ganhar a disputa e, como bônus, tirar Emily Lange da corrida.

Cruzo os braços na nuca e olho para o teto. Meus pensamentos voltam para a conversa com Annie de hoje mais cedo. Ela insiste que os e-mails são de Krissie. Mas Annie realmente negou ter sido ela a remetente?

Eu me sento. Não. Acho que não.

Annie realmente poderia ser Um Milagre? Kate está certa? Será que Annie, que nunca foi capaz de guardar rancor em relação a nada, estaria tentando fazer contato comigo anonimamente? Será que seu coração estava amaciando em relação a mim?

Clico em *escrever* e digito APD_UmMilagre@iCloud.com no espaço do endereço. Meus dedos pesam sobre o teclado.

Por favor, me perdoe. Amo você como o nariz ama as rosas, minha menina linda.

Termino a mensagem com um beijo e aperto *enviar*. Não importa qual das minhas filhas vá ler isso, é a verdade.

Estou prestes a fechar meus e-mails quando chega uma nova mensagem de Tom Barrett. Sim! Sou como uma mulher faminta que encontrou outra migalha. Talvez não seja a refeição mais nutritiva, mas, a não ser pela rápida conversa de hoje, notícias do professor em Paris são o único pedacinho que tenho da minha filha.

Oi, Erika.

Como não tenho prática em criar uma jovem, aceitaria um conselho. Temo ter magoado os sentimentos da sua filha.

Entenda, ela estava preparando uma bela refeição, uma surpresa especial, eu acho, e estraguei tudo. Quando entrei no apartamento, a primeira coisa que percebi foi a fumaça.

Em retrospecto, percebo que exagerei. Não era nada além de uma panela queimada. Mas, quando vi a fumaça, tudo que consegui pen-

sar foi que se tratava de um incêndio, e na possibilidade de perder Olive. E acho que fui ríspido com Annie. Disse a ela, com certa irritação, para nunca deixar o fogão aceso sem que estivesse prestando atenção. Acho que posso tê-la feito chorar. Ela foi lavar a panela e acabou queimando a mão.

Como você pode imaginar, o jantar acabou sendo um desastre. Nós três, sentados em um silêncio constrangedor, tomando sopa enlatada. Eu me sinto péssimo. Tão mal que estou cem por cento acordado às quatro da manhã. Trouxe meu café para a varanda, um espaço tranquilo com vista para esta cidade fabulosa. À minha direita, posso ver a catedral de Notre Dame. E se olhar bem longe, à esquerda, consigo ver o topo da Torre Eiffel. A poucas quadras bem à frente, para além das lojas e prédios antigos, está o rio Sena. Em qualquer outra manhã, eu apreciaria este momento de tranquilidade, mas hoje me sinto um imbecil.

Algum conselho sobre como lidar com os sentimentos feridos da Annie? O silêncio é a melhor escolha? Devo pedir desculpas? Qualquer ajuda seria bastante apreciada.

Eu fico triste, mas também acho engraçado. Pobre Annie. Tenho certeza de que ela está tentando agradá-lo. E coitado do Tom. As coisas nunca são fáceis com Annie. A melhor qualidade dela — sua sensibilidade — também pode ser a pior. Imagino Kristen na mesma situação. Em vez de se sentir magoada pela repreensão de Tom, ela provavelmente riria de si mesma e acabaria retrucando com algum comentário petulante. *Sim, você está certo. Daqui em diante, seremos eu e o micro-ondas. Como gosta do seu bife? Teflon, borracha ou papelão?*

Preciso livrá-lo desse sofrimento.

Caro Tom,

Lamento tanto por vocês dois. Annie é uma garota sensível, a pele fina como a asa de uma mariposa. Sempre precisei ser um pouco mais gentil e cautelosa quando lidava com ela. Mas, acredite em mim, fiz besteira um monte de vezes (aliás, foi exatamente por isso que entrei em contato com você!). Para a nossa sorte, ela também é a garota mais adorável que conheço, com uma grande capacidade de perdoar.

Mas será que ela algum dia será capaz de me perdoar?

Se ela estiver chateada com você — e acho que não está — esta manhã, parecerá animada e feliz. O mais provável é que esteja se sentindo humilhada. O que Annie mais gosta na vida é de agradar as pessoas. Um pouco de encorajamento e elogios, seja pelo que for que você possa estar satisfeito, vão animá-la, tenho certeza.

Obrigada por entrar em contato. Espero ter ajudado. Agora, por favor, vá dormir um pouco.

Um abraço,

Erika

Imagino esse homem, sentado sozinho, atormentado, enquanto a mais linda das cidades dorme. Em um impulso, jogo *professor Thomas Barrett, Georgetown*, no Google. Dezenas de links surgem na minha tela, a maior parte deles para artigos em publicações científicas. Clico no primeiro. O artigo abstrato está cheio de uma infinidade de termos polissilábicos que não consigo pronunciar, menos ainda saber a definição. No canto de baixo, vejo uma foto de um cara de boa aparência, com um sorriso enorme. Ele parece mais velho do que os trinta e poucos anos que eu havia imaginado que o pai de uma menina de cinco anos teria. Pela foto, acho que deve ter mais ou menos a minha idade.

Checo o relógio na mesa de cabeceira. São 22h26. Ele escreveu há menos de meia hora. Mordisco o polegar, então acrescento mais uma linha.

Estou acordada agora, se quiser conversar.

Acrescento o número do meu celular e pressiono *enviar*. Então, fico deitada ali, acordada, pelas duas horas seguintes, esperando uma ligação que não chega, me sentindo boba, humilhada e irracionalmente rejeitada.

***

Kate e eu estamos sentadas ainda de pijama na varanda ensolarada na quarta-feira de manhã, tomando café e comendo torrada com pasta de amendoim. Bastaria substituir o café por suco de laranja, e seria como uma manhã da nossa infância.

— Deus, adoro as minhas manhãs de folga. — Ela estica as pernas. — Então, termine a sua história. Ele ligou para você?

Sinto o rosto esquentar.

— Não. E provavelmente ficou chocado por eu ter sugerido isso. O que eu estava pensando?

Kate lambe a pasta de amendoim do dedo.

— Eu me pergunto o que a Annie acha do chefe e da mãe se tornarem amigos por correspondência.

— Por favor, Kate, não conte a ela. Ainda não. Ele é a minha única ligação com a Annie. Receber notícias dele me acalma.

Meu telefone toca.

— Talvez seja ele agora — diz Kate, inclinando-se para olhar meu celular. — Não. É o Carter.

Meu coração aperta, e levo o celular ao ouvido.

— Alô, Car...

— A Allison disse que você não está respondendo aos e-mails dela — brada ele. — Me diga que não é esse o caso.

Suspiro e ponho a mão na testa.

— Ah, Deus, desculpe. Esqueci completamente de responder.

— Nós precisamos de você ativa em relação ao Fairview. Você é a nossa melhor chance de roubar aquela corretagem da Lange.

Vou em direção a janela.

— Aham. Sim. Ótimo. Precisamos fazer isso.

— A Allison marcou a ligação com Stephen Douglas para hoje às duas da tarde, e você precisa estar presente, escutou?

— Em alto e bom som — digo. — Vou participar da ligação. Desculpe pelo susto.

Desligo e esfrego a testa, me sentindo ao mesmo tempo importante e impotente.

— Meu Deus — diz Kate, e pega minhas mãos trêmulas. — Achei que o papai fosse o único a ter esse efeito sobre você.

— O que eu posso dizer? O meu chefe é intimidador.

— Não consigo acreditar que você ainda o suporta. Por que não pede demissão? Agora já conseguiu juntar bastante dinheiro. Abra a sua própria corretora e mande o Carter à merda.

Sinto os pelos do braço se arrepiarem. Isso é mais ou menos o que Kristen disse, naquela última manhã. Então por que eu não reabro a Imobiliária Blair? Por que não vou atrás do meu sonho?

— Um dia, talvez — respondo, sem me comprometer. Enfio as mãos nos bolsos do roupão. — Mas neste momento tenho que roubar uma possível corretagem que seria da Emily Lange. Lembra dela? A minha antiga chefe? A que me deu força para me estabelecer por conta própria e depois ficou me assistindo afundar? — Eu me viro para Kate, a raiva aumentando. — A mesma que prometeu que eu poderia levar os meus clientes antigos, depois deu pra trás?

— Certo. — Kate inclina a cabeça. — Isso foi o quê... cinco anos atrás? Dou as costas a ela.

— Nove anos. Ela vai ficar furiosa quando descobrir que peguei o imóvel dela.

— Hum — murmura Kate. — Você está tranquila com isso?

— Ela vai ter o que merece.

— Ah — fala minha irmã, assentindo como uma velha filósofa. — Acho que ouvi uma frase um dia desses, alguma coisa sobre desapegar...

Sei exatamente aonde ela quer chegar. Mas não posso deixar minha irmã fofa me deter. Ela não compreende. Emily Lange quebrou a promessa que me fez. Mentiu para mim.

— Você está se esquecendo da primeira parte daquela frase, ó, sábia: às vezes a vida é se agarrar a alguma coisa.

***

Vestida com meu terno, posiciono o notebook, um bloco de papel e duas canetas a minha frente. Quando falar com Stephen Douglas, ele não vai nem imaginar que estou sentada em um banco gasto de pinho, no Seabiscuit Café, a quase mil e quinhentos quilômetros de Manhattan.

Meu celular toca às 13h58, e é um número que não reconheço. Atendo, tão composta e profissional como se estivesse em meu escritório, em Manhattan.

— Olá, Stephen. Obrigada por ligar.

— Desculpe. É Erika Blair?

Inclino a cabeça.

— Sim, sou eu, Stephen. Vou ligar para a Allison agora.

— Aqui é o Tom Barrett, empregador da Annie. — A voz é suave e agradável, como um encorpado molho para assados.

— Tom — digo e vejo o relógio avançar para 13h59. Droga. O *timing* não poderia ser pior.

— Na verdade, acabei cochilando hoje mais cedo, depois que escrevi para você — diz ele. — E perdi a hora. Só vi sua mensagem de manhã. E, como você pode imaginar, estava tudo um pouco caótico para ligar naquele momento.

— Ah — digo e dou um risinho nervoso. — Sem problemas. — Torço o nariz, horrorizada por estar soando como uma boba. — Veja, estou esperando uma ligação. Está tudo bem?

— Sim. Tudo ótimo. Desculpe... estou interrompendo você. Vou desligar.

Preciso dizer alguma coisa, avisar a ele que vou poder conversar. Mais tarde. Se ele quiser.

O celular apita com uma ligação em espera. É Stephen. Droga!

— Está certo. Obrigada, sr... Tom.

Sr. Tom? Ai, Jesus! Mas não tenho tempo para remoer. Tom encerra a ligação e atendo a de Stephen.

Dois minutos mais tarde, Stephen, Allison e eu estamos imersos na conversa, nada muito diferente do que seria se estivéssemos sentados um frente ao outro em uma mesa no Michael's. Allison exibe minhas credenciais e "nossas" cifras de venda dos últimos três anos. Ela lista nossos investidores no exterior, os clientes e intermediários asiáticos.

— Impressionante — afirma Stephen, em uma voz aguda, esquisita, e então nos informa a faixa de preço que está pretendendo.

— É ambicioso — falo —, mas não fora da realidade.

Allison vai direto ao ponto.

— Deixe-nos vendê-lo para você.

— Você tem um bom acesso a investidores estrangeiros — considera Stephen —, como muitos corretores em Manhattan. Mas o que a faz única, Erika?

Na última primavera, fiquei sabendo que Emily Lange se casou com um homem dez anos mais novo do que ela que tinha a guarda dos três filhos em idade escolar. Devo usar meus conhecimentos dos bastidores para destacar a diferença entre nós? Não, isso é baixo demais. Não vou usar o nome dela.

— Meu trabalho é a minha vida. Ao contrário de muitos corretores, você vai ver que trabalho incansavelmente, vinte e quatro horas por dia, todos os dias da semana, para deixar meus clientes felizes.

— Fiz algumas sondagens — diz ele, com um risinho. — Você definitivamente tem a reputação de ser uma *workaholic*.

— É uma definição da qual me orgulho.

Mas, em vez de me deixar satisfeita, hoje isso me deixa com a garganta apertada. As palavras de Annie deixam minha consciência pesada. *Só... lembre-se do que importa, certo?* Trabalhei furiosamente durante os últimos onze meses, usando a disputa como desculpa para me vingar e escapar da vida... e até da minha filha. Imagino Emily Lange, uma madrasta recente, lutando para conciliar o trabalho com projetos de ciência, jogos de futebol e jantares de família. Será possível que, enquanto eu finjo que o trabalho é importante, Emily tenha encontrado o que realmente importa?

— Então pronto — conclui Allison. — Por todos os padrões objetivos... nossas vendas, contatos e dedicação pessoal... Erika e eu somos nitidamente as mais capacitadas para vender suas propriedades.

Mordo o lábio, esperando pelo veredicto de Stephen.

— Devo dizer que estou impressionado. Sinceramente, este era apenas um telefonema de cortesia. Achei que já tivesse escolhido a minha corretora, e não sou do tipo de questionar minhas próprias decisões.

Espero pelo "mas". E, como era de esperar, é o que ele diz.

— Mas, depois de ouvir sua apresentação, estou disposto a reconsiderar.

Allison deixa o ar escapar.

— Se nos der a corretagem exclusiva de todas as dezesseis propriedades, vamos ter todas vendidas em noventa dias.

Abro a agenda. Dezesseis unidades em noventa dias é um objetivo ambicioso, mas é viável.

— Em trinta dias — diz Stephen.

Arquejo.

— Como? Você disse trinta dias? Para vender todas as dezesseis unidades?

— Você disse que é a melhor. Então prove.

É alguma piada? Estou zonza.

— Escute, Stephen, *nós somos* as melhores, mas não fazemos mágica. Não temos como fechar negócio em relação a essas unidades só pela força da nossa vontade. Precisamos de tempo para...

Ele me interrompe, a voz de soprano estridente.

— Você está desperdiçando meu tempo. Posso contratar hoje mesmo uma corretora que prometeu vender as unidades em noventa dias. Você disse que pode fazer melhor. Estou te dando trinta dias. Temos um acordo? — pergunta Stephen.

Podemos fazer o acordo. Minha comissão será enorme. E, melhor de tudo, Emily finalmente vai ter o troco que merece.

Em algum lugar nos intestinos da minha consciência, uma vozinha me diz: *Isso realmente importa? Já examinou seu passado? Algum dia vai desapegar?*

Eu poderia parar isso tudo agora mesmo com uma única palavra. É o que eu deveria fazer.

Mas não faço.

34

Annie

Na quarta-feira, Annie, Tom e Olive já estabeleceram uma rotina. Annie acorda às seis e envia sua mensagem diária para Kristen no Facebook. Então, vai em silêncio até a cozinha para ligar a máquina elegante de expresso de Tom. Ela prepara um café da manhã de croissants frescos, geleias e queijos, iogurte e suco. Depois de tomar banho, seca o cabelo e passa gloss nos lábios. Quando ouve Tom desligar o chuveiro, vai até o quarto de Olive.

— Acorde, dorminhoca — chama Annie baixinho, enquanto afasta fios de cabelo do belo rosto de Olive.

E toda manhã o coração de Annie aperta no peito quando ela vê os olhos de Olive se abrirem de repente, cheios de esperança, e logo em seguida ficarem nublados de decepção. É Annie sentada na beira da cama dela, não a mãe.

Annie pega nas gavetas a roupa que a menina vai usar naquele dia, como faz todas as manhãs. Em algum lugar no fim do corredor, escuta Tom assoviando. Ela sorri, imaginando que deve ser assim ter uma família.

O clima está frio e chuvoso naquela manhã, por isso Annie escolhe uma legging com listras em preto e branco e um vestidinho vermelho de manga comprida. Ela coloca a roupa em cima da cama recém-arrumada de Olive e sai. Como sempre, Olive passa direto pela cama, ignorando as roupas que Annie escolheu para ela. Em vez disso, pega outras, por conta própria, na gaveta. Ela escolhe aleatoriamente e, naquele dia, a seleção é: meia-calça verde e vermelha — perfeita para as festas de fim de ano — uma saia de poá rosa e laranja e uma camiseta roxa muito fina. Annie se encolhe por dentro.

— Olive, está frio demais lá fora. Você não prefere alguma coisa de manga comprida?

Olive cerra os dentes e veste a camiseta.

— Vem cá, sua boba — chama Annie, e se agacha. — Vou ajudar você. Hoje a camiseta está com a frente para as costas *e* do lado do avesso. Se usar desse jeito, vai ter que andar de costas o dia todo para parecer que está tudo certo com a blusa. — Ela ri, mas Olive só fecha a cara.

Pela porta aberta, Annie ouve a risada de Tom. Ela sorri, orgulhosa por alguém apreciar seu humor.

— Você não é engraçada — diz Olive, como se para evitar que o elogio suba à cabeça de Annie. Ela sai do quarto pisando duro ao rejeitar a ajuda.

De todas as escolas de Paris, por que Olive tem que estudar logo em uma que não exige uniforme?

Annie segue Olive até a cozinha. Tom está diante da bancada, servindo leite. Ele se vira quando ouve Olive se aproximar e um sorriso ilumina seu rosto ao vê-la.

— Bom dia, pestinha do meu coração!

Deus, ele é lindo. Veste a roupa de sempre — jeans e camisa de algodão, blazer e botas de camurça, aquelas com uma mancha rosa bem pequeninha no dedo, onde Olive deixou cair sorvete de morango. Ele deixa a leiteira de metal de lado e se inclina para pegar a filha no colo.

— Fez uma bela viagem à terra dos sonhos?

Ela puxa os lóbulos da orelha dele como se fossem feitos de caramelo.

— Você tem que ir para o trabalho hoje?

— Tenho, meu amor. E você vai para a escola. Talvez quando Annie pegar você, na hora do almoço, ela te leve ao parque.

A menina faz beicinho.

— Odeio o parque.

— Deixa disso, filha. Que tal irmos a um restaurante hoje à noite? Vou sair do trabalho um pouco mais cedo.

Olive arregala os olhos.

— No Georges?

— Claro, se você quiser.

— Oba!

Annie observa, encantada. O pai dela conseguia ser divertido — principalmente quando tinha uma nova namorada para impressionar — quando levava ela e Krissie para a piscina, enquanto se exercitava na academia de ginástica, ou quando deixava que elas dirigissem o carrinho de golfe dele. No entanto, Annie sempre se sentia como uma inconveniência, como se o pai as encaixasse à força na agenda ocupada, como quando se colocam livros demais em uma prateleira. Com Tom não é assim. Olive é nitidamente uma prioridade para ele. Tom é o tipo de cara que Annie gostaria que fosse pai dos filhos dela um dia.

Tom a vê.

— Bom dia, Annie.

— Bom dia. — Ela afasta a franja da testa.

— Cappuccino? — oferece ele, e coloca Olive no chão.

— Por favor.

— Você está bonita.

Annie abaixa os olhos para sua roupa do dia a dia — calça de ioga e pulôver — e encolhe a barriga... ou tenta, pelo menos. Tom vem sendo atencioso depois do desastre do alho na segunda-feira, e tem elogiado Annie de forma que a faz pensar... será que o professor também tem uma quedinha por ela, como ela tem por ele? O lado racional de Annie diz que ele só está sendo gentil, e que ela não devia interpretar mal suas intenções, mas Annie nunca confiou em seu lado racional.

Tom entrega uma xícara a ela e as mãos deles se tocam acidentalmente. Annie desvia os olhos e sente o rosto esquentar.

— Obrigada — murmura. Ela inclina a cabeça para onde Olive está sentada, diante da mesa, lambendo a geleia do croissant. — Só para você saber — sussurra para Tom —, a roupa foi ideia dela.

Ele olha para Olive e se engasga com o café.

— Pelo amor de Deus.

Annie ri.

— Quer que eu a faça se trocar?

— Não. Tudo bem. Aprendi a escolher as minhas batalhas. — Ele encosta a xícara na de Annie, em um brinde. — Um brinde aos seus esforços. Estou feliz de verdade por você estar aqui, Annie. Você é exatamente do que esta casa precisava.

O coração de Annie parece triplicar de tamanho. Em todos os seus vinte anos, nenhum cara com uma aparência tão incrível falou com ela de um jeito tão carinhoso.

Annie se agacha ao lado de Olive, na frente da pré-escola americana.

— Vejo você em algumas horas. — Ela limpa uma mancha de geleia do rosto da menina. — Seja boazinha. Dê o seu melhor.

Annie se inclina para abraçar Olive, mas a menina se esquiva, como sempre, e sobe correndo os degraus da escola, como se fugisse de um sequestrador.

Annie desce a Rue du Bac em busca da irmã. Ela está esquadrinhando a cidade sistematicamente, uma parte por vez. Pode levar mais uma semana até ter notícias da embaixada. Hoje vai explorar a área do Louvre/Tuileries, ao redor do famoso museu, o Louvre.

Annie mantém os olhos atentos enquanto anda na direção do rio, checando toda mulher loira pequena. Mas Kristen não vai estar mais tão pequena agora. Ela deve estar com cerca de oito meses de gravidez, a barriga do tamanho de um melão. A ideia faz Annie sorrir, mas ela logo sente o nariz ardendo. Ia — *vai* — ser tia.

Ela enfia as mãos nos bolsos do casaco e segue em frente, até chegar ao Jardin des Tuileries, um jardim espetacular do século XVII. Annie passeia pelo gramado exuberante, pontuado por estátuas como um gigantesco tabuleiro de xadrez, o tempo todo procurando por Kristen.

Uma trilha de cascalho aberta entre duas fileiras de arbustos perfeitamente aparados chama sua atenção. São plantas do Edward Mãos de Tesoura, diria Kristen. Mulheres parisienses bem vestidas estão nos bancos, conversando. Senhores reúnem-se nas cadeiras, falando em seu idioma ressonante, agitando os braços enquanto contam histórias. Aposentados leem em silêncio. Annie se pega divagando e se repreende. *Concentração! Você precisa encontrar a sua irmã!* Entretanto, a cada rosto que passa, a cada momento que se vai e a cada batida do coração, a esperança dela parece se esvair como uma ferida aberta.

Quando Annie finalmente pega Olive, ao meio-dia, seu estômago revira. Outra manhã se foi, e ela não está nem um pouco mais perto de encontrar Krissie. Annie passa a tarde preocupada. E se Krissie não quiser ser encontrada? Annie conhece a irmã. Krissie é teimosa e independente, e nem sempre é sensata. Se quiser permanecer escondida, nada nem ninguém será capaz de fazê-la mudar de ideia.

São quatro e meia da tarde e Olive está ajoelhada no sofá, olhando pela janela. Annie entra na sala, com um cesto de roupa limpa nos braços.

— O que você está olhando, Olly Pop?

A menina não responde. Annie pousa a cesta no chão.

— Quer me ajudar a dobrar a roupa limpa? Ou podemos esquecer a roupa e sair para uma caminhada.

— Nã-ão! — exclama Olive, como se fosse a ideia mais estúpida que já tivesse escutado.

— Venha, vamos jogar uma partida de Uno. Ou poderíamos colorir, ou fazer biscoitos.

— Não. Meu pai vai voltar mais cedo para casa.

Annie assente. Ela quase havia se esquecido da promessa de Tom a Olive.

— Sim. É verdade.

— Nós vamos ao Georges, e eu vou tomar milk-shake, e você não poder ir com a gente.

— Ah, não, não, é claro que não.

Olive está certa. Annie não é parte da família. É só uma babá. E precisa se lembrar disso. Ela sobe ao lado de Olive e elas olham para a calçada pela janela juntas.

— Quando Krissie e eu éramos pequenas, o meu pai costumava nos levar a uma antiga lanchonete chamada Cup and Saucer. Nós nos sentávamos no balcão. Eu pedia cheeseburger e fritas. A Kristen pedia sanduíche de frango. E o meu pai sempre comia omelete.

— O que a sua mãe comia?

Annie se vira para Olive, chocada por ouvir uma resposta.

— Ah, a minha mãe não ia. Isso foi depois do divórcio deles.

— O que é isso?

Annie faz uma pausa, procurando uma explicação que seja ao mesmo tempo sincera e leve.

— Divórcio é quando os pais decidem que não querem mais ser marido e mulher. Eles continuam sendo pai e mãe, mas moram em casas diferentes.

Olive se vira para ela.

— E onde as crianças moram?

— Bem, a Kristen e eu moramos com a nossa mãe na maior parte do tempo. Dois sábados e domingos por mês, ficávamos com o nosso pai.

Olive franze o cenho.

— Você não morava na mesma casa com os dois?

— Não.

Olive se vira de novo para a janela. Juntas, elas observam a rua em silêncio. Annie se pergunta se falou demais. Talvez o coração jovem de Olive seja frágil demais para entender que o amor não dura.

— Minha mãe morava comigo e com o meu pai — diz Olive em um tom prepotente, que faz Annie sorrir.

— Sim, você teve sorte.

Olive assente e encosta a testa na janela, embaçando o vidro com o hálito.

— Anda — diz ela. — Chega logo, pai.

Annie repara em um binóculo, em uma prateleira ao lado do sofá. Ela se inclina para pegá-lo, então os leva ao rosto e procura na multidão por um homem bonito, usando jeans e um blazer marrom. Então se lembra de que deveria estar procurando por uma garota de cabelo loiro e barriga de grávida.

— Ei! — repreende Olive. — Isso é do meu pai. E não é brinquedo.

Annie sorri.

— Sim, e eu vou ser muito cuidadosa. Só quero ver se consigo achar o seu pai. Esse binóculo ajuda a enxergar coisas que estão muito, muito longe.

— É mesmo? — Olive estende a mão para o binóculo. — Deixa eu tentar.

Annie ri. A menina finalmente está animada com alguma coisa.

— Está bem, está bem. Devagar, mocinha. Vou ajudar você. — Ela passa a alça do binóculo ao redor do pescoço de Olive e ajuda a menina a segurá-lo diante dos olhos. — Tenha cuidado.

— Não consigo ver! — choraminga Olive.

— Só um instante — diz Annie, ajustando as lentes. — Vou arrumar o foco, me diga quando conseguir enxergar.

— Não... não... não — fala Olive. Então diz: — Uau!

Annie observa enquanto Olive espia pelas lentes.

— Eu consigo ver aquelas pessoas lá embaixo! — Mas ela logo abandona a calçada e levanta as lentes para o céu. — Ei! Não é justo. Aquele prédio está na frente. Sai daí, prédio grande e velho.

— Aquele é um prédio de apartamentos, exatamente como o nosso. Seu pai não vai estar lá. Procure na calçada. Ele vai vir daquela direção.

Annie vira delicadamente a cabeça da menina para a direita.

Antes que Olive consiga retomar a busca, uma chave gira na porta. Olive tira a alça do binóculo do pescoço.

— Coloque de volta no lugar — sussurra ela, empurrando o binóculo para Annie. — Não é brinquedo.

— Ah, sim! Rápido! Rápido!

Annie exagera como se fosse uma missão secreta, ajeitando uma planta para fazer o binóculo parecer imperceptível. Ela volta correndo para o sofá bem no momento em que Tom entra. Olive ri, um som tão precioso que faz o coração de Annie se alegrar.

Annie se senta na cama com o notebook, a porta do quarto aberta.

— Vamos ao Georges — escuta Olive cantarolar no quarto ao lado. — Eu e meu papai!

E leva um susto quando ouve uma batida à porta.

— Venha com a gente — convida Tom, parado no umbral.

Annie sente o coração flutuando. *Sim! Eu vou! E que tal conseguirmos uma babá para a sua monstrinha e escolhermos uma mesinha tranquila para dois?*

— A menos — continua ele — que você prefira passar um tempinho sozinha, o que eu compreendo totalmente.

Tempo sozinha? Isso nunca passou pela mente de Annie. Ela preferia ficar com ele... pelo resto da vida. Mas então se lembra da empolgação de Olive, e da empolgação que ela mesma sentia, quando criança, e ansiava para sair com o pai e Krissie. E como era decepcionante quando ele aparecia com uma namorada. Annie coloca o notebook de lado.

— Obrigada. Mas vou deixar vocês dois irem sozinhos. A Olive está muito empolgada porque vai ter uma saída pai-e-filha.

Ele sorri.

— Você é muito atenciosa. Nós saímos todos juntos na próxima, está bem?

Claro. Na próxima.

Ela dá de ombros, mas por dentro está dando cambalhotas, agitando os punhos no ar.

Quando Tom se vira para sair, aponta para a foto que Annie deixa na mesinha de cabeceira.

— Sua família?

Annie pega a foto.

— Minha irmã, minha mãe e eu. — Ela estende a foto para Tom. — Foi tirada na nossa formatura do ensino médio.

Ele pega a foto e examina com cuidado. Annie o observa. Ela e Kristen estão paradas uma de cada lado da mãe, as três com os braços uma ao redor da outra. Era um dia de vento e o cabelo de todas está esvoaçante. A foto foi tirada bem no momento em que a mãe se virou para beijar a testa de Annie. Os olhos escuros de Erika brilham como antigamente, e dá para ver a covinha no lado esquerdo do rosto dela, igual a de Krissie.

— Linda — diz Tom.

— Ela é — concorda Annie. E sente uma pontada já conhecida de inveja enquanto recoloca a foto na mesinha de cabeceira. É claro que ele acha Kristen linda. Todo mundo acha.

— Eu sou a pessoa da família que gosta de cheeseburgers, caso você não tenha percebido.

Annie tenta rir, mas a risada fica presa na garganta.

35

Annie

Embora preferisse ter ido jantar com Tom e Olive, esta noite dá a Annie outra chance de procurar pela irmã. Krissie é uma ave noturna. Talvez seja por isso que Annie não a viu em suas buscas matinais.

Ela entra no elevador minúsculo e pressiona o botão para o saguão. Mas, antes que o elevador entre em movimento, a porta é aberta e um garoto entra.

— *Bonne soirée* — murmura Annie, então abaixa os olhos e cruza os braços sobre o peito.

— Oi, Annie — cumprimenta o garoto, com um sotaque alemão.

Ela levanta os olhos. É o cara magro que mora no apartamento do outro lado do corredor, a quem Tom lhe apresentou no dia em que ela chegou.

— Ah, oi... — Ela para no meio da frase. Droga! Não consegue se lembrar do nome dele.

— Rory — diz o cara, e sorri.

Rory parece melhor hoje, à luz baixa do elevador. Não tão anêmico. Veste um suéter azul-marinho, com um cachecol marrom ao redor do pescoço.

— Como estão indo as coisas com a Olive? Ela já adora você, né?

Annie bufa

— Rá! Você não conseguiu se expressar direito na minha língua. Tenho certeza de que o que quis dizer foi: "Acho que ela adoraria dar um tapa na sua cara, né?"

Ele deixa escapar uma gargalhada gostosa.

— Você é divertida, Annie.

Ela sorri e, por um breve momento, se permite acreditar que é a nova Amy Schumer.

— Vai para o térreo? — pergunta ela, e Rory assente.

O silêncio se instala no elevadorzinho apertado, e de repente Annie sente o pescoço quente. Deve estar parecendo gigantesca perto de Rory, fino como uma lâmina. Ela desenrola o cachecol.

— Está de folga do trabalho hoje à noite? — pergunta ele.

— Estou.

— Posso perguntar para onde está indo?

Ela mantém os olhos fixos na porta.

— Vou só dar um passeio por aí. Estou procurando... — Annie faz uma pausa, temendo o olhar de pena que sempre recebe quando menciona a irmã perdida. Além do mais, não quer que Rory pense que é desmiolada. — Estou procurando uma pessoa. Ela está em Paris. E eu perdi o número dela.

Rory se anima.

— Ah, você com certeza vai encontrá-la em boates. Posso levar você. Eu começaria pelo The Wall, ou talvez pelo Yellow Mad Monkey... está cheio de garotas norte-americanas lindas, como você.

Como ele murmura as últimas palavras, Annie não tem certeza se ouviu direito. A última vez que alguém disse que ela era bonita foi logo seguido de "para uma garota do seu tamanho".

— Não — diz Annie, imaginando a irmã grávida. — Ela não vai estar em boates.

O elevador sacoleja e para. Rory abre a porta e gesticula para ela passar. Os dois atravessam juntos o saguão do prédio.

Filetes de chuva misturada à neve caem do céu escuro. Eles param logo na saída, sob a marquise do prédio.

— Vamos procurar essa pessoa juntos? — pergunta Rory.

Annie planejava vasculhar a cidade de café em café, sozinha. Mas, se ele quer andar sem rumo também, não há muito que ela possa fazer para detê-lo.

— Por que não?

Annie ignora o braço que ele lhe oferece e levanta a gola do casaco que está usando. Eles atravessam o agitado Boulevard Saint-Germain.

— Minhas noites favoritas de todas são as chuvosas — comenta Rory. — O jeito como o ar enevoado transforma as luzes da rua em halos cintilantes.

Ela levanta os olhos para os postes de luz cobertos pela névoa e sorri. As palavras dele a fazem se lembrar de um poema que escreveu... na época em que ainda escrevia poemas.

— Digo o mesmo — concorda Annie. — Infelizmente o ar enevoado também transforma minha cabeça em um halo de cabelo com frizz, mas e daí?

— Eu gosto mais do seu cabelo assim — diz ele, e faz um gesto como se estivesse amassando ao redor da cabeça. — Um monte de cachos fica bonito com o seu rosto.

Rory não olha para ela quando diz isso, e suas bochechas enrubescem.

Eles passam pelo Café de Flore. Embaixo de um toldo branco gigante, casais felizes tomam vinho e beliscam bandejas de frios, queijos e pães. Amigos e familiares estão sentados lado a lado, fumando, conversando e rindo. Annie caminha devagar, examinando cada rosto.

— Vamos tomar um *café crème*? — pergunta Rory.

— Não. Ela não está aqui.

Eles continuam até alcançarem outro café. Mais uma vez, Annie examina todos os rostos. Em uma mesa pequena, seus olhos pousam em uma mulher bonita, com a filha pequena. Uma saudade enorme a domina. A mulher ri de alguma coisa que a garota diz, e faz Annie se lembrar da mãe. O rosto da mulher fica sério quando percebe Annie encarando-a. Annie dá as costas rapidamente, a onda de saudade de casa ameaçando derrubá-la.

Ela sente uma mão em seu braço e levanta a cabeça. O olhar de Rory é intenso.

— Você se sente sozinha nesta linda cidade, não é?

Annie afasta mechas de cabelo úmido do rosto.

— Como você sabe?

— Eu também me senti, por vários dias. Às vezes ainda me sinto.

Ele a guia pelo quarteirão até chegarem ao Les Deux Magots, o café de esquina que Hemingway, Picasso, Dali e outros artistas costumavam frequentar. As pessoas estão reunidas em mesinhas do lado de fora, protegidas do frio por aquecedores elétricos.

A chuva cai mais forte agora, e os clientes se apressam em levar as cadeiras para baixo do toldo listrado. Os olhos de Annie examinam cada rosto. *Vamos lá, Kristen, apareça! Não consigo esperar mais um dia!*

— Por favor, vou te pagar um expresso — diz Rory. — Então você pode me descrever a pessoa que está procurando e o meu maior objetivo vai ser ajudar você a encontrá-la.

Annie sorri diante da esperança nos olhos dele.

— Isso seria bom.

Eles conseguem uma mesa embaixo do toldo e se sentam um ao lado do outro. Annie examina o cardápio.

— Você não quis ir para a faculdade? — pergunta Rory.

Annie sente um aperto no estômago. Está tentando se esquecer de Haverford e da suspensão embaraçosa que levou, e não vai explicar isso a Rory.

— Estou tirando um ano de folga.

— *Bonjour*, Rory! — Annie levanta os olhos e vê uma jovem francesa bastante magra, com um sorriso enorme e óculos ainda maiores. Ela veste um suéter curto, cheio de fios intencionalmente puxados, e uma calça preta justa... uma roupa que talvez coubesse em Annie aos dez anos de idade. Certo, talvez nove.

O rosto de Rory enrubesce profundamente.

— *Bonjour,* Laure. Esta é minha amiga Annie. Annie, a Laure estuda no Le Cordon Bleu comigo.

— Prazer em conhecê-la — diz a garota para Annie, o sotaque francês elegante. Ela joga um beijinho para Rory enquanto se afasta. — *Rendez-vouz demain,* Rory.

Annie sorri para Rory.

— Essa *mademoiselle* bonitinha está totalmente a fim de você.

Ele balança a cabeça.

— Isso não é verdade, Annie. Uma vez eu convidei a Laure para tomar um café, e ela recusou.

Annie protesta:

— E daí? Convide de novo!

— As cenouras já estão cozidas — diz ele, balançando a cabeça. — Estou acima dela agora.

Annie leva alguns segundos para interpretar o que ele quis dizer: a fila andou. Não estou mais a fim dela agora.

— É sério — afirma ela. — Se você gosta da Laure, deveria dizer para ela antes que seja tarde demais. Esse é o meu lema agora. Nunca deixe nada para depois, ou pode se arrepender para sempre.

Diz a garota que se recusa a falar com a mãe.

Annie e Rory dividem uma baguete e um prato do queijo mais delicioso que ela já comeu na vida. Rory conta a Annie sobre o ano que passou em Washington num intercâmbio.

— Adoro os Estados Unidos, mas a Alemanha é o meu lar.

Ele descreve a adorada cidadezinha de Cochem, na região de Mosel, na Alemanha.

— Meus pais e minha irmã ainda moram lá. A maior parte das famílias na cidade tem vinhedos ou vinícolas, mas nós temos um pequeno restaurante. Um dia vou ser o chef e tomar conta do negócio do meu pai.

A não ser por algumas palavras mal colocadas, o inglês dele é quase perfeito e, até onde Annie pode dizer pelo modo como Rory fala com o garçom, o francês também. Ele está no último ano da Le Cordon Bleu, a escola de culinária de elite de Paris.

— Inscrevi uma receita minha em um concurso. — Ele se inclina para a frente. — Sou um dos finalistas, Annie. Se eu vencer, o meu pato com crosta de pimenta e molho de cereja balsâmica vai estar no cardápio do Ducasse!

— Isso parece incrível! O que é Ducasse?

Ele joga os braços para cima.

— É só o melhor restaurante de Paris! — O semblante de Rory fica desanimado e ele balança a cabeça. — Eu não deveria ter contado. Isso pode mudar a minha sorte. Você precisa prometer que não vai contar para ninguém.

Annie levanta a mão direita.

— Palavra de escoteira.

Ele franze o cenho.

— Palavra de escoteira? Não entendo.

— Quer dizer "Você tem a minha palavra".

— Não acredito que já são dez da noite — diz Annie, checando a hora no celular.

— Sim, eu sei — concorda Rory. — O tempo passa tão devagar quando estou entediado, mas tão rápido quando estou com alguém de quem eu gosto.

Annie sorri e se ocupa empilhando os pratos sobre a mesa.

— Tem certeza de que não quer o último pedaço de queijo?

— Não. — Ele sorri e dá palmadinhas na barriga. — Estou empanturrado, como vocês dizem.

Annie coloca o último pedaço de brie na boca e Rory faz sinal para o garçom, pedindo a conta.

— Você nunca me disse como é a aparência da pessoa que está procurando — diz Rory.

Annie fica imóvel no meio da mordida. O propósito de sair naquela noite tinha sido para procurar Kristen. Em vez disso, passou a noite conversando com Rory. Como pôde ser tão egoísta?

Annie engole e seca a boca com o guardanapo.

— Ela é pequena e linda — fala, e se vira para olhar as pessoas passando apressadas na chuva. — Sua pele é branca e macia. Quando ela sorri, te faz pensar em uma flor desabrochando.

— Como você — diz Rory.

Annie coloca um cacho rebelde atrás da orelha e se pergunta por que, de repente, ficou tão quente.

— Não. A Krissie é... — Ela tenta pensar em uma analogia. — Ela é champanhe. Eu sou água.

— Fico com a água. Champanhe me dá dor de cabeça.

— Champanhe é efervescente e empolgante.

— Sim, mas não se pode viver sem água. — Ele sorri. — Você ama essa garota.

— Amo.

Rory levanta o queixo.

— Ah — diz, com um traço de tristeza na voz, ou talvez seja apenas imaginação de Annie. — *Ich verstehe*. Compreendo.

— O nome dela é Kristen.

— Kristen — repete ele, enquanto encara a xícara de café vazia.

— Ela é minha irmã.

Rory levanta a cabeça.

— Sua irmã? É ela que você está procurando?

— Sim. E ela está grávida. De cerca de oito meses.

É um alívio enorme compartilhar esse segredo. Annie observa o rosto de Rory, e pode jurar que também vê alívio em sua expressão. Ele enfia a carteira no bolso e se levanta.

— Venha — diz, e estende a mão. — Tive uma ideia fantástica.

***

Rory desce apressado pela calçada, puxando Annie pela mão. Gotas de chuva escorrem em cascata pela capa de chuva dela, que precisa correr para acompanhá-lo. Eles passam por uma sapataria, uma loja de cartões e um consultório médico. Então Rory para.

A princípio, Annie fica confusa. Ele aponta para uma placa de bronze, presa acima de uma enorme porta de madeira.

Médecin spécialiste de l'obstétrique

Especialista em obstetrícia. Ela arqueja. É óbvio. Por que não havia pensado nisso?

— Se a sua irmã está aqui, certamente visitou um *spécialiste de l'obstétrique, oui*?

— *Oui*. Sim. Com certeza.

Ele sorri.

— Vamos procurar por todos em Paris — diz Rory. — Quantos devem ter? Algumas centenas, talvez? Vai ser até escaldante.

Ele provavelmente quer dizer "empolgante", pensa Annie, mas não o corrige. Porque a escolha de palavras de Rory talvez seja mais precisa. Ela sente um arrepio percorrê-la. Será que vai sair escaldada, ou completamente queimada, se continuar a procurar? E se todos estiverem certos sobre a irmã dela, e se Krissie realmente estava naquele trem?

36

Erika

É quinta-feira de manhã, e montei um escritório em um restaurante minúsculo chamado Lucky Bean Café. Sentei perto de uma lareira aconchegante no fundo, protegida atrás do meu notebook, pastas de documentos e um bagel com cream cheese. Como Allison concordou com os termos de Stephen, não tenho escolha a não ser mergulhar nesse projeto. Ao menos é o que Carter diz.

Mordisco meu bagel e me viro para a janela. A bandeira no posto dos correios se mantém rígida ao vento. O que Annie está fazendo? Terei notícias do detetive Bower hoje? E quanto a Um Milagre? Kristen vai me escrever hoje? Não posso me permitir ter muita esperança. Talvez Kate e meu pai estejam certos... Kristen realmente pode estar morta. Mas ainda não consigo deixá-la ir. E duvido que algum dia consiga.

Eu me obrigo a prestar atenção às fotos e plantas que Allison mandou. Estou criando um vídeo descolado e um folheto online elegante. *O estilo de vida Fairview,* é como o estou promovendo. Organizei tudo para uma *open house* para corretores na próxima terça-feira, sem poupar despesas. Eu mesma cuidei da contratação de tudo, do serviço de buffet a um violoncelista, garanti a montagem de um bar bem estocado e um barman, assim como um serviço de manobrista. Mandei e-mails para os maiores corretores de Manhattan, o que significa que vamos ter mais de uma centena de corretores presentes. A única que talvez não esteja lá pode ser exatamente aquela que organizou tudo.

Solto um gemido. Será que algum dia vou conseguir sair desta ilha? A meteorologia prevê temperaturas quentes durante o fim de semana, mas uma frente fria chega na segunda-feira, e as temperaturas devem voltar a cair para abaixo de zero. O que significa que, a menos que o estreito degele até domingo e eu consiga voltar ao continente de barco, talvez fique aqui até a pista de decolagem reabrir, seja lá quando for.

O barulho do celular me assusta. Allison, sem dúvida, com mais um detalhe que se esqueceu de me dizer. Checo o número na tela e meu coração acelera.

— Detetive Bower, olá.

Prendo a respiração, desejando ouvi-lo dizer as palavras. *Encontraram a sua filha.*

— Erika, eu queria falar com você. Sinto dizer, mas não estou tendo sucesso. Não encontrei qualquer evidência de que a sua filha esteja viva.

Fecho os olhos. A escuridão parece me invadir.

— Erika?

Enfim o aperto em minha garganta relaxa o bastante para que eu consiga falar.

— Sim — sussurro. — Obrigada. Por favor, continue procurando. Um pouco mais. Por favor.

Desligo o celular e apoio a cabeça nas mãos. Não! Kristen está viva, como Annie diz. Tem que estar. Porque, se ela realmente se foi para sempre, Annie nunca vai me perdoar.

Finalmente ergo a cabeça e me viro para a janela, o queixo apoiado na mão. Uma nuvem encobre o sol, diminuindo por um instante o brilho natural, antes que ele volte a iluminar. Iluminar através da dor.

Ligo para Katie, no Seabiscuit Café, desesperada por um pouco do amor e do conforto da minha irmã. É hora do almoço, mas ela atende no primeiro toque.

— Oi, Rik. O que houve?

Fecho os olhos com força.

— E se ela tiver ido embora para sempre, Kate? E se ela realmente tiver ido embora para sempre?

— Ei — diz ela. — Estou aqui, com você. — Quase posso senti-la acariciando minhas costas em círculos. — Onde você está? Estou a caminho.

Consigo respirar de novo.

— Não. Está tudo bem. Só precisava ouvir sua voz. Obrigada.

— Amo você, Rik. Você vai ficar bem, eu prometo.

— Sinto falta dela — digo, apertando o alto do meu nariz. — Sinto tanta falta da minha menina querida. Não deveria ter vindo para cá. Este lugar... estas lembranças... estão me matando.

— Lembra o que você me dizia quando eu estava triste? Que a mamãe costumava falar: "O melhor modo de esquecer os seus problemas é se concentrar nos problemas de outra pessoa".

Concordo, assentindo, sem conseguir falar.

— Talvez você devesse tentar.

37

Erika

Pego minhas coisas, saio do café e passo na casa de Kate só para deixar a bolsa, antes de seguir para o centro da cidade. Toda vez que penso na minha filha desaparecida, repito a frase de mamãe. *O melhor modo de esquecer os seus problemas é se concentrar nos problemas de outra pessoa.*

Seguro a maçaneta de ferro e uma rajada de vento abre com força a porta do mercado Doud's. Entro e fecho a porta. O atendente, um garoto com quem estudei, que agora já é um homem, organiza um mostruário de sopas enlatadas, duas por um dólar.

— Segurando firme o chapéu nesta tarde de ventania? — pergunta ele, e ajeita o avental que usa como uniforme.

— Sim — respondo, e ajeito o cabelo.

— Posso ajudá-la a encontrar alguma coisa?

— Estou só olhando, obrigada.

Sigo pelos corredores, procurando por algo que seja apropriado. O que se leva para um garoto que não pode andar? Onde moro eu encontraria alguma buginganga tecnológica nova, algo de última geração, que exigisse apenas o uso das mãos e do cérebro dele. Mas é claro que neste mercadinho — o único que fica aberto na ilha fora da alta temporada — não há nada do tipo.

Passo direto pela bola de borracha, pelo cata-vento antiquado e pelos livros de colorir. Só tem isso? Por que não mandei alguma coisa de casa para cá, meses atrás?

Uma pipa de plástico solitária chama minha atenção. Pego-a do gancho. Uma tartaruga ninja empunhando uma espada me olha com desdém. Certo, é infantil demais para Jonah. E ele não consegue correr para empiná-la.

De repente, escuto a voz da minha mãe. *É impossível conter um sorriso quando se está segurando a linha de uma pipa.* Sorrio. Ela costumava afirmar que uma pipa conseguia curar qualquer dor. Então por que não curou a dela?

— Vai soltar pipa hoje, é? — pergunta o funcionário da loja, me assustando.

— Tem algo mais apropriado para um adolescente?

— Não até o carregamento de verão chegar. Mas todo mundo gosta de pipas, não acha?

Dou de ombros.

— Acho que vai ter que servir.

Pego também um livro de colorir e uma caixa de lápis de cor em tons de néon e sigo o homem até o caixa.

— Não importa o que os outros digam, Riki. Você não mudou nem um pouquinho.

Estendo meu cartão de crédito para ele.

— É mesmo? Você deve ser a única pessoa que pensa assim. Kevin, certo? Ele sorri, revelando uma boca cheia de dentes tortos.

— Isso mesmo. Eu me lembro de quando você chegou aqui. Estávamos no quarto ano. Você nunca usava meias combinando. Isso é o que mais lembro de você.

— Hum — digo, buscando na memória. — Quase esqueci aquela breve fase de meias descombinadas.

Sinto a garganta apertada e tenho que lutar para manter o sorriso nos lábios trêmulos. Passei três décadas tentando esquecer essas lembranças. Não posso deixar que me agarrem agora.

Saio do mercado Doud's e desço a rua. Como se para me desafiar, a imagem da minha mãe aparece, os olhos dela com um brilho incomum. Ela está cercada por uma montanha de roupa lavada e fala rápido demais, como um disco na velocidade errada. "É muito mais fácil não combinar os pares de meia, não acha? Meias descombinadas agora é a nossa marca pessoal."

E foi assim mesmo. Por três semanas, toda vez que olhava para os meus pés, sorria, como se tivesse feito alguma coisa rebelde e inconsequente que tivesse me garantido lugar como membro do clube secreto da minha mãe. No entanto, quando ela apareceu na escola usando calças curtas demais, revelando uma meia vermelha e outra azul, junto de um tênis branco em um pé e um mocassim marrom no outro, a marca pessoal já não me fez mais sorrir.

Afasto a imagem da mente e subo a Garrison Road. Por que essas lembranças perturbadoras? Em casa, em Nova York, só me lembro de cenas lindas de mim com a minha mãe.

Ou será que simplesmente escolhi não examinar meu passado?

Molly parece uma década mais velha do que seus quarenta e três anos. E, a julgar pelo modo como hesita na porta, também não posso dizer que me reconhece. Mas então ela assente.

— Riki. Ouvi dizer que você estava na cidade.

Não há como não perceber o tom frio na voz dela. Engulo com dificuldade.

— Desculpe não ter entrado em contato.

— Você é ocupada.

— Isso não é desculpa. Eu queria ver você, mas...

Mas o quê? Sou amarga, mesquinha e pequena? Não quero ouvir seus pensamentos positivos? Perdi a minha filha, mas você ainda tem o seu filho?

Abaixo a cabeça, abatida pela culpa.

— Não tenho desculpas. Sinto muito, Molly. De verdade.

— Entre — convida ela.

Entro em uma sala de estar bem pequena, amarela, com uma grande janela saliente com cortinas de amarrar. Um sofá modular de veludo ocupa a maior parte do espaço.

— Não é grande coisa — diz ela —, mas é um lar. Deve ser muito diferente da sua casa.

— É bem mais aconchegante — comento, reparando nas mesinhas e prateleiras de carvalho com pequenas estatuetas e bugigangas de Páscoa. — Me faz lembrar do seu antigo quarto. Sempre amei aquela prateleira em cima da sua escrivaninha, cheia de bichinhos de pelúcia.

Ela ri, a mesma risadinha de menina que costumava me contagiar.

— E não se esqueça do pôster dos Backstreet Boys na parede.

— Como eu poderia?

Há uma menina sentada em uma cadeira, com um livro de escola no colo. Deve ser a filha de sete anos de Molly, a que Curtis me disse que estava passando por um período difícil desde o acidente do irmão.

— Você não conhece a Samantha — diz Molly. Ela vai até a filha e desliza os dedos sobre seus cachos. — Ela está estudando em casa comigo por alguns meses. Mas já está quase pronta para voltar para a escola, não está, Sammie?

— Bom para você, Sammie. — Pego o livro de colorir na bolsa. — Espero que goste de princesas da Disney.

Ela pega o livro e folheia.

— Gosto! A Elsa é a minha favorita.

Voltamos a atenção para Jonah, que entra na sala manobrando a cadeira de rodas.

— Jonah — diz Molly. Ela vai agora para o lado do filho e fecha o notebook que está no colo dele. — Esta é Riki Franzel... quer dizer, Erika. Esqueço sempre que agora você gosta de ser chamada de Erika.

Jonah está usando uma camisa dos Lions de Detroit, e parece apenas mais um adolescente de cabelo bagunçado. A não ser pelo fato de estar sentado em uma cadeira de rodas. Com uma manta cobrindo as pernas. E um tubo de plástico saindo da garganta. Ele expele um zumbido audível toda vez que inala ou exala o ar. Meu coração se parte. Estendo a mão.

— Oi, Jonah.

Ele aperta minha mão e faz um som gutural.

— A Erika é filha do capitão, você lembra? A minha melhor amiga?

Melhor amiga? Isso foi anos atrás. Mas, como os gansos, que têm o mesmo par para toda a eternidade, as pessoas na ilha consideram as amizades eternas.

— Os meus filhos sabem tudo sobre você — continua Molly. — Lembra, Jonah? A Erika vende casas em Nova York. Ela é a mãe da Annie e da Krissie... — Ela se vira para mim, ruborizada. — Ah, Deus, Erika. Sinto muito.

— Obrigada — digo, a voz rouca.

Meus olhos desviam para encarar Jonah. Ele está me examinando, como se percebesse toda a minha dor. Tento sorrir para fazê-lo se sentir melhor, mas minha boca se recusa a cooperar. Dou as costas e sinto os braços de Molly ao meu redor.

— Sinto muito mesmo — diz ela, de novo.

— Aquele arranjo que você mandou era lindo — consigo dizer, com a voz embargada. — E foi tão atencioso da sua parte.

— Lamento não ter estado lá, perto de você.

— Pare — digo. — Eu não estava aqui, com você e o Jonah. Fui completamente egoísta. É indesculpável. Eu devia ter ligado, Molly. Devia ter agido como uma amiga. Por favor, me perdoe.

Ela afasta minhas palavras com um gesto.

— Você tinha coisas mais importante com que se preocupar.

Annie vêm a minha mente, sozinha com seu luto e sua raiva, enquanto eu me fechava no meu mundo, com vergonha demais para pedir desculpas.

— Achei que tivesse. Mas a verdade é que não venho prestando a atenção necessária no que importa... família e amigos.

— São eles que nos ajudam a seguir em frente, certo, Jonah? — Ela vai até um armário e pega uma cartolina. — Todos na ilha assinaram isso para o Jonah. Adoro o que a Kristen escreveu.

Pego a cartolina da mão dela e examino o cartaz colorido, cheio de mensagens com caneta de ponta grossa e pequenos desenhos. A letra agora já familiar de Kristen chama minha atenção.

— "Dor" — leio em voz alta. — "Não se pode passar por cima dela. Não se pode passar por baixo dela. É preciso atravessá-la."

A verdade das palavras se derrama sobre mim. É isto o que venho fazendo — tentando passar por cima ou por baixo da minha dor, mas me recusando a atravessá-la?

— Lindo — digo, a voz engasgada.

Molly pega o cartaz.

— É. Mas essa foi a mensagem da Annie, não da Kristen.

— Não, esta é... — Eu me calo ao ver a assinatura logo abaixo da mensagem.

Annie

Não entendo. É a letra de Kristen. Apoio a mão na mesa para me firmar. Então é o caderno de Annie que venho lendo esse tempo todo? De quem era o caderno prateado? Pareceu bobagem para Brian, mas não queria que nenhuma das minhas filhas se sentisse menosprezada pelo simbolismo de prata *versus* ouro, por isso embrulhei os cadernos primeiro, e só então coloquei uma etiqueta com o nome de cada uma de forma aleatória.

— Aqui está a mensagem de que eu estava falando.

Molly aponta para uma mensagem diferente, no canto de baixo, escrita em uma letra exuberante.

Você tem uma vida incrível à sua frente, eu prometo. Continue a ter fé, meu amigo. E, se em algum momento pensar em desistir, vou pessoalmente ao continente dar um chute na sua bunda!

Sabe da última? Você é o melhor.

Krissie

Engulo as lágrimas que ameaçam subir pela minha garganta e volto a ler a mensagem, correndo o dedo pelas palavras de Kristen, escritas para

Jonah, mas tão apropriadas para a mãe dela. Será que Kristen escreveu a mensagem sabendo que ia partir, certa de que um dia eu a leria? Será que esperava me inspirar?

Levo a mão aos lábios.

— Kristen detestava qualquer coisa melosa. Tão diferente de Annie.

Agora tudo faz sentido. Finalmente sei a verdade. Annie é Um Milagre. Ela mentiu sobre o caderno de pensamentos e, como Kate dissera, também mentiu sobre as frases. E fez isso por mim. É Annie, que me ama tão desesperadamente. É Annie, que vem implorando para eu superar minha culpa.

Olho para Jonah. Seu olhar intenso se demora no meu, como se ele estivesse tentando transmitir alguma coisa... compaixão, talvez.

Mas não preciso de compaixão — ainda tenho esperança. As frases são de Annie, sim, mas isso não prova que Kristen está morta. Sorrio para ele e levanto a pipa.

— Alguém aqui gosta de soltar pipa?

Dez minutos mais tarde, chegamos ao Marquette Park, no alto de uma colina com vista para o lago Huron. Da sua cadeira de rodas, Jonah segura o carretel da linha, enquanto Samantha e eu tentamos colocar a pipa no ar. Uma vez e outra não dá certo. Mas me recuso a desistir. Sinto outra rajada de vento e grito para Samantha:

— Corra!

Ela dispara e solta a pipa bem a tempo. *Por favor, permita que suba.* O vento puxa a pipa para o alto como um inseto sendo sugado por um aspirador de pó. Jonah dá linha o mais rápido que consegue. Sammie grita de alegria. Atrás de mim, Molly aplaude.

— Uau! Olhe para isso!

Um som gutural escapa de Jonah. Eu me viro. Ele segura a linha e sua boca está aberta, contorcida, parecendo o rosto paralisado do meu pai. Outro som estrangulado escapa do fundo da garganta do menino. Ah, santo Deus. O que eu estava pensando? Coloquei a deficiência dele sob a luz de um holofote.

Molly corre até o filho e segura seu rosto entre as mãos.

— Jonah! Meu Deus! — Ela seca o rosto no ombro. — Você está rindo! Está rindo de verdade.

Ele segura firme a linha da pipa e só tira os olhos do objeto no céu pelo tempo necessário para olhar para mim. Nossos olhares se encontram. Dois seres humanos que perderam tanto, compartilhando um momento de alegria.

A pipa plana, então mergulha, e logo sobe mais alto contra o céu azul. O melhor modo de esquecer dos seus problemas é se concentrar nos problemas de outra pessoa. Algo me diz que Jonah concordaria.

Estou no meio do caminho de volta da cidade, assimilando devagar o fato de que Annie, e não Kristen, é Um Milagre. Eu não saberia se não tivesse visto o cartaz com a letra dela. Faz sentido. Annie me deixou acreditar que era o caderno de pensamentos de Kristen. Ela realmente se importa comigo. E precisa saber que eu também me importo com ela.

Annie teria adorado o dia de hoje, teria adorado soltar pipa com Jonah. Quando ela voltar para casa, vou comprar duas pipas e levá-la para o parque. Annie vai fingir que acha que é bobo, mas eu conheço a minha menina. Ela não vai resistir a abrir um sorriso.

Atravesso a rua. São oito da noite em Paris. Será que Annie está jantando? Colocando Olive no banho? Ela sente saudade de mim? Se ao menos eu pudesse ligar para ela... Contaria sobre Jonah. Diria que examinei meu passado. E que estou mudando. Por ela.

Pego o celular na bolsa e procuro o número de Brian. Talvez ele possa transmitir uma mensagem minha a ela, ou ao menos me dizer como está a nossa filha. Até agora, Brian não tem sido de ajuda alguma. Ele só sabe — ou só escolhe me dizer — coisas superficiais. Annie está bem. Paris é chuvosa. O professor é legal.

O professor... sim! Tom Barrett poderia me falar sobre minha filha — isto é, se ele não se incomodar em compartilhar informações.

Encolho por dentro, lembrando como o interrompi de forma grosseira ontem à tarde. Será que tenho coragem de retornar a ligação?

Encontro o número dele e aperto *ligar*. Meu coração dispara enquanto escuto tocar.

— Tom Barrett — diz ele ao atender.

— Tom. Oi. Aqui é Erika Blair, mãe da Annie. — Apresso a introdução, torcendo para conseguir dizer tudo antes que ele pense que estou passando dos limites. — Espero que não se incomode por eu ligar e perguntar sobre a Annie desse jeito. Eu só queria saber se ela está bem. Meu marido... meu ex-marido... me diz muito pouco.

— Sem problemas — diz ele. — Também sou pai, lembra? Sei o que é me sentir excluído.

A voz dele é grave com notas gentis. Fecho os olhos e sinto uma onda de alívio.

— Como está ela?

— Melhor, graças à sua dica. Venho me empenhando em dar à Annie o reconhecimento que ela merece.

Desço a calçada sorrindo. Uma carroça puxada a cavalo passa. Aceno para o condutor e entro em uma rua estreita que me leva para o sul.

— Obrigada. Estou certa de que a sua aprovação significa muito para a Annie.

— Sim, bem, ela fica muito vermelha toda vez que eu faço algum elogio, mas tenho a sensação de que gosta. E meus elogios são cem por cento sinceros. Ela é uma menina incrível.

— Fico feliz por você também achar isso.

— Ela está ficando amiga do Rory, o estudante de culinária alemão que mora na porta da frente, no mesmo corredor. Sinceramente, a Annie parece estar se adaptando bem. Gostaria de poder dizer o mesmo da minha pequenininha.

Anseio por ouvir mais sobre minha filha, mas a acusação de Kate — de que não faço mais perguntas pessoais — ainda está fresca na minha mente.

— Fale-me sobre ela, sobre a sua Olive.

Ao longo dos quinze minutos que se seguem, ele me conta sobre as travessuras de Olive, sobre como ela fez as duas últimas babás irem embora apavoradas com seus comentários desagradáveis e com os ataques de pirraça, culminando com a vez em que Olive trancou uma delas na despensa.

— Quando finalmente cheguei em casa e encontrei a Elisa, mais de uma hora depois, ela foi direto para o quarto fazer a mala. Depois disso, tirei as fechaduras de todas as portas deste lugar.

Não consigo conter uma gargalhada.

— Aguente firme. Você está fazendo o melhor que pode.

— E você também, ao que parece. A Annie nos contou sobre a perda da irmã.

Sinto a garganta apertada.

— Ela vem tendo dificuldade em aceitar o que aconteceu. Nós duas estamos tendo dificuldade.

— Eu entendo. — Escuto o suspiro dele. — A Olive perdeu a mãe há um ano. Ela estava com a Gwen, minha esposa, quando aconteceu. Elas sofreram um acidente de carro... um acidente causado por um motorista bêbado.

— Ah, Tom, sinto muito.

— Sim, eu também. E a questão é que às vezes eu posso jurar que a Gwen está me guiando. Ela deixou um monte de pacotes embrulhados espalhados pela casa, com etiquetas de Não Abra em todos eles. É claro que eu abri todos imediatamente. Estava desesperado por qualquer coisa que me ajudasse a entender.

— E ajudou?

— Sim. Aqueles pacotes responderam muitas perguntas.

— Que bom — digo, e continuo com cautela. — É como se elas ainda estivessem aqui, olhando por nós. — Hesito antes de acrescentar: — Ou, no meu caso, me estimulando a fazer coisas que não quero.

Não tenho ideia do que toma conta de mim, mas me escuto contando a ele a estranha história do caderno de pensamentos.

— Agora as mesmas mensagens estão voltando para mim em e-mails anônimos.

Explico de forma breve, o melhor que posso, as mensagens misteriosas.

— Que loucura. Você tem ideia de quem está mandando essas mensagens?

— A Annie insiste que não é ela, mas tenho noventa e nove por cento de certeza que foi. O mais louco é que eu achei que podiam realmente ser da Kristen.

Fecho os olhos com força, esperando pelo sermão, ou pior, pelo fim abrupto da nossa conversa.

— Você não estava pronta para abrir mão — diz ele, baixinho.

Levo a mão à boca. Quando finalmente consigo falar, digo:

— Não estava. Não da minha esperança. E com certeza não da minha culpa. Finalmente as coisas estão começando a fazer sentido. A Annie achou que eu ouviria se as mensagens fossem da irmã.

— O que significa que você não tem escolha a não ser levar as frases a sério.

Trinta minutos mais tarde, nossa conversa foi de Annie e Ollie para o trabalho e nossas famílias. Ele me conta que cresceu em Washington e que o pai trabalhava no Banco Mundial.

— Depois que terminei meu pós-doutorado, tive sorte e consegui um trabalho em Georgetown. Meus pais ainda vivem em Maryland. Os pais da Gwen estão na Virgínia. É claro que todos eles adoram a Olive. Mas, depois do acidente, achei que uma mudança faria bem para nós.

— E não há melhor lugar para isso do que Paris.

— Exatamente. Mas, para ser honesto, não tenho certeza se foi uma boa coisa. Estou comprometido com um projeto de pesquisa que vai até agosto, e depois nós voltamos para Georgetown. Já estamos ambos prontos para voltar para casa.

Estou sentada em um banco de concreto do lado de fora da igreja agora, as pernas esticadas a minha frente.

— O que você ensina?

— A julgar pelas notas dos meus alunos, não muito.

Rio.

— Duvido.

— Ensino bioquímica para estudantes de medicina. Também pesquiso sobre doenças do fígado.

— Impressionante.

— E você é corretora de imóveis. A melhor dos arredores, pelo que Annie me disse.

Balanço a cabeça, grata por ele não poder ver como fiquei ruborizada. Comparado ao trabalho dele, vender casas de luxo para compradores anônimos parece vazio e insignificante.

— Pode ser — digo. E me surpreendo ao acrescentar: — Um dia eu gostaria de abrir a minha própria imobiliária. — O simples fato de dizer as palavras já me faz sentir mais leve. Continuo, meu sonho ganhando impulso. — Um negócio pequeno, onde eu tenha tempo para conhecer meus clientes... compradores de primeira vez em particular... e ajudá-los a encontrar a casa dos sonhos.

Por alguma razão, é importante para mim que ele saiba disso. Minha irmã, minha filha e até mesmo o meu pai estão certos. Eu perdi o chão. Tenho estado atolada em culpa — não pelos últimos seis meses, mas pelos últimos trinta anos. Me afastei tanto do meu verdadeiro eu que mal consigo me lembrar da garota de coração leve que já fui, uma alma intocada pela vergonha. E, pela primeira vez em anos, quero encontrar de novo aquela garota.

38

Annie

Oi, Krissie. Hoje vou estar no apartamento a maior parte do dia — Rue du Rennes, 14, caso você tenha esquecido. Por favor, venha. Vou estar te esperando. Te amo!

— Os Wizards estavam empolgados na noite passada — diz Annie, quando entra na cozinha na sexta-feira de manhã.

Ela sente o rosto ficar vermelho. Será que Tom percebe que ela é uma impostora? Alguém que, até dois dias atrás, não sabia diferenciar um Washington Wizard de um Charlotte Hornet?

Quando Tom mencionou que torcia para o time de basquete de Washington, D.C. desde pequeno, Annie decidiu assistir ao jogo na noite anterior. Ela tinha torcido para que eles talvez pudessem assistir juntos, lado a lado no sofá, olhando para a tela do notebook dela de treze polegadas.

Depois de colocar Olive na cama, Tom entrou na sala de estar e se sentou na outra ponta do sofá. Enquanto esperavam que o jogo começasse, ele fez um milhão de perguntas sobre Haverford, sobre a vida dela em Nova York, sobre seus objetivos. Tom era o primeiro cara que realmente a escutava. Quer dizer, com exceção de Rory. É claro que

Annie não contou a Tom sobre a suspensão que levara, mas confessou que não estava muito empolgada para voltar a Haverford no outono.

— Mantenha suas opções em aberto — aconselhou Tom.

A que opções ele estava se referindo, Annie não chegou a perguntar. O celular dele tocou, pouco antes da primeira bola. Ele grunhiu, mas então sorriu quando checou o número na tela. Annie não conseguiu acreditar quando Tom foi para o quarto e não voltou mais. Que desperdício completo de maquiagem.

— Li a respeito online — diz ele. — Parece que foi tenso.

O que poderia ser tão importante para fazê-lo perder o jogo? Ou pior, *quem* poderia ser tão importante?

Depois de deixar Olive na escola na sexta-feira, Annie volta apressada para casa. Quando está perto do apartamento, aperta o passo. Não vai ter notícias da embaixada até segunda-feira, no mínimo, mas está com um bom pressentimento: esse é o dia em que vai encontrar a irmã.

Annie coloca a chave na fechadura quando a porta do outro lado do corredor se abre.

— Bom dia! — cumprimenta Rory.

Ele tem nas mãos uma travessa coberta por um pano de prato. Está muito fofo de jeans branco e uma camiseta com listas azuis e brancas, meio como um Wally parisiense.

— Oi, Rory. Ei, obrigada pela sugestão da outra noite. Meu computador e eu passamos todo o dia todo de ontem procurando obstetras em Paris. Vou começar a ligar para eles agora.

— Fantástico! Vou ajudar você. — Ele tira o pano de prato de cima da travessa. — Trouxe um petisco.

Annie abaixa os olhos para meia dúzia de croissants folheados, o cheiro tão doce e amanteigado que ela sente a boca cheia d'água. Ainda assim, hesita. Parece errado convidar um cara para entrar em casa quando Tom e Olive não estão, mesmo Rory e Tom sendo amigos.

— Você não tem receitas para criar? Concursos para ganhar?

— Meus cursos são à tarde. — Ele levanta a travessa, como se para tentá-la. — O recheio é de chocolate.

— Nossa, por que não disse logo? — Annie pega a travessa da mão dele e abre a porta. Já está a meio caminho no hall de entrada, quando se vira para ele. — Ah. Você quer entrar também?

Rory ri.

— Você sabe como fazer uma pessoa se sentir bem-vinda, Annie.

— Tenho uma queda por doces. — Ela belisca a própria barriga. — Eles se acumulam bem aqui.

Annie prepara um cappuccino para cada um. Eles pegam os cafés, a travessa de croissants e se sentam no chão da sala. Rory chama aquilo de o *Quartier-Général Trouver Kristen* deles — o Quartel-General Encontre Kristen.

— Kristen escolheria uma médica mulher — diz Annie, e mostra a ele a planilha *Médecins spécialistes de l'obstétrique*. — Alguém muito bem recomendada e que não seja muito velha, e que fale inglês. Isso reduziu essa lista a quarenta e seis possibilidades.

Rory assente.

— Você é uma excelente detetive, Annie. Está pronta para começar?

Annie liga para o primeiro número e Rory observa. O coração dela dispara quando uma voz de mulher atende.

— Bonjour. Le cabinet Docteur Geneviève Fouquet.

— *Bonjour.* Estou procurando a minha irmã, Kristen Blair, uma norte-americana. — Ela desvia os olhos para Rory e levanta os dedos cruzados. — Ela é paciente da dra. Fouquet?

— Não posso dizer — diz a mulher em um inglês perfeito. — Seria uma violação da nossa cláusula de privacidade.

Annie segura o celular com força.

— Por favor... *S'il vou plaît.* É uma emergência. Eu preciso saber.

— Sinto muito, *mademoiselle.* — A mulher desliga.

Annie se vira para Rory, arrasada.

— Ela não quis me dizer!

Rory levanta um dedo.

— Observe e aprenda.

Ele liga para o número da segunda médica do próprio celular e coloca no viva-voz.

Annie escuta Rory contar — mais que perguntar — sobre a consulta da "esposa dele". Ele diz que precisa remarcar. Kristen Blair. B-L-A-I-R. Data de nascimento? Rory se vira para Annie. Ela sorri e anota a data no guardanapo. Sim, ele está quase certo de que a esposa marcou uma consulta na última vez que esteve no consultório. Não? Está certo. Talvez ele esteja se confundindo. *Merci beaucoup*. Rory desliga o celular.

— *Voilá!* — diz ele para Annie, com um sorriso presunçoso.

Annie dá um gritinho de comemoração e bate a mão espalmada na dele. Ela limpa as migalhas das mãos e liga para o próximo consultório, dessa vez fingindo ser Kristen Blair. Ela diz à recepcionista que esqueceu a data da próxima consulta. Dá a data de nascimento. Finge surpresa quando não conseguem encontrá-la no sistema.

— Desculpe pela confusão.

Annie sorri.

— Você é brilhante, Rory. E muito ardiloso. Gosto disso.

— Ardiloso é bom, sim?

— Sim! Nesse momento, é, sim!

No entanto, a cada ligação o humor de Annie fica mais abatido. Em uma hora, eles eliminaram quarenta e cinco das quarenta e seis mulheres obstetras que falam inglês da lista.

— Droga! — Ela risca o número quarenta e seis na lista. Então pega outro croissant e tenta conter as lágrimas. — O que eu vou fazer? Tenho que salvar Kristen, mas já estou perdendo as esperanças!

Rory levanta a mão.

— Pare. Não diga isso, Annie. — A expressão no rosto dele é solene. — Se você diz que não tem esperança, vai tornar suas palavras realidade. Sua irmã está em algum lugar da cidade, e nós vamos encontrá-la, você e eu.

Ele está certo? Ou ela está em negação, como a tia, o avô, o pai e o terapeuta, todos acreditam? Annie se inclina para trás, pega uma almofada e a segura contra o peito.

— Há uma coisa que você precisa saber, Rory.

Ele vai até o sofá e se senta perto dela, o rosto sério.

— É você que está grávida, e não a sua irmã?

Annie afasta a almofada do peito e abaixa os olhos para o próprio corpo.

— Não. Minha barriga é sempre assim mesmo.

O rosto de Rory fica vermelho.

— Ah, não. Eu-eu não quis dizer...

Ela afasta as desculpas dele com um gesto de mão.

— Isso não tem a ver comigo. Tem a ver com a minha irmã. — Annie morde o lábio. Será que pode confiar a verdade a ele? Ela deixa escapar o ar devagar e conta a Rory sobre o acidente. — Então, olha só, acredito que a minha irmã está em Paris. Mas todo mundo acha que a Kristen está morta.

Rory franze o cenho.

— Deixe-me entender. Ela não estava no trem?

— Sim... não... eu-eu não sei.

A expressão nos olhos de Rory é cética. Deus, ela deve estar soando como uma lunática.

— Olha, sei que parece um delírio, mas tenho razões válidas. — Annie se vira para a janela, onde brotos de flor ainda verdes pontilham os galhos das árvores. — E não posso estar errada. Tenho que encontrá-la. Tenho que levá-la de volta para casa.

Ela sente a mão dele pousar em seu braço.

— Você vai ser a heroína, certo? Vai levar sua irmã de volta para casa e isso vai deixar a sua mãe muito feliz.

— Sim. Mas é mais do que isso. — Annie desvia os olhos, se sentindo egoísta, culpada e constrangida. — É que se ela estiver morta, é porque eu a matei.

Ele nem pisca. Annie sente a garganta apertada e vontade de estender a mão e acariciar o rosto macio de Rory.

— Eu insisti para que ela pegasse aquele trem das nove horas. A Krissie queria esperar. Ela não estava bem naquela manhã. E queria me contar alguma coisa, mas eu não escutei. Então ela foi embora sem se despedir de mim. Eu devia ter corrido atrás dela. Era meu dever tomar conta dela. A Krissie estaria viva se ao menos eu...

Rory levanta o queixo.

— Ah. *Ich verstehe*. Eu compreendo. Se a sua irmã está morta, é culpa sua.

Annie prende o ar. Entre todas as pessoas, foi Rory quem realmente entendeu.

— Exatamente.

— Porque ela não tinha vontade própria. Porque você é tão poderosa, Annie, que se estivesse com ela, conseguiria ter evitado o acidente de trem.

— Não. Eu...

Ele balança a cabeça e sorri. Então afasta uma mecha do cabelo dela do rosto. E olha bem nos olhos marejados de Annie.

— Por que está inventando uma culpa, minha amiga? Não sabe que o mundo oferece culpa de graça?

39

Erika

É quase meio-dia de sexta-feira quando entro na biblioteca pública da ilha de Mackinac, meu antigo santuário. A construção simples de madeira é adornada com sancas entalhadas a mão e tetos altos, e exala aquele aroma maravilhoso e único de livros. É menor do que eu me lembro. As paredes, antes cor de pêssego, agora estão pintadas de um azul-turquesa forte e o piso de madeira é acarpetado.

E lá, atrás do balcão da recepção, usando um cardigã e óculos de armação de metal, está a antiga amiga da minha mãe, e minha amiga — a mulher que cuidou de mim durante os meus ataques de pânico.

— Riki! — diz ela, saindo de detrás do balcão e correndo na minha direção. — Ouvi dizer que você estava na cidade. Estava torcendo para que viesse me visitar.

Ela me puxa para um abraço maternal, me envolvendo em uma nuvem de Estée Lauder. Fecho os olhos, lembrando daquela garota solitária, encolhida atrás de pilhas de livros, arquejando para conseguir respirar, desejando em segredo que a sra. Hamrick pudesse ser a minha nova mãe.

— Sinto muito mesmo pela Kristen — sussurra ela. — Todos a amávamos aqui na ilha.

— Ela também amava todos vocês. — Eu me afasto. — Está tão linda, sra. Hamrick. — Deixo o olhar vagar pelo salão. — E este lugar também.

— Nós o remodelamos há três anos. Colocamos wi-fi, novos pontos de luz e até ar-condicionado! — Ela abaixa a voz. — O seu pai vem aqui para ensinar o Jonah. É bom ver o lado amolecido do capitão Franzel.

Eu bufo baixinho.

— Talvez um dia eu veja esse lado amolecido dele.

A sra. Hamrick esfrega meu braço, e seus olhos pousam no notebook que aparece no alto da minha bolsa. Ela aponta um dedo ossudo para a galeria da biblioteca.

— Há um lugar muito aconchegante perto da lareira. Não vou incomodá-la.

Você precisa fazer as pazes com o seu passado. O seu futuro depende disso.

— A senhora não incomoda — digo, meu coração disparado no peito. — Na verdade, se tiver um minuto, eu adoraria pôr a conversa em dia.

Eu me sento em uma pequena poltrona de veludo no aconchegante escritório da sra. Hamrick, nos fundos. Ela nos serve uma xícara de chá de camomila e se acomoda na poltrona ao lado da minha.

— Então, me conte — diz, mexendo um cubo de açúcar dentro do chá. — O que anda lendo? Ainda adora romances?

Romances? Quase esqueci de que devorava todos os romances de Danielle Steel e Nora Roberts da biblioteca. Faço que não com a cabeça.

— Sinceramente, não consigo me lembrar do último livro que li, mas posso garantir que não foi um romance.

Ela me encara, séria.

— Que pena. Anda ocupada demais, eu imagino.

Ela está falando dos meus hábitos de leitura ou da minha vida amorosa? Assinto, para ambos.

— Ouvi dizer que você é uma sensação no mundo dos corretores de imóveis.

Afasto o elogio com um gesto de mão.

— A Kate exagera. E eu quero ouvir a senhora. Ouvi dizer que foi indicada para o prêmio de Bibliotecária de Michigan do Ano.

Ela se inclina e toca a minha mão.

— E eles me deram o prêmio! Dá para acreditar?

Escuto enquanto a sra. Hamrick me conta sobre a cerimônia de premiação, sobre o cachorrinho yorkie dela de catorze anos e sobre o casamento do sobrinho-neto.

— A senhora merece muito cada coisa boa que lhe acontecer.

— Agora chega de falar de mim — diz ela, inclinando-se para a frente. — Me fale sobre você.

Mordo o lábio. Minha mão treme quando pouso a xícara. Eu me viro para ela.

— Por que eu estava sempre com tanta raiva, sra. Hamrick?

Ela inclina a cabeça, e posso ver que está se lembrando de outra época.

— Não tenho certeza se era raiva ou dor. Você tinha uma carência.

— Carência... — repito, e deixo a palavra se demorar na minha língua. Ergo os olhos para a sra. Hamrick, a única pessoa em quem posso confiar para me dizer a verdade. Meu coração acelera. — Por favor, me conte sobre a minha mãe.

— Ela era encantadora. Simplesmente encantadora. — Ela sorri, mas também vejo tristeza em seu rosto. — Muito parecida com a sua Kristen.

Uma hora mais tarde, saio da biblioteca. Encontro a bicicleta de Kate onde a deixei, encostada na parede da biblioteca, duas horas antes. O vento bate no meu rosto e eu pedalo mais rápido, tentando escapar da verdade. *Muito parecida com a sua Kristen.*

Lojas, hotéis e a casa de Kate se misturam em um borrão enquanto eu passo rápido. Vejo a casa do meu pai. Eu me viro, mas não antes de reparar que as cortinas de renda ainda estão penduradas na janela do quarto, o último lugar em que dei um beijo de despedida na minha mãe. Recrio na mente a cena agridoce a que me agarrei por anos, na qual minha mãe está parada na porta, com Kate no colo, inclinando-se para me dar um beijo na testa antes de me entregar a lancheira.

— Seja boazinha. Dê o seu melhor.

Hoje, uma cena mais sombria, mais precisa, toma forma em minha mente. Pedalo ainda mais rápido, torcendo para que a lembrança seja levada pelo vento.

Não acontece.

Naquela manhã, entrei na ponta dos pés no quarto dos meus pais, ainda escuro, carregando Kate, com a fralda recém-trocada e já alimentada. Meu pai havia saído duas horas antes para o turno das cinco da manhã. Eu me inclinei até onde a cabeça da minha mãe descansava no travesseiro.

— Estou indo, mãe.

Ela se virou de lado, o cabelo embaraçado espalhado pelo rosto. O maxilar relaxado, os olhos fechados, o ressonar suave, tudo me dizia que ela continuava dormindo. Kate começou a se agitar e eu a balancei no colo. Achei a chupeta dela em cima dos lençóis e coloquei em sua boca, então a deixei no colchão, do lado da minha mãe.

— Seja uma boa menina, Katie — sussurrei para minha irmã de um ano e meio, e dei um beijinho na cabeça dela.

Sacudi o braço da minha mãe.

— Você precisa acordar, mãe. Não pode dormir o dia todo.

Ela abriu os olhos com dificuldade. E ficou me olhando, como se estivesse encantada com a visão de um anjo. Minha mãe estendeu a mão e a pousou em meu rosto.

— Fique em casa com a sua irmã hoje — sussurrou ela... implorou.

Coloquei a mão em cima da dela.

— Não posso. É minha vez de alimentar os hamsters. Já faltei da última vez, e a srta. Murray disse que se eu faltar mais uma ela não vai mais me escolher.

— Por favor, Riki. — Até mesmo na penumbra que estava o quarto, eu conseguia ver a súplica nos olhos dela. — Vai ser a última vez, eu prometo.

Mas nunca era a última vez. Àquela altura, eu já tinha aprendido isso.

As tábuas do piso rangeram quando recuei. O braço da minha mãe caiu ao lado da cama. Eu o levantei e enfiei embaixo da coberta, então beijei o rosto dela.

— Prometo vir direto para casa depois da aula. Vou correr o mais rápido que conseguir o caminho todo.

— Fique — implorou ela. — Nunca mais vou pedir.

Como eu poderia saber que, daquela vez, ela estava dizendo a verdade?

Sigo em disparada até Port aux Pins. A bicicleta chacoalha quando saio da estrada e entro em uma trilha de cascalho, coberta por agulhas duras de pinheiro. Jogo a bicicleta no chão, corro até o lago e paro quando alcanço a margem.

Uma faixa cinza atravessa o céu. Olho para as águas agitadas, praticamente descongeladas agora, e sinto um ódio ardente por este lugar isolado que roubou minha mãe... e a mim. Olho com raiva para o céu.

— Por quê? — Meu grito é emudecido pelo vento norte que atravessa a água. Sou invadida por uma absoluta sensação de isolamento. Ninguém pode me ver, ou me ouvir. Foi assim que minha mãe se sentiu?

— Por que você me deixou? — grito. — Eu precisava de você! Como pôde me deixar, mãe?

Deixo escapar um grito de gelar o sangue. Então outro. Coloco a raiva para fora até minha garganta arder. E ainda assim continuo gritando.

Finalmente, a amargura envenenada se aquieta dentro de mim. Apoio os braços contra o tronco da árvore, arfando de exaustão. Pela primeira vez em três décadas, a verdade finalmente me alcançou.

A imagem de um rosto me aparece, vaga e grande demais. Arquejo e cambaleio para trás. As feições da minha mãe se transformam nas de Kristen, a beleza dela arruinada quase além do reconhecimento. Quase.

— Não!

Fecho os olhos com força, querendo que a imagem desapareça.

As palavras de Kate voltam a minha mente. *Você precisa fazer as pazes com o seu passado. O seu futuro depende disso.*

Cubro os ouvidos. Dói demais sentir. Mas não, a verdade é que dói demais não sentir.

As lágrimas que venho reprimindo por quase toda a minha vida se libertam. Dobro o corpo, agarrando minhas costelas, e solto as rédeas de décadas de sofrimento reprimido. Em algum lugar a distância, o som de um animal ferido ecoa na baía. Percebo que sou eu.

— Sinto tanta saudade — digo, caindo de joelhos. Minhas lágrimas são como vidro quebrado, rasgando, queimando, estilhaçando. — Como eu vivo sem você? — Engulo um soluço trêmulo. — Eu lamento muito. Eu deveria ter sido mais presente. Deveria ter protegido você. — Relances de imagens. Kristen. Annie. Minha mãe. Eu aos dez anos. Lágrimas e muco escorrem pelo meu rosto.

— Sinto tanto — sussurro. — Você precisava da minha ajuda. Queria que eu acreditasse que você estava doente. Tive medo demais.

Não sei por quanto tempo fiquei parada ali, até que escuto um farfalhar atrás de mim. Eu me viro. Há uma corça imóvel no meio do espinheiro. Meu coração aperta. Será que algum dia vou deixar de ter esperança de me virar e ver Kristen? Ficamos nos encarando, duas mães comunicando algo uma à outra que transcende as espécies. Finalmente, ela vai embora em um salto.

Caio no solo úmido, enterro a cabeça nas mãos e choro. Pela minha filha, pela minha mãe, por Annie e por Kate. Por tudo o que perdi, que Annie perdeu.

Já começa a anoitecer quando enfim levanto a cabeça. Examino os tons pretos e azuis da água, o modo como os últimos raios de luz se refletem nas ondulações. E, de vez em quando, uma placa de gelo surge, como uma criança brincando de esconder.

Ergo os olhos para o céu e percebo que minha raiva se foi. Não me sinto mais entorpecida. Em vez disso, estou cheia de um amor doloroso e profundo por uma jovem que já foi, deveria ser, mas não é.

Minha mãe.

Minha filha.

Eu.

De nós três, apenas uma ainda pode ser.

40

Erika

As luzes da rua iluminam meu caminho enquanto me arrasto de volta para a casa de Kate, mental e emocionalmente exausta. De algum lugar na baía, escuto um trovão. Pouco antes de a casa entrar no meu campo de visão, paro e digito duas linhas para o sr. Bower.

Obrigada pela ajuda. Não vou mais precisar dos seus serviços.

A chuva começa a cair e guardo o celular. A verdade, por mais difícil que seja reconhecê-la, me ajuda a entender. Enfim aceito o suicídio da minha mãe, a morte da minha filha e o meu papel — intencional ou não — em ambos. E, com a aceitação, talvez venha a cura... e o perdão.

— Aí está você! — chama Kate, quando subo a calçada. Ela se levanta do degrau na varanda e vacila ligeiramente. Ao seu lado estão duas sacolas da mercearia. Minha irmã inclina a cabeça para o lado quando chego mais perto. — Andou chorando?

Assinto e consigo dar um sorriso.

— Está tudo bem. Eu... acho que fiz as pazes com o meu passado.

Kate sorri.

— Já estava na hora.

— Achei que **você** fosse trabalhar dois turnos hoje.

— Não. — Ela joga o peso do corpo de um pé para o outro. — O filho da Marnie melhorou e ela foi trabalhar.

Aponto para a garrafa de vinho balançando na mão dela.

— E você está se embebedando na varanda?

— Eu precisava de alguma coisa para passar o tempo. Alguém trancou a porta. — Mais uma vez, Kate dança de um pé para o outro. — E realmente preciso fazer xixi.

Abaixo a cabeça.

— Desculpe. É o hábito. Por favor, me diga que você tem uma chave.

Ela balança a cabeça.

— Uma chave. Hum. Por que não pensei nisso? — Kate sorri. — Não, não tenho uma chave. Nunca tranco a porta. Agora venha. Preciso que você me ajude a entrar antes que eu faça xixi nas calças.

— Ligue para o papai. Ele pode vir para arrombar uma janela ou alguma outra coisa, certo?

— Não vou pedir para ele. As costas dele estão ferradas demais. — Kate balança o braço. — Venha comigo.

Vou atrás dela na direção dos fundos da casa e nos encolhemos embaixo do beiral. Ainda assim, a chuva nos acha.

— Me levante até lá — diz Kate, e aponta para a janela do quarto. — Deve estar destrancada.

Eu me posiciono atrás dela, passo os braços por suas costelas e a levanto, exatamente como eu fazia quando ela era minha Kate pequenininha. Ela se ergue uns vinte centímetros acima do chão.

Kate ri e se agita.

— Assim, não! Me deixa subir no seu joelho. Lembra? Como quando nós fingíamos ser líderes de torcida.

Sorrio e apoio uma das pernas à frente, formando um degrau com a minha coxa.

— Não acredito que você se lembra de brincar de líder de torcida. Você tinha o quê, seis anos? — Ela apoia o tênis enlameado na minha calça. — Ei! Você está me sujando.

— É o preço a pagar por trancar a porta. — Kate ri e estende a mão para a janela, mas ainda está longe. — Droga. — Ela pula para o chão. — Me levante nos ombros.

Eu suspiro e me agacho.

— Se você insiste.

Kate passa as pernas ao redor do meu pescoço. Tento me levantar, mas não consigo esticar as pernas por causa do peso.

— Você é pesada para uma garota tão magrinha.

— Rápido — diz ela, esmagando minha cabeça. — Tenho que fazer xixi!

— Pense em um deserto seco.

— Não está funcionando.

Cambaleio sob o peso dela e agarro um arbusto para me apoiar.

— Ai, não se atreva a fazer xixi agora, montada no meu pescoço.

Kate deixa escapar uma risadinha.

— Ah, Deus, não me faça rir.

— Para com isso! — repreendo, e belisco a perna dela.

Isso faz Kate dar risadas histéricas.

— Deserto seco. Deserto seco — diz ela, entre gargalhadas.

De repente, escuto um som estranho, mas conhecido, como uma música favorita que eu tivesse quase esquecido. Leva algum tempo antes que eu perceba que está vindo de mim... o som da minha risada.

Meus joelhos cedem. Katie grita, então ri, então grita de novo. Cambaleio pelo quintal, tentando manter Kate nos ombros, mas nós duas estamos guinchando de rir. Finalmente, caio no chão molhado e dobro o corpo ao meio, morrendo de rir. Kate se joga no gramado ao meu lado, segurando a barriga enquanto se acaba de rir. Eu me jogo em cima dela e nós gritamos de tanto rir. Lágrimas e chuva escorrem pelo meu rosto. Meus ombros pesam e meu estômago dói.

Esta, penso, é a sensação de desapegar.

E, de repente, sem aviso, minha risada se transforma em soluços incoerentes.

— Ei — diz Kate, rolando para o lado. — O que houve? — Ela seca meu rosto com a manga.

— I-isso — digo, e levanto as mãos. — É errado! — Soco o chão. — Eu não devia estar rindo. Minha filha morreu.

Ela sorri, o rosto salpicado de gotas de chuva, e dá um beijo na minha testa.

— O riso é uma bênção, não uma traição. A Krissie ficaria puta da vida se você perdesse a sua risada. Jamais duvide disso. — Ela fica de pé de um pulo e estende a mão para mim. — Agora vamos. Você precisa me levantar. — E dá uma piscadinha. — É isso o que as irmãs fazem umas pelas outras.

Na manhã seguinte, desço a Market Street na bicicleta de Kate, em direção ao Café Lucky Bean. As nuvens estão perdendo a batalha contra o sol, e é gostoso sentir a brisa fria no rosto. Passo pelo mercado Dowd's, onde Kevin está varrendo a calçada, usando o avental verde.

— Bom dia, Kevin — digo, e sigo em frente.

Ele levanta a mão.

— Bom dia, Riki.

Entro na fila no café aconchegante, o cheiro dos doces fazendo meu estômago roncar. De trás do balcão, Meg, a barista loira e bonita, levanta os olhos. E abre um sorriso na minha direção.

— Oi, Riki!

Levanto a mão e sorrio. É boa a sensação de proximidade nesta ilha. Pena que não era assim quando eu morava aqui... ou era?

Eu me acomodo em um reservado perto da lareira, com meu cappuccino e meu bagel, e entro no meu e-mail. Encontro um relatório de Allison.

Temos vinte e sete dias para vender as unidades do Fairview. Mas não se preocupe. Estou entrando em contato com todos os corretores da cidade. Você vai estar de volta para o open house na terça, certo?

Todo o aconchego e paz desaparecem. Não vou voltar. Além disso, é impossível vender dezesseis unidades em menos de um mês.

Enquanto o desespero ameaça me dominar, me esforço para pensar com lucidez. Annie está sozinha em Paris, determinada a encontrar a irmã. Jonah Pretzlaff está lutando para voltar a caminhar. E Kate... Kate está arriscando o coração pelo amor verdadeiro, se expondo sem parar. Vender as unidades é importante, mas, vendo pelo espectro mais amplo, o trato com Stephen, a disputa, me vingar de Emily... isso não importa de verdade. E saber disso faz toda a diferença.

Passo para a próxima mensagem e sorrio quando vejo que é de Tom Barrett. Puxo o notebook para a beira da mesa e me debruço sobre ele.

Oi, Erika.
Foi ótimo conversar com você na outra noite — tarde para você. Espero não ter ocupado muito o seu dia. Sabe, fazia muito, muito tempo que eu não tinha tanto prazer em conversar com alguém. Na verdade, vou confessar que estava me acomodando para ver os Wizards de Washington jogarem com os Cavaliers quando você ligou. Sua filha brilhante conseguiu acessar o jogo ao vivo pelo computador. Caso você não saiba, os Cavs são os nossos maiores rivais. Eu tinha planejado falar rapidamente com você para poder voltar para o jogo. Mas o que posso dizer? Você... me cativou.
Até a nossa próxima maratona ao telefone.
Tom

Fico encarando o e-mail. Cativou? Levo a mão à cabeça. Um gorro rosa cobre o meu cabelo. Estou usando uma calça de ioga de Kate e tênis. E me sinto mais cativante e mais real do que me senti em anos.

41

Annie

Assim que Annie acorda na quarta-feira de manhã, pega os óculos e abre o notebook. Seu coração para. La está, o e-mail pelo qual ela vem esperando há nove dias. O assunto diz: *Verificação de passaporte*. Ela respira bem fundo antes de clicar para abrir a mensagem.

Cara Annie Blair,

A Embaixada dos Estados Unidos em Paris completou sua solicitação referente à cidadã norte-americana Kristen Louise Blair. Não encontramos nenhum registro de entrada ou saída da França para essa cidadã nos últimos doze meses.

Annie enfia o punho na boca para abafar um grito. Não pode ser! A irmã dela está viva. Tem que estar viva! Se não estiver, Annie terá perdido todo mundo.

Ela larga o corpo no travesseiro e vira o rosto na direção da janela. O céu está cinza escuro, como o humor dela. Algum tempo se passa enquanto Annie se esforça para recuperar a energia. Ela abre o Facebook e digita rapidamente.

Oi, Krissie. Vamos estar no Jardin du Luxembourg hoje à tarde. Eu preciso muito ver você.

Annie seca as lágrimas e aperta *enviar*.

Krissie estava com a carteira de motorista de outra pessoa. O que significa que pode ter usado um passaporte falso também.

Racionalização: último vestígio de esperança.

Annie repara de novo na saliência na mochila de Olive naquela manhã. Faz uma semana que mostrou o binóculo à menina e, desde então, de vez em quando pega Olive brincando com ele. Normalmente Annie encontra a menina parada diante da janela do quarto dela, mirando as lentes para o céu. Outras vezes, como naquele dia, tenta levá-lo para a escola.

Annie estende a mão na direção de onde Olive está parada, no hall do apartamento.

— Devolva, mocinha. Você conhece as regras do seu pai: não tem permissão para levar o binóculo para a escola.

— Não tenho nada aqui.

Annie balança a cabeça, estranhando por que aquela criança de cinco anos está tão obcecada com o binóculo do pai. Ela abre o zíper da mochila e tira o objeto.

— Bela tentativa, garota.

Olive grunhe na direção de Annie.

— Não gosto mais de você!

Mais? Aquela única palavra enche Annie de alegria.

É meio-dia quando Annie chega do lado de fora do prédio da escola de Olive. Ela se agacha e cumprimenta a menina com um sorriso, exatamente como faz todos os dias de aula.

— Como foi a sua manhã, Olly Pop?

Olive dá de ombros.

— Boa.

— Qual foi a melhor coisa que você aprendeu hoje? — pergunta, exatamente como a mãe costumava fazer com ela.

— Descobri uma música nova. Vou cantar sozinha na apresentação de primavera. É para o meu país. "America the Beautiful."

— É uma bela música — diz Annie enquanto elas descem a calçada. — Vamos ensaiar?

Olive olha de relance para ela e diz um exagerado:

— Nã-ão!

Annie começa a cantar o refrão, de qualquer forma:

— "America, America, God shed His grace on thee."

— Não, burra! — diz Olive, e na mesma hora leva a mão à boca. — Desculpa, Annie, mas você está cantando tudo errado. É "God shed His *greats* on *me*".

Annie ri.

— Ih, foi mal. — Ela dá uma palmadinha na bolsa de couro que está carregando. — Ei, tenho uma surpresa para você.

— Não é outro livro idiota!

— Não. Mas, se você não quiser o que eu trouxe, fico com ele.

Annie tira um pacote da bolsa, muito bem embrulhado em papel roxo com uma fita rosa pink.

Olive olha para o embrulho e parece calcular se prefere ter o presente ou ofender Annie. O presente vence.

— Me dá! Me dá! Me dá! — E agarra o pacote.

Annie ri e mantém o presente fora de alcance.

— Vamos levar para o Jardin du Luxembourg. Você pode abrir lá.

Annie adora o lindo jardim francês cheio de estátuas, flores e fontes, criado quatro séculos antes pela viúva de Henrique IV da França. Seu lugar favorito é o tanque circular onde as crianças colocam barquinhos para navegar, ostentando bandeiras de diferentes países. É um dos poucos lugares na cidade onde Olive se comporta como uma criança normal, feliz, rindo, jogando água e correndo.

Mas, naquele dia, Olive não corre para o tanque. Em vez disso, ela senta no primeiro banco que vê, logo na entrada do jardim.

— Me dá o presente.

Annie se senta ao lado dela.

— Olhe os modos, senhorita.

Olive dá um suspiro exasperado.

— Me dá o presente, *por favor.*

Annie sorri e bagunça o cabelo da menina.

— Você é a melhor, Olly de Golly.

Olive revira os olhos e ajeita o cabelo. Mas Annie repara no sorriso disfarçado ameaçando surgir nas bochechas gorduchas. Ela estende o pacote.

— Aqui está.

Olive arranca o laço e joga no chão. Está prestes a rasgar o papel de presente quando para. E encara o pacote em seu colo.

— Você sabe que não é meu aniversário.

— Eu sei. Mas vi uma coisa e achei que você gostaria. E quis que fosse sua.

Olive morde o lábio.

— Mas eu não tenho nada para você.

— Sem problema. Não preciso de nada.

Olive levanta os olhos para ela.

— Posso comprar alguma coisa para você amanhã.

— Não. Obrigada. O meu presente é a sua amizade. É tudo o que eu quero.

Olive abre um dos lados, então para.

— Você sabe que eu nunca disse que você é minha amiga.

— Ah, eu sei. Não precisa. Você entende, amigos de verdade sabem dessas coisas.

Olive assente, e rasga um grande pedaço do embrulho.

— Uau! — Ela joga o resto do papel roxo no chão e levanta a caixa. — Um binóculo! — E se vira para Annie com os olhos arregalados. — Com esse eu posso brincar?

— Pode.

Olive abre a caixa, rasgando o lacre, e levanta o binóculo no ar. Annie ri, prende a alça no binóculo e a coloca ao redor do pescoço da menina.

— Espere. Me deixe tirar a tampa das lentes.

Olive se agita, impaciente, enquanto Annie tira as tampas. Então, leva o binóculo ao rosto e olha direto para o céu. Algum tempo se passa. Ela abaixa o binóculo e estende a mão para Annie.

— Nós temos que ir! Temos que ir para a Torre Eiffel. Agora!

Annie checa o relógio. Vai encontrar Rory para jantar, mas ainda faltam quatro horas.

— Por favor! — pede Olive, as mãos unidas como se estivesse rezando.

— Certo. Vamos para a Torre Eiffel. — Ela abre o aplicativo do Uber. — Mas estou surpresa. Na última vez você disse que a Torre Eiffel te dava arrepios.

— Não. Eu tenho isto. — Ela dá uma palmadinha no binóculo. — E você não pode usar. — Olive levanta o queixo com um ar de confiança fora do normal. — Este é meu.

Olive alterna o peso do corpo de um pé para o outro, agitada, enquanto o elevador sobe até o observatório no terceiro nível da torre. Ela mantém a alça ao redor do pescoço e segura o binóculo com as duas mãos.

— Rápido — murmura para o elevador.

No instante em que a porta se abre, Olive sai em disparada do elevador. Annie tenta acompanhar o passo da menina, que atravessa correndo a plataforma superior.

— Devagar! — grita Annie.

A menina chega ao parapeito de metal e leva o binóculo ao rosto. Em vez de focar na linda vista da cidade, ou no rio, Olive levanta os olhos para o céu sem nuvens.

— Não! — Ela bate o pé. — Onde? Onde está você?

Annie fica arrasada. E seu coração bate forte enquanto Olive abaixa o binóculo, examina-o, então leva novamente aos olhos. Finalmente, a menina encara Annie.

— Não funciona — diz, a voz trêmula e desesperada. Está à beira das lágrimas. Em todo o tempo que já passou com Olive, apesar de tudo pelo que aquela criança passou, Annie ainda não a viu chorar. — N-não consigo ver a minha mamãe.

O coração de Annie se parte. Olive está procurando pela mãe. Ela cutuca o ombro da menina.

— O que você acha de ir para casa e jogar Chutes and Ladders? Podemos voltar aqui outro dia.

Olive a ignora e levanta o binóculo para o céu mais uma vez.

— Sabe, este binóculo ainda não foi muito usado — diz Annie. — Ele talvez não funcione bem ainda. Na verdade, o homem na loja me disse que às vezes leva anos até esse binóculo conseguir ver coisas muito distantes.

— Não! — exclama Olive. — Preciso ver a minha mãe agora!

Annie se agacha e balança os dedos.

— Posso tentar?

Olive continua sua busca sem resultado.

— Onde está ela? Esta coisa idiota está quebrada.

— Sabe, querida, os meus olhos são mais velhos e muito mais fortes do que os seus. Talvez eu consiga ver com o binóculo.

Uns bons três minutos se passam antes que Olive tire a alça com relutância do pescoço. Seu queixo treme e ela empurra o binóculo na direção de Annie.

— Não funciona.

Annie levanta as lentes e foca.

— Humm — diz, e abaixa o binóculo. Ela se demora ao limpar as lentes com a barra da blusa, e leva de novo aos olhos.

— Está procurando pela Kristen lá em cima? — pergunta a menina.

É como se Annie tivesse tomado um soco no estômago. Até agora, não ocorrera a Annie procurar por Kristen, nem mesmo lá embaixo, na rua. Foi embora do Jardin du Luxembourg, o lugar onde tinha dito a Krissie que estaria, sem pensar duas vezes.

Ela assente para Olive.

— Sim, mas o paraíso é muito, muito longe no céu. — Annie vasculha o céu com o binóculo de um lado para o outro. — Porcaria! Não consigo vê-la.

— Mas você sabe que ela está lá em cima, certo? — A voz da menina é tão cheia de esperança que Annie sente a garganta apertar.

— Sei — responde, a voz rouca. — E fico triste por não conseguir vê-la. Sinto tanta falta dela.

Olive morde o lábio.

— Você pode procurar pela mamãe agora? Ela também está lá em cima.

— Vamos ver. — Annie move devagar o binóculo para a esquerda. — Aaah. Aqui vamos nós.

— Consegue vê-la? — pergunta Olive, puxando a blusa de Annie.

— Nossa, olhe só para isso. Vejo um lindo lugar nas nuvens.

Olive levanta e abaixa o corpo.

— Como é?

— Está cheio de pessoas felizes — responde Annie. — E flores coloridas. E os animais mais legais.

— Está vendo a minha mãe? O cabelo dela é castanho como o meu.

— Espere um segundo. — Annie ajusta o foco das lentes. — Ah! Acho que... sim! Ali está ela!

— Onde? — grita a menina. — O que ela está fazendo?

— Parece que ela está dançando... e rindo. E está segurando uma foto.

— Minha?

— Aham. É uma foto em que aparece você, ela e o seu pai.

— Ela está olhando para a foto?

— Está. E está falando sobre você com a amiga.

— Ela consegue falar lá em cima?

— Sim. E está feliz, dá para ver.

De repente, Olive explode em lágrimas. Annie deixa o binóculo de lado, se agacha e puxa Olive para si.

— Ah, Olive, meu amor. Está tudo bem, querida.

Em vez de se afastar como sempre faz, Olive enfia o rosto no pescoço de Annie. Lágrimas quentes molham a pele de Annie.

— Está tudo bem, amorzinho. Está tudo bem. A sua mãe está em um lugar ótimo. — Annie a abraça com força e acaricia seu cabelo, o coração se derramando de amor por aquela criança.

Olive soluça.

— N-não é justo.

Annie sente o coração se partir mais uma vez. Ela está certa. Nada daquilo é justo. Nenhuma criança de cinco anos deveria perder a mãe.

Nenhuma criança deveria ter que procurar no céu por uma mulher que deveria estar na Terra, colocando a filha para dormir todo dia.

— Eu sei — diz Annie. — Sei que não é.

— N-não é j-j-justo — repete Olive, aos soluços. Ela se afasta e encara Annie, os olhos molhados atrás das lentes enormes. — Eu consigo ver o que a minha mãe está fazendo, mas você não consegue ver a sua irmã.

Annie encara a menina. Olive não está chorando por si mesma. As lágrimas dela são por Annie.

Ela se lembra da música que cantou antes com Olive, cuja letra fala das bênçãos que Deus derrama. Pois bem, Deus derramou Suas bênçãos sobre ela.

É engraçado como alguns eventos mudam vidas, como um momento pode marcar uma curva no tempo, de modo que, quando você fala a respeito, há um *antes* e um *depois* bem distintos. A experiência delas na Torre Eiffel foi um desses momentos. Marcou o momento em que o amor adentrou e roubou o coração de Annie.

— É bom você não ficar longe o dia todo — diz Olive, sentada na cama de Annie, com os braços cruzados sobre o peito.

— Você e o seu pai vão ao Le Bal Café agora para tomar café da manhã. E mais tarde ele vai levar você ao Jardin des Tuileries. Você adora aquele parque. E pode andar no carrossel.

— Com você?

— Não. Eu vou sair com o Rory hoje. Mas vou trazer um macaron de limão para você.

— Quero de chocolate. *Dois* de chocolate.

Annie olha para seu reflexo no espelho, tentando disfarçar a espinha gigante que apareceu no seu queixo.

— Olhe os modos, senhorita.

Olive geme.

— *Por favor*, me traga dois macarons de chocolate.

Annie pisca para ela.

— Muito bem. E, quando eu chegar em casa, vamos ensaiar para o seu número solo na apresentação de primavera.

— Onde é que você vai mesmo?

— Na Une Autre Page, uma pequena livraria mágica na Croissy, sobre a qual o Rory leu. Talvez nós duas possamos ir lá um dia.

Annie toca a espinha com o corretivo mais uma vez. Ela passa um pouco de brilho nos lábios, então se vira e coloca um pouquinho nos lábios de Olive também.

— Você o ama? — pergunta Olive, e levanta o rosto para ver os lábios no espelho.

— Rory? Não! — Annie se certifica de que sua voz saia alta o bastante, só para o caso de Tom escutar, caso esteja ouvindo a conversa. — Somos só amigos.

— Então por que você está tentando ficar tão bonita?

Annie bufa.

— Não estou tentando ficar bonita.

— Está, sim.

Annie joga a nécessaire dentro de uma gaveta. Ela fala na direção da porta da forma mais nítida que consegue.

— Acredite em mim, o Rory não é meu namorado.

Olive cruza os braços.

— Ah, é melhor você não se casar com ele.

Annie ri.

— Não se preocupe, senhorita espertinha, não vou. Mas posso perguntar por que não?

Olive se vira para a janela, a voz tão baixa que Annie mal consegue ouvir.

— Porque senão você pode não querer morar aqui.

Annie fecha os olhos e guarda as palavras no coração, onde com certeza elas vão cintilar, como um diamante por baixo de uma roupa de seda.

42

Erika

O órgão toca o hino final no domingo de manhã. Eu me levanto do banco no fundo e me esgueiro para fora da capelinha antes que o padre David ou qualquer outra pessoa possa me ver. O que eu diria a eles? Ainda estou zangada com Deus. Nunca vou compreender por que Ele tirou Kristen de mim, ou por que não curou minha mãe. Mas seja lá por que for — talvez alguma semente restante de fé, ainda não totalmente partida, quem sabe —, encontro conforto dentro das paredes mofadas da igreja, nos bancos duros de carvalho, na cadência tranquilizadora e hipnótica dos rituais.

Tiro a bicicleta de Kate do apoio e fico ziguezagueando sem rumo ao longo da rua tranquila, tão diferente do aglomerado de pessoas no Central Park. O som de um motor chama minha atenção. Levanto a cabeça e vejo um avião descer, um lindo penduricalho flutuando no céu azul. Mas então o significado daquilo me atinge, como se eu tivesse levado um golpe de bastão na cabeça. Alguém está aterrissando na ilha. A pista foi aberta. Depois de duas semanas, finalmente posso ir embora. Mas então por que não estou pulando de alegria?

Pedalo a bicicleta pelo asfalto, na direção do jatinho monomotor. O rugido do motor quase me ensurdece. Dois passageiros descem do Cessna, seguidos pelo piloto.

— Posso reservar um voo para o continente? — pergunto ao piloto.

Ele pega uma bolsa do compartimento de bagagem e entrega ao homem parado ao seu lado.

— Vou partir novamente agora. E não volto até a próxima semana.

Depois de duas semanas, finalmente posso voltar para casa. O avião está aqui, pronto para me levar.

Mas preciso de mais tempo. Quero mais gargalhadas com Kate. Preciso me despedir do meu pai. Preciso ver Molly e as crianças de novo. Prometi tomar chá com a sra. Hamrick amanhã. Ela está separando romances para mim.

— Você pode, por favor, voltar daqui a dois dias? — grito acima do barulho do motor.

— Ou agora ou na próxima semana. Você escolhe.

Sinto a garganta apertar.

— Preciso pegar a minha bolsa. Consigo estar aqui de novo daqui a uma hora.

Ele olha para o relógio.

— Quarenta e cinco minutos. — Ele pega um bloco de papel no bolso. — Qual é o nome?

— Riki Franz... — Paro no meio da palavra, chocada ao perceber que aquele nome... aquela pessoa... de quem fugi por tantos anos escapou de forma tão natural dos meus lábios. — Blair — digo. — Erika Blair.

Às seis e quinze da manhã de segunda-feira, acendo a luz e entro no meu escritório depois de duas semanas longe. Uma pilha de pastas e a caneca de café de Allison, manchada de batom rosa-chiclete, estão ao lado do meu computador. Parece que alguém esteve totalmente à vontade no meu escritório... Pouco tempo atrás eu talvez me sentisse ameaçada. Hoje, a dedicação de Allison ao trabalho me faz sentir solidária. Será possível que ela também use o trabalho como uma válvula de escape?

Pego a correspondência da última semana, empilhada em cima da mesa. Coloco-a de volta. Eu me levanto e vou até a janela. Vinte e oito andares abaixo, a cidade está despertando. Mordisco a unha do polegar. Uma procissão de faróis atravessando a ponte Queensboro. No East River, uma balsa transporta os trabalhadores para a cidade, as luzes brilhando ao amanhecer. Imagino se o capitão daquela balsa tem uma filha. Uma filha por quem ele arriscaria a vida.

É mesmo verdade que ainda ontem eu estava na ilha? Tive apenas o tempo necessário para uma despedida constrangedora do meu pai antes de voltar ao aeroporto. Por alguma razão boba, achei que o velho capitão realmente me pediria para ficar, ou me diria que estava feliz por eu ter aparecido na ilha, ou que sentiria a minha falta. Em vez disso, tudo o que ouvi foi um breve "Comporte-se".

Mas não me saí melhor do que ele. Tudo o que a ;iei dizer ao meu pai continua entalado no meu coração. O capitão e eu não falamos sobre sentimentos, muito menos cara a cara. Mas ele está com quase oitenta anos agora, o homem com o nariz vermelho e o rosto torto. Quantas oportunidades eu ainda terei? E se ele sair com aquele barco velho de novo e dessa vez não voltar?

Minha mão treme quando digito o número dele no telefone. Com certeza está acordado. O homem cochila, nunca dorme. A voz dele soa irritada ao atender.

— Bom dia — digo, o coração aos pulos.

— Você acorda cedo.

— Tenho um monte de coisas para colocar em dia — digo, e percebo a verdade nas minhas palavras. Seguro o celular com força, grata por ele não poder me ver, e forço as palavras a saírem da minha boca. — Pai, sinto muito pelo que eu disse, naquele dia em que estávamos indo para o continente.

— O que você disse? Eu não me lembro.

Droga! Ele sabe exatamente do que estou falando. Fecho os olhos e invoco toda a minha paciência.

— Eu não devia ter acusado você de causar a morte da mamãe. Você está certo, não conheço todos os fatos. Tive algum tempo para examinar o passado enquanto estive em casa. A mamãe estava doente, não estava? Estou querendo dizer doente de verdade... mentalmente, não fisicamente.

É a primeira vez que reconheço isso em voz alta. Minhas lembranças — as novas, que vieram à tona na ilha — me contam uma história diferente da versão esterilizada da infância, aquela à qual me agarrei, a versão em que a minha mãe feliz e contente dá um passeio através do gelo para comprar comida para a família.

— Por isso você quis que nos mudássemos para a ilha. Você queria estar perto da vovó. E poderia estar em casa à noite. Você sacrificou a sua carreira...

Ele me corta, a voz alta e penetrante.

— Nunca foi um sacrifício, entendeu? — Ele abaixa a voz alguns decibéis ao continuar. — Nós fazemos o que é preciso fazer pela família. Depois do meu acidente, ela ficou do meu lado.

— Acidente? — pergunto baixinho, rezando para que ele revele o mistério que nunca consegui solucionar. — O que aconteceu com o seu rosto, pai?

Ele não responde, e acho que passei dos limites. Enfim sua voz rompe o silêncio.

— Eu estava descarregando o navio. Você era só um bebê. A corrente girou e me acertou. Abriu a lateral do meu rosto e causou danos ao nervo facial.

Sou dominada por uma onda de vergonha. Embora nunca tenha acreditado de verdade no rumor da briga de bar, também não fiz nada para dispersá-lo.

— Menos de um mês depois — continua ele —, ela sofreu a primeira crise de depressão profunda.

— Ah, pai — sussurro, as peças do quebra-cabeça se encaixando agora.

O primeiro incidente da minha mãe — depressão pós-parto, ou talvez transtorno bipolar — coincidiu com o acidente que desfigurou meu pai. Do mesmo modo que eu quebrar a minha promessa a Kristen coincidiu com o acidente de trem. Fecho os olhos, finalmente enxergando a verdade.

— Não foi culpa sua.

— Eu nunca disse que era.

Por que ele não pode ser mais suave ao menos uma vez?

— E o afogamento dela... o suicídio... — Esfrego o pescoço. — Não foi você a causa, pai. Fui eu. Nunca lhe contei. Eu sentia vergonha demais. Sabe, eu fui para a escola naquela manhã, mesmo ela tendo...

— Pare agora mesmo! — A voz dele soa alta e severa. — Sabe qual é o seu problema, Erika Jo? Você não consegue aceitar o fato de que a vida nem sempre é uma cadeia de causa e efeito. A verdade é que às vezes coisas ruins acontecem sem nenhuma maldita razão. Aprenda a viver com isso, está bem?

Eu me sento diante da minha mesa, horas depois de ter me despedido dele. Nunca vou receber conforto do meu pai. Nunca vou ouvi-lo me dizer que está tudo bem, que eu era só uma garotinha, que ele me ama apesar de eu não ter conseguido salvar a mamãe... ou, trinta anos depois, a minha filha.

Agora eu sei. Meu pai nunca vai me perdoar.

Porque, na cabeça dele, não há nada a perdoar. Ele nunca chegou a me culpar.

Deito a cabeça na mesa e choro, sentindo um doce alívio se derramar sobre mim.

43

Erika

Como se para contrariar, abril chega, trazendo de volta o clima de usar parca e botas. Será que a ponte de gelo está se formando acima do estreito? Será que Max, o namorado de Kate, chegou como planejado? Torço para que meu pai tenha cuidado quando andar até a biblioteca para ensinar Jonah.

Sigo às pressas pelo estacionamento subterrâneo no Fairview, para mostrar uma das unidades, quando recebo outra mensagem de Tom. É divertida nossa rotina de telefonemas diários e a troca de mensagens. Sinto quase como se conhecesse Olive. Melhor de tudo, soube que Annie está desabrochando. Nesses dias, ela está ocupada ajudando a garotinha a preparar um número solo para a apresentação de primavera na escola. Levanto o celular e leio a última mensagem.

Uma das minhas alunas estava tirando uma selfie no meio de uma prova! Como assim?

Paro ao lado do elevador para digitar uma resposta.

Que tipo mais selfieabsorta. ☺

Meu celular soa ao mesmo tempo que o elevador.

Sim! Totalmente selfiegoísta.

Vamos torcer para que isso se selfie-corrija.

Subo no elevador até o primeiro andar. Sorrio como uma criança com uma pipa quando as portas se abrem para o saguão. E, sem aviso, dou de cara com Emily Lange.

— Erika — cumprimenta ela, me estendendo um cartão de visita. — Você está incrível.

— Obrigada — digo.

Ela também está incrível, mas não consigo me obrigar a dizer isso. O cabelo loiro e liso em um corte chanel destaca as maçãs do rosto proeminentes, mais ou menos do mesmo modo que o vestido envelope azul-marinho valoriza seu corpo esguio. Emily envelheceu desde a última vez que a vi, mas ainda é linda, especialmente quando sorri. É difícil acreditar que por trás do sorriso caloroso se esconde uma mulher que quase me arruinou.

Minha mão treme quando guardo o cartão de visita na bolsa.

— A-achei que estivesse vindo me encontrar com Janice Newmann.

— Pedi a Janice para marcar a visita. Não tinha certeza se você concordaria em se encontrar comigo.

Ela está certa. Se eu soubesse, teria mandado Allison. Coloco uma expressão neutra no rosto.

— Receio que você tenha perdido o seu tempo. Sabe, parece que as três unidades restantes estão vendidas.

É verdade. Hoje de manhã apresentei a oferta para um combo, feita pelo sr. Tai, um novo assistente de mais um investidor asiático bilionário que jamais vou conhecer. Mas a oferta foi "anêmica". de acordo com

Stephen. Ele fez uma contraproposta e deu ao sr. Tai até meia-noite para responder. Até lá, essas unidades ainda estão disponíveis.

— Droga — diz Emily. — Meu cliente estava interessado em comprar as unidades dois e quatro. — Ela examina o saguão revestido de painéis de nogueira, o piso de mármore e as luminárias modernas. — Não posso dizer que estou surpresa. Stephen Douglas tem um gosto impecável. Acompanhei esse projeto em particular desde o primeiro dia. — E balança a cabeça. — Entenda, achei que estivesse fechando um cliente exclusivo. — A expressão suave nos olhos dela e o sorriso gentil me dizem que Emily não tem ideia de que roubei o cliente dela. — A propósito, meus parabéns.

Coloco uma mecha cacheada atrás da orelha.

— Obrigada.

A frase da minha mãe me vem à cabeça, completamente fora de contexto. *O explorador sábio examina sua última jornada...*

Mas o que há aqui para examinar? Eu fui a vítima. Emily me jogou aos leões! Quebrou a promessa que fizera.

Levanto os ombros.

— Stephen ainda não aceitou de fato a oferta. — Dou a notícia em tom despreocupado, embora nós duas saibamos que uma oferta já existente torna essas unidades mais valiosas. — Gostaria de vê-las?

Emily para atrás de mim enquanto destranco a primeira unidade, e logo depois a outra, do outro lado do saguão. Eu a acompanho pelas duas, destacando a tecnologia de última geração, os armários de cozinha Poggenpohl, o mármore Thassos, as instalações Waterfront.

— Impressionante. Se incomoda se eu filmar?

— Nenhum pouco.

Enquanto ela caminha ao redor com a câmera, ligo para Carter.

— Você não vai acreditar em quem está interessada em comprar duas das três últimas unidades do Fairview — sussurro. — Emily Lange. Sinto o cheiro de uma grande oferta. Muito maior do que a do Tai.

— Merda. Isso não pode acontecer.

— O quê? Por quê?

— O fim da disputa é em menos de quatro semanas. Estou olhando para os últimos números. Se você fechar o negócio, consegue seu lugar no clube dos cinquenta mais.

— Muito bem. O que eu não estou sabendo?

— O negócio provavelmente também colocaria a Emily entre os cinquenta mais. Você quer isso, Blair? Diabos, não. Escute, ligue para o Tai. Faça-o aceitar a contraproposta. E dessa vez feche o maldito negócio.

— Mas, Carter... — Escuto o clique quando ele desliga o telefone.

— Merda. — Mordo o lábio e sinto o celular pesado na minha mão. Finalmente, ligo para o sr. Tai.

— Acho que isso pode funcionar — diz Emily, e guarda a câmera na bolsa.

Respiro fundo.

— Sinto muito, Emily. Era o meu cliente ao telefone. Ele acabou de assinar a contraproposta.

Ela me olha com desconfiança, como se, no fundo, soubesse que sabotei suas chances.

— Erika, por favor, não vamos tornar isso pessoal. Eu sei como você se sente a meu respeito. Nunca vou me perdoar por deixar você falir junto com o mercado imobiliário. Por favor, me deixe explicar.

Sinto muito mesmo, meu amor. Por favor, tente entender. Eu só... estou dividida.

— Não quero ouvir — digo e escuto o capitão Franzel em cada sílaba.

— Fui covarde — continua ela, me ignorando — e fiquei apavorada com a possibilidade de eu mesma afundar. Fomos pegas desprevenidas quando a bolha imobiliária estourou. Minhas despesas gerais eram muito altas. Eu tinha uma equipe de mais de vinte pessoas que contavam comigo. Essas pessoas tinham famílias para alimentar, Erika. Eram minha responsabilidade.

Aponto para meu peito com o polegar.

— Eu também tinha uma família para alimentar.

— Seu ex-marido era médico. Você tinha com quem contar... pelo menos foi como eu raciocinei.

— Bem, você agiu errado. Me deu a sua palavra. Eu acreditei em você quando disse que não usaria a cláusula de não concorrência contra mim, que me deixaria levar os meus clientes. Você quebrou a sua promessa.

Que tal jantarmos juntas, então? Tenho um imóvel de última hora para mostrar esta manhã.

— Sim — concorda Emily, e esfrega a testa. — Eu fiz uma escolha... uma escolha egoísta, admito. Escolhi salvar a minha imobiliária, e a única forma de fazer isso era mantendo os investidores asiáticos, os mesmos clientes que eu havia prometido que você poderia levar.

Ela abaixa a cabeça.

— Fui baixa e daria tudo para voltar atrás.

Se ao menos eu pudesse voltar atrás para aquele mínimo instante no tempo, todos ficaríamos bem. Se ao menos eu pudesse ter uma segunda chance.

— Lamento de verdade. Eu devia ter atendido as suas ligações, mas foi mais fácil evitá-la. Quis te dizer a verdade tantas vezes, mas não consegui. Estava envergonhada demais.

Dou um passo para trás, as palavras dela estão chegando perto demais da verdade... da minha verdade.

Emily respira fundo, o tom de sua voz se aprofundando.

— Mas acima de tudo, lamento que você esteja presa a uma imobiliária que não tem alma. — O olhar dela encontra o meu. — Lamento que você se permita ser intimidada por Carter Lockwood. Lamento que, por causa do meu erro e da sua falência prematura, você agora esteja apavorada demais para correr atrás do seu sonho e trabalhar por conta própria. Isso, isso é o que mais me deixa com vergonha de mim mesma. Porque você é uma estrela, sempre foi. Você tem tudo de que precisa para fazer sucesso, Erika. Tudo menos a crença no seu próprio valor.

Ela sorri, mas seus cílios estão pontilhados de lágrimas.

— Boa sorte, Erika. Nos vemos por aí.

44

Annie

Então esta é a sensação — náuseas de medo, orgulho e preocupação — de presenciar uma garotinha prestes a subir ao palco para cantar "America the Beautiful" e querer mais do que tudo na vida que ela brilhe! Annie se senta na beira da poltrona, no auditório lotado da escola, com Rory de um lado e Tom do outro.

As luzes diminuem, e Olive entra no palco. Um único holofote a ilumina. Ela está usando o vestido listrado azul e branco e a meia-calça vermelha que Annie comprou. Seu corpo oscila, como se ela pudesse tombar para a frente, e seu rosto está branco como uma bola de algodão. Mesmo de onde está sentada, Annie pode ver o terror por trás das lentes grossas dos óculos da menina.

Annie não consegue respirar. Ela morde o nó do dedo e faz um milhão de preces para que Olive se lembre da letra, para que as pessoas aplaudam, para que a professora diga que ela se saiu bem e para que os coleguinhas gostem dela.

O silêncio se apodera da sala, e Annie jura que consegue ouvir as batidas do próprio coração. Ou talvez seja o coração de Olive. *Vamos, pequenina. Você consegue. Finja que está sentada em um banco do parque, ou deitada na sua cama, ou indo para a escola comigo. Que está em qualquer um dos milhões de lugares em que ensaiamos.*

— "Oh, beautiful" — começa Olive, a voz vacilante —, "for spacious skies."

O coração de Annie se parte em dois. Lágrimas escorrem de seus olhos e ela se inclina para a frente. Rory pega a mão dela. Annie aperta a mão dele e não solta até Olive terminar. Ela, Rory e Tom se levantam para aplaudir. Em meio às lágrimas, Annie vê Olive sorrir e fazer uma mesura de agradecimento, do jeitinho que ela ensinou. O barulho dos aplausos enche o auditório.

Em toda a sua vida, Annie nunca ouviu nada tão lindo.

Annie vai até os bastidores com as outras mães e ajuda Olive a encontrar o casaco e o cachecol.

— Estou tão orgulhosa de você, meu amor.

— Eu vi você — diz Olive. — Estava me aplaudindo.

— Eu estava. Todo mundo estava! — Annie puxa o corpinho de Olive para um abraço. — Viu o que acontece quando você se determina a fazer alguma coisa? Uma linda canção sai de dentro de você.

Naquela noite, os quatro comemoram no Georges, o restaurante favorito de Olive. A menina mal toca na massa que pediu, prefere ficar revivendo várias e várias vezes os seus cinco minutos no palco.

Quando eles voltam para casa, Rory convida Annie para ir ao apartamento dele. O garoto baixou o filme *O lado bom da vida*. Os dois se sentam um ao lado do outro, no sofá encaroçado, mas o filme é em francês. Em dez minutos, Annie já está inquieta. Para sorte dela, Rory tem uma boa variedade de petiscos.

— Humm — murmura ela, fechando os olhos, enquanto um pão com queijo na massa derrete em sua boca. Annie engole e pega outro. — Só mais um. Está certo, dois. Tudo bem, a quem estamos enganando? Mais três e chega.

Rory ri.

— Você é o sonho de um chefe, Annie. Se eu ganhar o concurso, nós dois vamos ao Ducasse, certo?

— Sim. Encontro marcado! E vai ser por minha conta.

Ele inclina a cabeça.

— Você já saiu com muito caras, Annie?

Ela bufa e finge contar nos dedos. Então abaixa a mão e se vira para Rory.

— Vou te contar sobre o meu pior encontro — diz, ocultando o fato de que foi também o único. — Foi um encontro às escuras. Minha amiga Leah arrumou para que eu saísse com o primo dela, Ennis.

— Ennis?

— Eu sei, e fica pior. Fomos ver aquele filme, *Interestelar*, e acredite quando eu digo: é o filme mais longo do mundo inteirinho! Eu não tinha comido o dia todo... ou fazia algumas horas, pelo menos... e estava faminta. O cara não me ofereceu nada. Por fim, lá pela metade do filme, quando o meu estômago estava roncando tão alto que as pessoas começaram a me lançar olhares irritados três filas à frente, eu disse ao Ennis que ia pegar alguma coisa para comer. Ele me estendeu uma nota de dez dólares e falou "Vai lá". Fiquei tão furiosa!

Rory ri.

— Então você jogou os dez dólares em cima do Ennis!

Ela fecha a cara.

— Óbvio que não. Comprei Twizzlers e uma pipoca extragrande! — Ela se vira para ele. — E você? Qual foi o seu encontro de pesadelo?

Rory infla a bochecha de um jeito exagerado.

— Ah, você precisa saber. Tenho a sorte dos irlandeses no que se refere a mulheres.

— Rá! Uma pena que você seja alemão.

— Sim, mas sou meio irlandês. A família da minha mãe é de Cork.

— Então isso explica por que o seu nome é Rory.

— Sim. Sou um irlandês da Alemanha, que mora na França.

Annie assente, sentindo-se ainda mais próxima de Rory, um espírito vira lata como ela.

— A família da minha mãe biológica era do México. Sei qual é a sensação de não pertencer.

Rory fica sério.

— Não pertencer? Não, Annie. Nós temos sorte, você e eu. Pertencemos a muitos lugares, não apenas a um.

Uma falha sísmica se abre na mente de Annie, e características que ela sempre antes imaginava serem negativas deslizam para dentro da fenda. Seus pensamentos e inseguranças se deslocam. Pela primeira vez na vida, ela imagina que sua origem étnica poderia fazê-la se sentir incluída, em vez de excluída; basta aceitá-la.

À meia-noite, Rory atravessa o saguão com Annie até o apartamento de Tom.

— Gosto de assistir a filmes com você, Annie. Na verdade — diz ele —, gosto de ter você por perto a qualquer hora, sem nenhuma razão específica.

Annie sorri, sentindo o calor do braço do amigo contra o dela.

— Também gosto.

Antes que ela se dê conta do que está acontecendo, Rory se inclina. O nariz dele esbarra no dela e as bocas dos dois se encontram. A cabeça de Annie gira. Ela perde o equilíbrio e se encosta na porta para se firmar. Sente a umidade dos lábios de Rory, as mãos dele de ambos os lados do seu rosto. Caramba! Está dando seu primeiro beijo! E é bem gostoso.

Sem aviso, a porta contra a qual está encostada se abre. Antes que consiga endireitar o corpo, Annie cai para trás e aterrissa no hall de entrada de Tom.

— Ah, Annie, querida, desculpe.

Ela levanta os olhos, zonza e desorientada. O rosto lindo de Tom a olha de cima.

— Ouvi um baque forte na porta... — Ele para no meio da frase, finalmente se dando conta do que interrompeu.

— Fui eu — diz ela, aceitando a mão cálida dele e se colocando de pé. — O baque forte.

Rory fica parado em silêncio, sem dúvida esperando que Tom vá embora. Mas Tom se demora, talvez pensando que seria grosseiro voltar para dentro de casa, já que agora os três estão parados no saguão. Annie se pergunta se deve dizer alguma coisa como: "Por favor, Tom, me dê licença enquanto eu termino de experimentar os lábios desse garoto?" A mente dela está confusa. Sim, ela adorou a delícia que foi o beijo de Rory. Mas Tom, o homem de quem quase desistiu, acabou de chamá-la de querida.

Annie se vira para Rory e lhe dá o abraço de amigo com que sempre costumam se despedir.

— Obrigada pelo filme. Até amanhã.

Apesar da queda constrangedora, ela quase flutua para dentro do apartamento.

45

Erika

São seis da tarde e, vinte e oito andares abaixo, o trânsito da hora do rush se estende pela First Avenue. Encerro a ligação com o Registro Geral de Imóveis e me recosto na cadeira. Vendi todas as unidades do Fairview. Vou estar no clube dos cinquenta mais. Stephen Douglas está feliz. Allison está feliz. Eu deveria estar feliz também.

Endireito o corpo na cadeira quando a forma gigantesca de Carter aparece na minha porta.

— Você vai amar isso, Blair — diz e entra na minha sala. — O *New York Times* ligou. Estão fazendo uma matéria sobre "Mulheres à frente do boom imobiliário em Manhattan". Vão mostrar cinco corretoras de imóveis.

Eu o encaro, esperando a próxima frase.

— E você é uma delas.

Eu me levanto de detrás da minha mesa.

— O *New York Times*? Está falando sério?

— Eles querem marcar uma sessão de fotos na sua casa, além de uma entrevista. Vai sair no meio de junho e, escute só... vai estar na sessão especial de negócios, a SundayBusiness.

— A SundayBusiness — repito, tentando digerir a notícia. Aparecer no *New York Times* é algo que nunca imaginei, menos ainda na sessão especial SundayBusiness. — Emily Lange é uma das outras quatro?

— E como é que eu vou saber? — Ele me olha de rabo de olho. — Ah, pelo amor de Deus, Blair, não me diga que você ainda está se sentindo culpada por conta do Fairview.

— Aquelas dezesseis unidades — falo, e me sento na beira da minha mesa. — Roubei aquele catálogo dela, Carter.

— São negócios. É assim que fazemos as coisas.

— Nem sequer deixei que ela apresentasse uma oferta.

— De qualquer forma, o Stephen não teria aceitado. Tai estava comprando todos os três. Você comprou para si uma viagem de culpa de primeira classe, Blair, e já está na hora de descer desse avião. — Ele me estende um post-it. — Ligue para a repórter. Dê a entrevista. Vai gerar uma porrada de novos negócios.

É claro que Carter não está nem aí para o fato de que uma matéria no *New York Times* vai ser um ponto crucial da minha carreira. Para ele, cada movimento é impulsionado pelo egocentrismo.

Mas quem sou eu para falar? Venho sido motivada pela raiva há anos, pela culpa e pelo desejo de vingança.

Pego o post-it da mão de Carter, torcendo e rezando para não ser como ele.

— Parabéns, Blair. — Ele me dá um tapa nas costas com tanta força que me inclino para a frente. — O banquete de premiação vai ser no Waldorf, em 20 de maio. — Carter enfia a mão no bolso do paletó e abana um punhado de ingressos para mim. — De quantos ingressos você vai precisar?

O banquete. *O banquete*, em homenagem aos cinquenta melhores corretores de Manhattan. Meu trabalho duro, meu sucesso, tudo pelo que trabalhei vai ser celebrado nesse evento. Faço um inventário rápido. Antes, imaginei que Kristen e Annie me acompanhariam. Isso não vai acontecer. Kate está ocupada demais. Meu pai jamais faria a viagem. Eu com certeza não convidaria Brian. Quem vai se sentar na minha mesa?

— Dois, por favor — digo, torcendo para conseguir encontrar uma pessoa disposta a me acompanhar.

***

265

São cinco da manhã de sábado, e estou de roupão, conversando com Tom. O sol ainda está escondido atrás da linha do horizonte, e a única luz vem da cafeteira na cozinha.

— Adivinha? Vou aparecer em uma matéria do *New York Times*.

— Que fantástico! Você é imbatível — diz Tom. — Ainda estou digerindo o fato de que é uma das cinquenta melhores corretoras de imóveis de Manhattan.

— Agora fui convidada para o jantar de premiação. O problema é que, com a Annie fora, não sei quem convidar. — Passo o dedo no alto do nariz, e me encolho por dentro ao imaginar como devo soar patética.

— Quando é?

— Em 20 de maio.

— Droga — lamenta ele. — Tinha esperança de que você dissesse 3 de junho. Vou voltar aos Estados Unidos para um seminário em Washington. Acha que pode perguntar aos outros quarenta e nove homenageados se eles se importam de mudar a data?

— Deixa comigo. — Sorrio, e imagino um encontro com Tom, por mais absurdo que isso pareça. — Vai ficar muito tempo?

— É uma viagem rápida, só cinco dias. A Olive vai comigo. Ela vai passar uns dias com os pais da Gwen, na Virgínia.

— Então a Annie vai ficar sozinha durante o fim de semana?

— Sim. — Ele hesita, e quando volta a falar seu tom parece um pouco mais sério. — E eu também, e a poucas horas de Nova York. Pensei que talvez pudesse pegar o trem para a cidade.

O silêncio se instala. Devo dizer alguma coisa? Minha pulsação lateja em meus ouvidos.

— Ah — enfim volto a falar, demonstrando minha típica eloquência.

— Alguma chance de você querer me encontrar? Talvez para tomar um drinque? Ou, ainda melhor, para jantar?

Eu me levanto, a empolgação me deixa inquieta. Entro na cozinha e folheio o calendário no mês de junho. Todas as sextas-feiras e sábados estão livres. Finalmente posso conhecer Tom!

Eu giro e vejo meu reflexo no micro-ondas. Meu Deus, estou parecendo uma adolescente nervosa. Viro o corpo de novo e fecho os olhos, cheia de culpa. O que estou fazendo, planejando um encontro? Minha filha está morta. Como ouso ser feliz?

— Lamento — digo, com a mão na testa. — Esse fim de semana não vai dar.

— Eu compreendo. Me avise se abrir um espaço na sua agenda.

— Está bem.

Mas não vai acontecer. Não importa o que Kate diga. Parece traição me sentir feliz assim.

46

Erika

A cada ano, os corretores de imóveis mais bem-sucedidos se reúnem no banquete anual de premiação da Associação de Corretores de Imóveis de Manhattan. É uma exibição extravagante de sucesso, uma competição de casacos de pele e joias, limusines pretas e relógios que custam mais do que a casa do meu pai. E todo ano, com exceção de um, arrumei uma desculpa para não comparecer. Festas extravagantes não fazem meu estilo, e a única vez que compareci me senti estranha como um cristão menonita no Mardi Gras.

No entanto, esta noite não tenho escolha. Carter tem uma mesa reservada em meu nome. E esperei quase um ano por esse momento.

Vejo no espelho da cômoda o reflexo do vaso de flores do campo que Tom me mandou. Prendo uma gargantilha de diamantes e rubis ao redor do pescoço. E tiro. Levanto um colar de pérolas contra o peito e logo o devolvo ao porta-joias. Uma das noites mais importantes da minha vida, e não consigo tomar uma única decisão! Finalmente opto por uma corrente de prata que as meninas me deram de presente no Dia das Mães.

Verifico a hora. O motorista deve estar esperando lá embaixo. Em um impulso, tiro uma selfie e mando para Kate com a mensagem:

Como a Cinderela, estou saindo para o baile. Queria que você estivesse aqui.

Esfrego o pescoço até sentir a garganta menos apertada e pego os ingressos em cima da cômoda. Levo um e jogo o outro na cesta de lixo.

Enfio minha bolsa Chanel embaixo do braço, endireito os ombros e entro no salão, procurando por Carter e pelos meus colegas. O espaço imenso está cheio de mesas redondas, cada uma enfeitada com candelabros extravagantes e flores exóticas. Há uma banda de jazz tocando em um canto e todos vibram com a energia reunida ali. Cumprimento rostos conhecidos com um aceno, colegas corretores com quem negociei ao longo dos anos. Eles estão parados em grupos, bebendo, rindo e contando casos. Vejo as lendas do meio imobiliário, Skip Schmid e Kris Seibold, Brian Huggler e Megan Doyle. Rezo para que me convidem para me juntar à roda de conversas deles, que me deem um tapinha nas costas como seu eu fosse uma deles. No entanto, os quatro apenas acenam com a cabeça quando passo.

Encontro minha mesa na lateral esquerda do salão de baile. Como as outras, a mesa trinta e três tem um gigantesco arranjo de flores no centro. Mas a diferença é o adesivo especial — uma estrela dourada, indicando que Erika Blair é a corretora de número vinte e quatro entre os cinquenta melhores da cidade. Vinte e quatro! A Fairview Properties foi decisiva para isso. Levanto o celular para tirar uma foto, mas rapidamente o coloco de lado.

Onde está todo mundo da Imobiliária Lockwood? Escolho meu lugar na mesa e me demoro um instante assimilando o momento — o *meu* momento. Cheguei até aqui, exatamente como havia prometido a Kristen em agosto. Consegui não apenas estar entre os cinquenta melhores, mas entre os vinte e cinco. Então por que me sinto como uma impostora esta noite?

Minha mente se volta para Emily e a mensagem de parabéns que ela enviou depois que os vencedores foram anunciados.

Você conseguiu ficar entre os cinquenta mais. Eu sempre soube que iria longe.

Mas será que ela sabia que eu iria tão longe? Será que já descobriu que roubei uma venda exclusiva dela?

O celular toca e eu verifico a tela. Meu coração dá um pulo quando vejo APD_UmMilagre. Já se passaram dois meses desde a última vez que ela escreveu. Abro a mensagem.

Parabéns.

Só isso. Uma única palavra. Meus olhos ficam marejados. Ela está sendo gentil ou sarcástica? Fico olhando para aquela única palavra. Kristen teria pontuado a mensagem com meia dúzia de pontos de exclamação e emojis, mas Annie vê a verdade. Este não é um momento a ser celebrado. Confundi o que é importante com o que importa.

Gostaria que você estivesse aqui, meu bem. Amo você.

Clico em *enviar* e abro o panfleto com os eventos da noite. Como se os deuses da moral conspirassem contra mim, meus olhos pousam imediatamente em *Emily Lange, da Imobiliária Lange, ganhadora do Prêmio Filantrópico*. Emily está sendo homenageada esta noite, não por algo tão importante quanto estar entre os cinquenta melhores corretores de imóveis da cidade, mas por algo que realmente importa — o trabalho beneficente da imobiliária dela para encontrar moradia acessível para veteranos de guerra sem-teto.

Eu me levanto. Preciso de ar. Estou quase no corredor quando a vejo, parada perto do bar. Há um pequeno grupo de pessoas ao redor dela. Emily fala animadamente, movendo os braços, gesticulando com as mãos. Ela sempre foi uma ótima contadora de histórias. E, como esperado, o grupo cai na gargalhada. Karen Quinn pega a mão dela. Outra mulher, à frente, toca seu braço. O homem alto ao lado de Emily, seu novo marido, presumo, passa um braço ao redor dela. Tantos toques. Tanto amor ao redor dela.

— Lá está ela!

Eu me viro. Carter e a esposa, Rebekah, correm na minha direção com martínis na mão. Obrigada, Deus! Meu pessoal está aqui!

— Oi — digo. — Você está linda, Rebekah.

— Não está? — Carter aperta o traseiro dela. Sinto vontade de vomitar.

Atrás deles, Allison se adianta usando um vestido prateado curto. Ela está acompanhada por um casal de boa aparência, os pais, eu presumo, e um rapaz que imagino ser o namorado. Allison não os apresenta a mim.

Eu lhe dou um abraço.

— Eu não estaria aqui se não fosse por você.

— Nunca se sabe — responde Allison. — Vamos encontrar a nossa mesa?

Volto à mesa trinta e três, torcendo que pareça mais receptiva agora. Nos acomodamos ao redor dela. A cadeira vazia ao meu lado cintila como se estivesse sob a luz de um holofote, um farol angustiante. O círculo de oito tem um convidado a menos. Annie deveria estar aqui.

Lisa Fletcher, a presidente da associação este ano, sobe ao pódio e dá um tapinha no microfone.

— Sejam bem-vindos, corretores imobiliários de Manhattan.

Todos aplaudem e as pessoas se acomodam em seus lugares. Do outro lado da mesa, escuto Carter dizer à mãe de Allison:

— Sua filha entende isso. Na Imobiliária Lockwood, não importa os meios, o que importa é fechar o negócio.

Eu o encaro. De repente, tudo fica nítido. Amo o negócio imobiliário. Mas odeio trabalhar para Carter. Odeio vender propriedades para pessoas que nunca vi.

Você tem tudo de que precisa para fazer sucesso, Erika. Tudo menos a crença no seu próprio valor.

Emily está certa. Quando meu negócio faliu, parei de acreditar nos meus sonhos. Decidi que eu não era digna deles, assim como senti que não era digna do amor de Annie, ou do amor do meu pai. Mas meu sonho ainda está aqui, adormecido, como uma margarida atrofiada esperando pela luz do sol. Quero reabrir a Imobiliária Blair. Quero um negócio pequeno e pessoal. E farei tudo o que puder, daqui em diante, para provar que sou digna dele.

Procuro na minha bolsa, o coração disparado. Pego uma caneta e rabisco um bilhete atrás do guardanapo.

Você estava certa, Emily. E eu perdoo você. Sinto muito por ter demorado tanto para isso. Sabe, as coisas que não conseguimos aceitar em nós mesmos com frequência são as mesmas que nos recusamos a perdoar nos outros. Por favor, me perdoe também.

Pego minha bolsa e me levanto. Paro atrás de Carter e sussurro:

— Para mim, chega.

Quando passo pela mesa de Emily, deixo o guardanapo cair diante dela e saio do salão.

272

47

Annie

Ei, Krissie. A Olive e eu vamos estar no Parc des Buttes-Chaumont hoje. Vamos encontrar você no Temple de la Sibylle.

Um passo para a frente, dois passos para trás. É isso o que Annie passa a esperar em relação a Olive. A menina está especialmente mal-humorada nesta tarde quente de segunda-feira, enquanto caminha ao lado de Annie em direção ao parque.

— Vou embora, sabe? E você não vai junto.

Dois meses antes, Annie teria ficado estressada. Agora, compreende. Ficar longe por alguns dias está deixando Olive inquieta. Annie conhece a sensação melhor do que ninguém. Ela sorri para a menina.

— Eu sei, querida. Na próxima quinta-feira, dia 1º de junho, daqui a dez dias, você vai ver seus avós. E vai se divertir muito.

— Aham, e você não pode ir.

Elas entram no Parc des Buttes-Chaumont, e Annie levanta os olhos para o Temple de la Sibylle, encarapitado sobre um rochedo com vista para o lago. Será que Krissie está lá esperando por ela? Será que hoje é o dia em que finalmente vai encontrar a irmã?

— Vamos, grande *mademoiselle* — brinca Annie. — Vou apostar corrida com você até lá em cima.

Vinte minutos mais tarde, a meio caminho na subida, Olive sobe com dificuldade atrás de Annie.

— Estou cansada — reclama a menina.

— Só mais um pouquinho, criança — diz Annie, ofegante.

— Não. Eu gosto daqui!

Olive sai da trilha e se arrasta até um pedaço gramado da colina. Ela protege os olhos do sol e olha para baixo. Trinta metros abaixo, as crianças estão pulando corda e dando cambalhotas perto do lago.

— Ei, aqui é onde viemos da última vez.

— Você tem razão — diz Annie, parando ao lado a menina. — Almoçamos bem aqui nesta colina.

Olive arria o corpo.

— Quero comer aqui hoje.

— Mas Olive...

— Por favor, Annie. Eu adoro esse lugar.

Annie lança um longo olhar na direção do templo, então suspira e solta a cesta de piquenique. Não tem coragem de dizer não para Olive, ainda mais quando a menina está tão fragilizada. Annie estende uma manta no chão e se senta ao lado de Olive, a grama cheia servindo como um colchão fofo embaixo delas.

— Vou sentir sua falta, Olly Pop.

Ela abre a cesta e entrega à menina um sanduíche de pasta de amendoim com Nutella, seu favorito. Olive ignora o sanduíche e se deita, olhando para o céu.

— Este é o melhor lugar do mundo todo — diz ela.

Annie também se deita, e as duas ficam lado a lado.

— Também amo este lugar. — Ela coloca as mãos embaixo da cabeça e observa as nuvens ondulando e deslizando pelo céu. — Às vezes, na nossa casa de praia, na baía de Chesapeake, eu fico deitada por horas, fazendo as nuvens ganharem vida. — Ela inala o aroma fresco e terroso, e sente como tivesse treze anos de novo. — Minha irmã me achava boba.

— Você é boba. E é burra, também.

— Isso me magoa, Olive.

Quando a menina não responde, Annie se apoia em um cotovelo.

— Aposto que você não sabe o que uma amiga de verdade diz quando magoa a outra sem querer.

— Sei, sim. Ela diz "desculpe".

Annie pousa a mão no braço de Olive.

— E a outra amiga responde "tudo bem".

As duas permanecem deitadas em silêncio, olhando para o céu. Até que Olive fala:

— Na minha escola, nós lemos uma história sobre pessoas chamadas Mokens. Elas moram perto do mar em um lugar bem longe.

— Isso mesmo — diz Annie. — O povo Moken mora perto do mar de Andaman, no sudeste asiático.

Olive encara Annie como se ela fosse um gênio.

— Isso. É lá que eu vou morar quando crescer.

Annie arranca uma folha de grama.

— É mesmo? — Ela dobra a folha entre os polegares e assopra, produzindo o som fraco de um apito. — Por quê?

— Os Mokens dividem tudo entre eles. E nem se preocupam.

— Isso parece muito legal. Talvez eu me mude para lá com você.

— Mas você não sabe a melhor parte — diz a menina. — O povo Moken não tem uma palavra para "adeus".

Annie aperta bem os olhos, espera até o aperto em seu peito ceder e faz uma anotação mental. De algum modo, precisa dar um jeito de nunca deixar aquela criança.

Naquela noite, depois que Tom termina de ler uma história para Olive e Annie dá um beijo de boa-noite na menina, Annie vai até a cozinha pegar alguma coisa para comer. Quando passa por Tom, na sala, ele a chama.

— Annie? Você tem um minuto?

Ela é pega de surpresa.

— Para você? É claro.

Annie entra na sala, onde Tom está sentado em uma das pontas do sofá, com um romance de David Baldacci no colo. Ora, ora. Ao menos uma vez ele não está ao telefone. Ela se senta na outra ponta do sofá.

— Você vai ficar bem enquanto estivermos fora? — pergunta ele, e pousa o livro ao seu lado, virado para baixo. — Vou deixar o cartão de crédito para você. E o Rory está na porta ao lado.

Desde a queda de Annie no saguão, Tom vem agindo como se ela e Rory fossem um casal. *O que você e Rory vão fazer neste fim de semana? Convide Rory para jantar, se quiser.* Ela ainda vai precisar ser direta com ele, explicar que, sim, Rory é divertido, fofo, um amor, mas eles são apenas amigos, nada demais. O coração dela está disponível, caso Tom queira roubá-lo.

— Vou ficar bem sozinha.

Ele assente.

— Vamos sentir a sua falta.

Annie morde o lábio para evitar que o sorriso domine o seu rosto.

— Também vou sentir saudade. De você e da Olive.

— Espero que você saiba o quanto aprecio você. Você foi a melhor coisa que aconteceu com a Olive. Ela finalmente está feliz de novo, apesar do enorme esforço que faz para parecer o contrário.

Annie sorri.

— Eu adoro a Olive.

Ele se ajeita no sofá, de modo a ficar de frente para Annie.

— Estive pensando muito sobre o próximo outono. Vou odiar perder você. Se decidir que gostaria de uma mudança de Haverford, Georgetown é uma ótima universidade.

Uma mudança... que ideia encantadora. Ela amava Haverford, mas isso foi antes da acusação humilhante. E se não encontrar Kristen? Elas não estariam mais a um táxi de distância.

Ele ergue os ombros.

— Eu sabia que era pouco provável, mas tinha que arriscar.

Espere... Tom está pedindo que ela se junte a ele em Georgetown? Uma bolha de alegria enche o peito de Annie.

— Eu conseguiria entrar? Quer dizer, já estamos em junho.

Ele lhe dá um sorriso que seria capaz de iluminar um dia nublado.

— Eu poderia dar um jeito. Os padrões de admissão deles não são mais competitivos do que os de Haverford. Sua situação acadêmica é boa, certo?

Annie desvia os olhos. Droga! Como pôde ser tão estúpida? Ela sente o rosto esquentar, fecha os olhos e força a verdade a sair de seus lábios.

— Não. Eu fui suspensa. — Ela se vira para ele. — Fui acusada de plágio. Mas não fiz isso. Juro.

Ele fica sério.

— Você explicou isso ao seu reitor?

Ela balança a cabeça.

— Não posso. Não vou. Tudo o que posso dizer é que houve um concurso de poesia. E um dos juízes, um professor de inglês de outra universidade, reconheceu o meu poema. — Annie balança a cabeça de novo, desejando que a lembrança desapareça. — Um dos alunos dele apresentou o mesmo poema no primeiro semestre.

— Então alguém roubou o seu poema.

— Eu... não exatamente. — Ela o encara, rezando para que Tom acredite nela. — Você precisa acreditar em mim. Eu jamais copiaria o trabalho de alguém.

Ele morde o lábio e assente devagar.

— Eu acredito. Faça a requisição de transferência. A partir daí, é comigo.

277

48

Erika

Usando leggings e tênis esportivos, atravesso com rapidez o saguão do prédio e saio pelas portas de vidro nesta manhã de quarta-feira. Viro na direção da papelaria na West 56th Street e coloco meus fones de ouvido. Na mesma hora eles são arrancados dos meus ouvidos. Arquejo, assustada e, ao levantar os olhos, dou de cara com Carter.

Na segunda-feira, enviei uma carta de demissão oficial para ele. E mandei um e-mail para Allison com todos os meus contatos e os imóveis com que estava trabalhando no momento. Agradeci e disse que estava certa de que ela conseguiria lidar com tudo sozinha. Allison respondeu imediatamente, querendo saber quanto tempo eu levaria para liberar a minha sala. Por mais incrível que pudesse parecer, Carter não dera um pio. Até agora.

— O que está acontecendo, Blair? Me diga o que você quer. Um aumento? Posso aumentar a sua comissão em meio por cento.

Apresso o passo, mas ele continua ao meu lado, ofegando enquanto fala.

— Quer um motorista? Vou conseguir para você. Só preciso que você volte ao trabalho, tipo, para ontem.

Paro na entrada do parque e me viro para ele.

— Quanto dinheiro eu fiz para a sua empresa, Carter?

Ele me encara, confuso.

— Sei lá, droga. Milhões. Não tenho dúvida disso. E pode fazer ainda mais. No ano que vem você vai ficar entre os dez melhores. Anote o que estou dizendo.

Olho bem dentro dos olhos dele.

— Me diz uma coisa, Carter, quando é que o suficiente é o suficiente?

— O quê? — Ele dá uma risadinha nervosa. — Nunca. O suficiente nunca é o suficiente. Você sabe disso, Blair.

Sorrio para ele, não um sorriso debochado, mas um sorriso sincero, de apreciação.

— Obrigada, Carter. Você me deu um emprego quando eu precisava, e sempre serei grata a você por isso. E, como agradecimento, eu dei a minha vida para a sua empresa, literalmente. E agora está na hora de pegar essa vida de volta. Acho que finalmente encontrei a paz que me faltava. Vou fazer alguma coisa que importa. — Sinto como se uma descarga elétrica subisse pela minha espinha. — Vou desapegar. Vou me tornar a pessoa que as minhas filhas esperavam que eu me tornasse... a pessoa que *eu* esperava me tornar. Vou me arriscar. Porque, sabe de uma coisa? Meus sonhos valem a pena. — Enfio a mão no bolso e pego o cartão em mau estado que Kristen fez para mim anos atrás. — Estou reabrindo a Imobiliária Blair. — As palavras, ditas em voz alta, me empolgam, e dou uma gargalhada. — E enquanto faço isso, talvez solte uma pipa!

— Que diabo aconteceu com você?

— Pois é! É "Um Milagre", certo?

49

Annie

É quinta-feira de manhã, o primeiro dia de junho, e a mala verde e rosa de Olive está aberta no chão do quarto. Do lado de fora, um motorista em um Mercedes preto estaciona ao lado do meio-fio, esperando para levar Olive e Tom até o aeroporto.

— Boa menina — diz Annie, agachando-se ao lado da mala. — Você se lembrou da escova de dentes.

Olive está sentada na cama, penteando metodicamente o cabelo da boneca.

— Você vai ficar aqui, totalmente sozinha?

Annie sorri e fecha o zíper da mala.

— Sim, mas eu vou sair com o Rory. E, é óbvio, vou sentir muita saudade de você, pequena.

— E vai estar aqui quando eu voltar?

— É claro.

— Você promete?

Annie puxa a menina para um abraço.

— Sim, Olive. Eu prometo. — Ela dá uma palmadinha no rosto da menina. — Agora, vamos nos apressar. Seu pai está esperando.

A chuva bate nas janelas do apartamento melancólico. Annie afunda no sofá e tenta calcular quantas horas vai ter que ficar naquele lugar frio e silencioso até Tom e Olive voltarem e trazerem a vida de volta ao apartamento. Ela digita outra mensagem para Rory, só para o caso de ele não ter visto a que ela acabou de mandar, ou a outra antes dessa.

Está em casa? Quer sair?

Annie poderia sair para procurar Krissie, mas ultimamente algo vem lhe dizendo para deixar isso de lado por enquanto. Assim como Olive, Annie quer acreditar que a irmã está lá fora em algum lugar, logo além do alcance de sua visão. Às vezes, quando olhamos de perto demais, perdemos a fé em milagres.

Ela coloca os fones de ouvido e aumenta o volume, tentando preencher o vazio que sente. O que vai fazer sozinha pelos próximos cinco dias? Há apenas um item em sua agenda: completar a solicitação de transferência para a Universidade de Georgetown.

Annie se levanta e segue na direção do corredor. A Universidade de Georgetown seria um novo começo, um novo campus, onde ninguém desconfiaria que ela é uma plagiadora. Um lugar diferente e empolgante, diria a irmã. E, o melhor de tudo, um lugar perto da menina que ela aprendeu a amar. E do pai da menina.

Annie vira à esquerda, na direção do quarto dela, chega até a altura do quarto de Olive, então para. E olha para o fim do corredor.

Seu coração acelera. A porta do quarto de Tom está aberta. Estranho. Será que ele se esqueceu de fechar?

Annie segue na direção da porta aberta. O piso range e ela dá um pulo.

— Se controla! — repreende a si mesma.

Ela continua, na ponta dos pés, até se aproximar da porta — sem ter a menor ideia de por que está andando na ponta dos pés quando não há mais ninguém em casa. Annie chega à porta aberta, o coração disparado.

Ela espia dentro do quarto, vendo os aposentos íntimos de Tom pela primeira vez. A cama dele foi muito bem-feita, com um edredom branco, liso, e almofadas marrons. Há uma pequena poltrona de couro em um dos cantos. Annie se vira para olhar para trás, como se realmente pudesse haver alguém ali. Porém é óbvio que está só. Pelos próximos cinco dias.

Ela dá um passo minúsculo para dentro do quarto, o recanto privado de Tom. O piso de madeira é frio sob seus pés. Annie vai até a cômoda, reparando nas moedas soltas sobre o móvel, os recibos espalhados. Ela se vira para o closet dele. Olha ao redor mais uma vez, então abre as portas duplas com cuidado.

As roupas de Tom estão penduradas de um jeito organizado, calças de um lado, camisas do outro. Ela consegue sentir o cheiro do sabonete que ele usa, aquele aroma fresco que não é forte demais. Annie passa a mão pelos paletós. Então, enfia o rosto em uma pilha de camisas e inala com força, os olhos fechados, enquanto imagina que é no pescoço dele que está roçando o nariz.

De repente, uma mão segura o ombro dela.

— Aaaah! — exclama Annie, e se vira em um pulo, a mão no peito.

— O que está fazendo, se esgueirando atrás de mim? — pergunta, enquanto arranca os fones de ouvido.

O rosto de Rory está muito vermelho.

— Desculpe, Annie. Recebi suas mensagens... as três. Achei que você estivesse precisando de mim. Você não abriu a porta... eu estava batendo.

Os fones de ouvido vibram na mão dela, a música tão alta que seria possível cantar junto. Ela pausa o som.

— Como entrou aqui?

— O doutor Barrett me deu uma chave, para alguma emergência.

Por quanto tempo ele ficou parado olhando? Será que viu Annie fungando as roupas de Tom como um cão farejador?

— Já ouviu falar de telefone, camarada?

Rory vira o corpo no espaço pequeno, como se só agora estivesse se dando conta de que estavam dentro do closet de Tom.

— O que você está fazendo, Annie?

Ela o encara, sem palavras. "Estava fungando o guarda-roupa do meu futuro marido" não parece uma boa explicação. Annie vai até a porta e desvia da pergunta.

— Vamos. Não devíamos estar aqui dentro.

Mas ele não se move. Em vez disso, levanta uma sobrancelha e dá um sorrisinho malicioso para ela, um sorriso charmoso, que faz sua covinha aparecer.

— Você estava bisbilhotando as coisas do dr. Barrett!

Ela dá uma risadinha zombeteira.

— Ah, claro...

— Você está... — O bom humor desaparece do rosto de Rory, e a expressão de repente se transparecendo choque. — Está apaixonada pelo dr. Barrett?

Por uma fração de segundo, Annie se sente tentada a contar a verdade. Sim, está apaixonada por Tom Barrett. Provavelmente vai se transferir para a Universidade de Georgetown no outono, e talvez um dia ela, Olive e Tom venham até a ser uma família. Mas há algo tão terno nos olhos de Rory, algo que diz a Annie que ele não quer ouvir a respeito do amor dela por outra pessoa. Por isso, tenta afastar o assunto com uma risada.

— O quê? Ficou maluco, garoto?

— Sim! — Ele segura a cabeça com as duas mãos. — Vou ficar maluco se não souber de uma coisa. — Rory agora agarra os braços de Annie. — Você sente alguma coisa por mim, Annie?

Ela tenta engolir para conseguir falar, mas sua boca está seca.

— Eu gosto de você, Rory, gosto mesmo. Mas...

Ele pousa o dedo nos lábios dela.

— Por favor, não termine a frase. Ou eu posso perder a esperança.

Do mesmo jeito que pode acontecer comigo se eu continuar a procurar por Krissie.

— Vou indo agora.

Rory se inclina e dá um beijo na testa de Annie. Sua expressão tão triste que ela desvia o olhar.

Annie espera até ouvir o clique da porta fechando depois que ele sai antes de cair no choro. Ela já teve a sua dose de decepções amorosas e coração partido, e essa é a pior. A de ser a responsável pelo coração partido de outra pessoa.

50

Erika

Para o bem ou para o mal, o talento mais útil que adquiri depois de anos como corretora de imóveis é a capacidade de formar uma opinião sobre alguém em poucos instantes. Já há dois dias, no Joe Coffee da Columbus Avenue, venho observando um cara com a barba cheia que me parece familiar. Ele se senta perto da janela, com uma mulher bonitinha de cabelo escuro, os dois alheios aos pedestres que passam com cachorros, ou à cidade fervilhando do lado de fora. O casal deve ter trinta e poucos anos, imagino... e estão apaixonados. Posso dizer pelo modo como ele desliza a mão por baixo do cabelo dela e acaricia a base da nuca, e pelo jeito como ela sorri, observando-o as costas dele, enquanto ele vai até o balcão para pegar outra xícara de chá para ela.

O alerta de e-mail no meu celular me arranca do meu voyeurismo. Prendo a respiração quando vejo "Filha perdida" no assunto. Finalmente! Embora eu escreva regularmente para Annie agora, é a primeira mensagem que ela me manda desde o banquete da premiação.

Há uma coisa engraçada sobre o amor: os que se recusam a arriscar o coração arriscam o coração.

Leio as palavras de novo, e então uma terceira vez. O que ela está tentando dizer? Por mais que tente, não consigo me lembrar dessa frase.

Mas conheço bem a minha Annie, e esse é exatamente o tipo de coisa que ela escreveria. Apoio os dedos no teclado.

Isso é lindo, meu amor, mas não sei bem se compreendo.

Apoio o queixo na mão e fico encarando o celular por cinco minutos, esperando pela resposta dela. O homem barbado chama a minha atenção de novo. Ele me parece tão familiar, mas não consigo me lembrar de onde o vi antes. Ontem os dois estavam com um mapa aberto em cima da mesa, embora eu não ache que sejam turistas. Hoje estão colados um ao outro diante da tela de um notebook. Estão procurando apartamentos, tenho certeza disso.

Então me lembro. Ele é o recepcionista no prédio Kleinfelt, onde fica o escritório do detetive Bower, o cara que conheci em fevereiro. E que eu descartei completamente quando ele disse que estava querendo comprar uma casa.

Pela primeira vez desde que invadi o território de vendas de Emily, sinto vontade de vender uma propriedade. Só que, dessa vez, meu trabalho vai complementar minha vida, não consumi-la. Chega de vender para bilionários anônimos; agora quero trabalhar para pessoas como esses dois, gente que trabalha duro para comprar a casa dos sonhos.

Faço uma lista mental — necessidades básicas das quais eles provavelmente não têm nem ideia. Os dois são jovens e estão em boa forma, por isso é bom que o imóvel fique em um bairro onde as coisas rotineiras possam ser resolvidas a pé, perto do parque. Eles são antenados e estilosos, por isso seria interessante um endereço descolado e talvez até um pouco não convencional... talvez um *studio* no Harlem.

Meu coração acelera. Foi por isso que me apaixonei pelo negócio imobiliário! Eu me levanto para me apresentar, mas primeiro enfio a mão na bolsa. Abro a caixa de cartões temporários que imprimi com meu e-mail e o meu número de telefone e pego um.

Meus olhos ardem quando olho para o cartão, exatamente igual ao que Kristen fez para mim anos atrás. Espero deixá-la orgulhosa, minha menina querida. Pigarreio e me aproximo do casal.

— Oi — digo. — Por favor, me desculpe, mas você não trabalha no prédio Kleinfelt?

— Trabalhava — corrige ele.

— Sou Erika Blair, nos conhecemos no inverno passado. Você não deve se lembrar de mim.

Ele se levanta e me estende a mão.

— Sou Nathan Jones. E esta é a minha esposa, Natasha.

— Oi — cumprimenta a mulher. Ela indica Nathan com um gesto. — Eu lhe apresento o mais novo enfermeiro em Lenox Hill. O Nate se formou no último fim de semana.

— Parabéns — digo a ele. — E vocês estão procurando apartamento?

— E tomando um susto com os preços — completa Nathan. Um sorriso preguiçoso aparece em meio à barba. — Ei, agora estou me lembrando de você. É a corretora de imóveis, certo? Mas você não estava aceitando clientes.

— Bem, as coisas mudam. Estou em um momento de transição de emprego agora. Posso mostrar algumas propriedades a vocês e redigir contratos, mas a má notícia é que não posso aceitar comissões.

Os dois trocam um olhar.

— Qual é a pegadinha?

— Há uma cláusula de seis meses de não concorrência no contrato do meu antigo emprego. Quando ela expirar, vou abrir a minha própria imobiliária. — Deixo meu cartão na mesa, entre os dois. — Guardem isso para referências futuras. Nesse meio-tempo, eu adoraria ajudar vocês a encontrar alguma coisa, se quiserem.

São quatro da tarde e estou voltando para casa quando meu celular toca. O identificador de chamadas me diz que é Tom.

— Oi! — atendo, e paro no saguão do prédio para falar.

— Saudações dos Estados Unidos — diz ele.

Demoro um instante para me dar conta de que Tom está aqui, a apenas quatro horas de distância de carro.

— Como foi o seminário?

— Eu daria um 8 — diz ele. — Talvez um 9.

— Desconfio que tenha sido um 10. Você que é um professor carrasco, tenho certeza.

— Foi bom ver meus colegas de novo. E você? Como foi o seu dia?

— Maravilhoso. Eu conheci um casal jovem muito legal. Vou conseguir a casa dos sonhos para eles. Ou pelo menos um studiozinho aconchegante.

Tom ri.

— Que legal. E quanto ao seu lugar dos sonhos? Já encontrou a sua corretora de imóveis?

Sorrio e prendo o celular contra o ombro.

— Já. Ela me mostrou seis lugares. Analisando por alto, dois desses seriam perfeitos para a Imobiliária Blair. No entanto, algo me diz que ainda não achei o lugar certo. — Olho para os folhetos na minha mão e sorrio para o número de Maryland que anotei em um deles. — Tenho seis meses para pensar em um espaço para minha imobiliária, por isso não vou tomar nenhuma decisão agora.

— É inteligente da sua parte.

— E sabe o que mais? A minha entrevista com o *New York Times* ainda vai ser publicada. Achei que fossem me substituir por outra corretora de imóveis quando avisei que estava deixando a Imobiliária Lockwood, mas eles ainda querem fazer a matéria. Vão vir me entrevistar no domingo.

— Ora, se você precisar de um assistente, ainda vou estar por aqui. Se for isso o necessário para que eu possa encontrar você, estou dentro.

O tom dele é de flerte, mas há um toque de seriedade. Já se passaram semanas desde que Tom mencionou alguma coisa sobre nós dois nos encontrarmos. Continuei a conversar com ele, embora me recuse a levar adiante a ideia do encontro. Por alguma razão, consigo racionalizar uma amizade por telefone, ainda que um relacionamento de verdade pareça errado.

Os segundos se passam. Tento pensar em algo para dizer, algo inteligente e espirituoso, algo que melhore o humor da conversa.

— Escute, Erika, estou com medo de estar te assustando. Talvez esteja levando as coisas para um lado para onde você prefira não ir.

Sim, tenho vontade de gritar. Você está me apavorando. Por mais que eu tente desapegar, o passado ainda tem suas garras cravadas em mim. Não sei se mereço ser feliz.

— A questão — continua ele — é que eu realmente gosto de você. Você é a primeira pessoa com quem consigo conversar desde que a Gwen morreu. Passo o dia todo um pouco mais feliz só de saber que à noite vou poder ouvir a sua voz.

Um desejo avassalador me domina. Quero encontrar esse homem, essa corda de salvação que me liga a Annie e que se tornou meu amigo e confidente. Mas será que mereço o amor? Ele vai me aceitar, mesmo que eu tenha um milhão de defeitos, mesmo que às vezes parece haver em mim mais mal do que bem? Sou corajosa o bastante para abrir uma fresta do meu coração enferrujado, ainda que saiba que ele pode se desfazer? E, mais importante, tenho certeza de que era mesmo isso que Kristen iria querer que eu fizesse?

De repente, a frase desta manhã me vem à cabeça. *Há uma coisa engraçada sobre o amor: os que se recusam a arriscar o coração arriscam o coração.*

Enfim compreendo o aviso da minha filha. Meu coração está definhando. Se eu não der uma chance ao amor, é provável que ele murche por completo. E nem Annie, nem Kristen, gostariam que isso acontecesse.

Seguro o celular com a palma da mão úmida.

— Obrigada, mas não preciso de um assistente no domingo.

— Escute, eu sinto...

— Mas adoraria que a gente se visse no sábado, se estiver bom para você.

Desligo com um frio no estômago. O que eu acabei de fazer? Annie pode querer que eu arrisque meu coração, mas ela precisa saber o que está acontecendo. Vou jantar com o chefe da minha filha amanhã à noite e ela não tem nem ideia disso. Se descobrir, vai achar que agi pelas costas para bisbilhotar a vida dela. E com certeza vai ficar brava.

Abro o notebook e mando um e-mail para ela; é meu único meio de comunicação — *se* ela vier a ler. Encaminho uma cópia para Um Milagre.

Oi, meu amor.

Preciso te contar uma coisa. Por isso, vou pedir a você para quebrar seu voto de silêncio em relação a mim só desta vez. Poderíamos, por favor, ter uma conversa cara a cara, talvez via Facetime ou Skype? Tenho uma coisa muito importante para dizer.

Mordo o lábio. Ela vai achar que tenho novidades sobre Kristen, e isso não é justo.

A propósito, isso não tem nada a ver com a sua irmã.
Amo você como os narizes amam as rosas...
Mamãe

51

Annie

Há uma vela em cima da mesa de ferro fundido, a chama oscila com o vento forte da noite. Annie se senta na varanda pequena e observa a Rue de Rennes, escrevendo suas frases favoritas em um diário cor-de-rosa. Ela se lembra das frases de cabeça. Um dia, talvez Olive encontre tanto conforto nas palavras da bisavó Louise, da avó Tess e de Erika Blair quanto Annie.

Ela segura a caneta e levanta os olhos para o céu encoberto. Sente-se chata e vazia esta noite, como um pão sem fermento. Todos que a fazem sorrir se foram... incluindo Rory. Será que ele está bem?

Os pensamentos de Annie se voltam para casa, para a mãe dela. Desde que a tia lhe contou que a mãe conseguira um lugar na disputa para os cinquenta melhores corretores, Annie vem tendo cada vez mais dificuldade de manter distância. Como a mãe comemorou seu sucesso? Havia alguém no banquete de premiação para aplaudi-la? Será que ela tem noção de como Annie se sente orgulhosa da conquista?

Uma lembrança escondida encontra Annie. Foi um mês ou dois depois que os pais dela se separaram. Annie e Kristen tinham acabado de começar a escola preparatória em Columbia, uma escola particular elegante em Manhattan, que o pai havia insistido que frequentassem. Ela e Krissie fizeram parte da apresentação musical de outono da escola. Os pais foram convidados para a apresentação à tarde e, depois, havia bolo e ponche para todos no saguão.

Annie ficou com Krissie e com as amigas novas de Krissie, ouvindo as meninas rirem e fazerem comentários maldosos sobre pessoas que Annie não conhecia. Ela olhou ao redor do salão, torcendo para conseguir encontrar a mãe na multidão. Havia adultos por toda parte, usando ternos, vestidos e sapatos de salto alto. Ainda que tivesse apenas onze anos na época, Annie se sentia constrangida, desconfiada de que, apesar do uniforme da escola, das boas notas ou do sobrenome, uma menina gordinha e de pele marrom como ela jamais se encaixaria entre aquelas pessoas lindas.

Por fim, Annie conseguiu encontrar o rosto da mãe na multidão. E uma onda de alívio percorreu seu corpo. Ela não se importou por Erika estar atrasada, ou por ter perdido a apresentação inteira porque estava trabalhando no novo escritório. A mãe estava ali!

— Annie! Kristen! — chamou Erika, enquanto abria caminho entre a multidão na direção delas. O cabelo escuro dela estava colado à cabeça. Provavelmente tinha sido surpreendida pelo temporal que caíra naquele dia. Mas, para Annie, a mãe estava linda no terninho verde-escuro que encontrara na seção de remarcados de uma loja de departamentos.

— Quem é essa? — perguntou uma das garotas, em tom incrédulo.

Annie se virou, já na defensiva. Ela viu os olhares curiosos, o modo como as meninas examinaram Erika de cima a baixo, avaliando-a, dissecando-a. Alguém sussurrou:

— Dá só uma olhada na bolsa de plástico imitando couro.

— Essa é a sua mãe? — perguntou Heidi Patrick, acima dos risinhos de todas.

Quando Annie já estava prestes a dizer que sim, Kristen se adiantou.

— Não. — A voz dela estava estranhamente sem expressão. — É a nossa babá.

Annie viu o modo como a mãe recuou, como se tivesse levado um baque. Erika mudou de expressão e se aproximou de novo, dessa vez com o ar respeitoso de uma serviçal. Elas foram embora vinte minutos depois, com Kristen se demorando dois passos atrás de Annie e da mãe. Nenhuma delas jamais comentou o incidente.

Annie esfrega o pescoço para tentar desfazer o nó que sente na garganta, e deseja poder dizer à mãe como tem orgulho dela. Antes que tenha tempo de mudar de ideia, desbloqueia a mãe nas informações de contato do celular. Segundos mais tarde, o aparelho avisa da chegada de uma mensagem.

Annie lê a última mensagem de Erika. A chuva começa a cair e apaga a chama da vela. De repente, toda a saudade reprimida que sente de casa a invade.

Há apenas um lugar no mundo em que Annie gostaria de estar naquele exato momento: em casa, com a mãe.

52

Erika

De roupão, dou uma rápida olhada em cada cômodo da casa. Arranco uma folha seca de um vaso na mesa de centro e acendo as velas em cima do console da lareira. São seis e meia da tarde de sábado, e o apartamento já está todo arrumado para a sessão de fotos do *New York Times* amanhã. E para o meu primeiro encontro com Tom, hoje à noite.

Meu estômago dá uma cambalhota, e sigo pelo corredor para me vestir. Abro o iPad e o posiciono na frente da cômoda. Dois minutos mais tarde, estou conversando pelo Facetime, enquanto experimento vestidos. Não, não com Annie. Ela não respondeu meu e-mail. Coloco a mágoa de lado e espio a tela, onde Kate aparece sentada no sofá da casa dela, com Lucy no colo.

— Tem certeza de que estou bonita? — pergunto, então recuo e aliso meu vestido branco, sem mangas.

— Depende se você quer que o cara se apaixone por você — comenta Kate. — Se não quiser, provavelmente deveria se trocar.

— Devo muito a você por esta noite — digo, pela centésima vez. — Não estaria indo a este encontro se você não tivesse me ajudado a perceber a pessoa infeliz que havia me tornado.

— Você teria acabado percebendo sozinha — diz ela. — Era bem óbvio.

Mostro o dedo do meio para Kate, que dá uma gargalhada.

— Eu sabia que você iria encontrar o amor de novo... não que isso seja amor. Pode ser puro tesão, o que poderia funcionar também.

— Falando sério, Kate. Eu poderia acabado como uma velha solitária, como o...

Eu ia dizer "como o papai". Mas não tenho certeza se ele é solitário. Meu pai é rabugento e teimoso, mas, apesar disso, ele está em uma comunidade, dentro de um grupo de pessoas na ilha que tem um carinho sincero por ele... mesmo que nem sempre todo mundo goste dele.

— Como vão as coisas com o Max? Ele está feliz por estar de volta à ilha?

Kate me conta sobre as trilhas que fizeram, os passeios de bicicleta e as longas conversas.

— Ele acha que vai arranjar um anel de noivado para mim até o Natal.

Mas, um mês atrás, ela estava torcendo para que isso acontecesse neste verão. Kate precisa ser cuidadosa, proteger o próprio coração. Esse tal de Max está enrolando a minha irmã. Respiro fundo e me lembro do que a avó Louise me falou depois da morte da mamãe. "Você não sabe, Riki? Quem tem mais curativos no coração ganha." Será que ela estava certa? Será possível que os hematomas e arranhões no nosso coração devam ser celebrados, como medalhas de guerra, em vez de evitados?

— Estou feliz por você, irmãzinha — digo.

Quase derrubo o vinho da taça que estou segurando quando a campainha toca.

— Ah, droga! — Abaixo os olhos para me certificar de que não derramei vinho em mim. Para a minha surpresa, não derramei nada. — Ele chegou!

— Vá — diz Kate, calma. — Divirta-se. Me ligue amanhã.

Paro com a mão na maçaneta e levo a outra ao coração disparado. Conto até cinco para não parecer ansiosa demais. Então, abro a porta.

Um homem bonito, de cabelo escuro e com um grande sorriso, está parado a minha frente, com um buquê de flores um pouquinho murchas nas mãos.

— Para você — diz ele. — Elas não sobreviveram tão bem quanto eu esperava à viagem de quatro horas de trem.

Espio uma miscelânea de tulipas e girassóis murchos, cravos berrantes tingidos de azul e rosas flácidas, enrolados em papel de seda.

Tom faz uma careta constrangida.

— Deixei a Olive escolher.

E então eu me derreto, como um cubo de gelo em uma calçada quente.

Se esta noite fosse um tutorial de autoajuda sobre como retornar ao cenário dos encontros, eu daria cinco estrelas. Tom Barrett é lindo de um jeito simpático, nada intimidador. Mais para John Cusack do que para Jon Hamm, e eu gosto disso. Depois de uma taça de vinho em casa, começo a relaxar.

Às oito da noite, chegamos ao Marea, um restaurante italiano tranquilo em Central Park South. Somos acomodados em uma mesa à luz de velas, perto da janela, e Tom pede uma garrafa de vinho.

Ele balança a cabeça.

— Não consigo acreditar que estou sentado aqui, na sua frente. Você é ainda mais linda do que eu imaginei.

Sinto o rosto esquentar e desvio os olhos.

— Ah, tá...

— É mesmo. — Ele sorri e levanta as mãos. — Tudo bem, eu confesso. Vi uma foto sua.

— Ah, que danadinho! — digo.

Tom está rindo agora, e eu também. Como sempre, sinto uma pontada de culpa, mas desta vez tento ao máximo não prestar atenção nisso, como Kristen desejaria.

Quando ele volta a falar, a voz é mais suave.

— Falando sério, Erika, sua aparência não teria importado em nada. De qualquer modo, eu ainda estaria sentado aqui, com este sorriso bobo na cara, aproveitando cada minuto com você.

Sinto um leve frio como borboletas no estômago. Talvez seja o vinho, ou a luz das velas, ou o modo como o olhar de Tom parece penetrar no meu, mas me sinto segura esta noite. E feliz. É como se os pedaços do meu coração, as partes feridas e quebradas, estivessem sendo costuradas de novo, exatamente como Kate havia previsto.

Conversamos sobre Annie — nosso único denominador comum —, mas também falamos sobre livros, filmes e até sobre política. A conversa parte então para Olive, e para o motivo de ele ter permanecido na região de Washington.

— Eu queria que ela ficasse perto dos pais da Gwen. E Georgetown é um lugar fantástico. Para mim, é a perfeita combinação de energia urbana com uma vizinhança singular.

— Mais ou menos como Picasso encontra Norman Rockwell?

— Exatamente. Cheguei a conversar com a Annie sobre a possibilidade de ela se transferir para a universidade de lá. — Ele sorri. — É claro que tenho segundas intenções. A Olive se apegou muito a ela, e eu gostaria que o relacionamento entre as duas continuasse.

— Mas a Annie vai voltar para Haverford... não vai? Eu n-não sabia que ela estava considerando pedir transferência.

— Ah, bem, não tenho certeza se ela vai fazer isso. — Tom desvia os olhos, como se estivesse constrangido por mim. E é para estar mesmo. Por mais que eu tenha mudado, ainda não tenho ideia de como agir no que se refere a minha filha.

— Tenho tantos buracos para tapar nesse relacionamento. Quando a Annie voltar para casa, vou pedir... implorar... para que ela me perdoe. — digo. Ele me olha sem entender, mas balanço a cabeça. — É uma longa história.

— Você criou uma jovem incrível, Erika. Quando a Annie finalmente romper o silêncio, não tenho dúvidas de que vocês vão se tornar as melhores amigas.

Esticamos a noite o máximo possível. Depois do jantar, dividimos uma taça de sorvete e usamos a mesma colher. Esse simples ato de intimidade já me provoca um arrepio na espinha.

São onze horas quando paramos diante de um café com mesas ao ar livre. Tom pede um Calvados, um destilado de maçã feito na região francesa da Normandia. O som suave do jazz nos embala, vindo de dentro do restaurante. Tomamos nossos drinques observando os jovens descolados de vinte e poucos anos saindo para a noite. Como sempre, examino seus rostos, uma parte de mim ainda esperando ver o lindo sorriso de Kristen, ou ouvir sua risada alta enquanto ela e as amigas se arrumam para dançar a noite toda. Mas, ao contrário da mulher desesperada do inverno passado, consigo sorrir ao ver esses jovens despreocupados, em vez de me ressentir pelo fato de a minha filha não ser um deles.

— Alguém uma vez me disse — fala Tom — que nós sabemos quando estamos nos curando quando pensamos neles com um sorriso, em vez de lágrimas.

— Gosto disso.

Ele assente.

— Fico feliz por você finalmente ter concordado em se encontrar comigo — diz. — Não tem ideia de como fiquei decepcionado quando você me dispensou.

Rio.

— Não dispensei você. — Mas então fico séria. — Eu achei que não era digna... disto. Não estava me sentindo muito bem comigo mesma. Parecia mais seguro deixar você pensar que eu era especial a distância, e não correr o risco de decepcioná-lo cara a cara.

— O quê? — zomba Tom. — Está querendo dizer que não é perfeita?

— No último outono eu cometi um erro terrível.

Meu coração dispara. Falo de uma vez, pois sei que poderia mudar de ideia a qualquer momento, e sei que é muito importante que isso não aconteça.

— No dia em que o trem descarrilou, a Kristen me pediu para levar ela e a Annie de carro para a faculdade. Coloquei o trabalho acima delas. E ela estava tendo um episódio de euforia que me recusei a enxergar. Eu me convenci de que a Kristen ficaria melhor quando estivesse de volta ao campus. A Annie estaria lá para cuidar dela. — Levanto os olhos para ele. — Sabe, a minha mãe... tinha um transtorno mental. Eu ficava apavorada demais só de pensar que a minha filha pudesse ter o mesmo problema. Então fingi que ela não tinha.

As lágrimas nublam minha visão. Mas, em vez de desviar o olhar de vergonha, mantenho os olhos fixos nos dele. Para meu alívio, o olhar de Tom é firme, bondoso e livre de qualquer julgamento.

— E você acha que o acidente de algum modo é culpa sua?

Levo a mão aos lábios até finalmente conseguir recuperar a compostura.

— Eu achei. Meu pai... me ajudou a perceber que a vida não é necessariamente uma cadeia de causa e efeito. Estou tentando aprender uma coisa que deveria ter aprendido anos atrás: a me perdoar. Torço para que isso aconteça quando eu conseguir me desculpar de forma honesta com a Annie, quando eu souber que ela também me perdoou.

É meia-noite e estamos passeando pelo Central Park. Tom pega minha mão, e isso parece tão natural quanto a luz do dia.

— Vou voltar para os Estados Unidos em agosto, você sabe. Quero que conheça a Olive. Ela vai adorar você.

Tento permanecer calma, mas por dentro estou dando cambalhotas.

— E a Annie vai voltar para casa — digo, e evito pisar em uma risca na calçada. — Não vejo a hora de contar que nós dois nos conhecemos. Acho que ela vai ficar feliz.

— Também acho. — Continuamos a caminhar em um silêncio camarada. — Está tentando evitar as riscas na calçada? — pergunta ele. E diminui o passo para me observar caminhando. — Você está! — Ele ri e passa o braço pelo meu ombro. — Você é tão supersticiosa quanto eu já fui.

— Você? Professor de bioquímica? Você é supersticioso?

— Era.

— Não me diga — falo, e viro o corpo para encará-lo. — Você estudou uma centena de pessoas que evitam riscas e outra centena que dança em cima das delas, e descobriu que não havia diferença significativa na ocorrência de mães com colunas quebradas.

Tom me puxa para perto e afasta o cabelo do meu rosto.

— Alguém já acusou você de ser uma sabichona?

Sorrio, adorando a sensação da mão dele no meu rosto. Meu coração dispara e eu tento manter o tom leve.

— Então, doutor, por que você deixou de ser supersticioso?

— Depois que a Gwen morreu, parei com essa bobagem. — Ele beija o topo da minha cabeça. — Todos esses anos evitando gatos pretos e não passando embaixo de escadas não me fizeram bem nenhum.

As luzes da rua formam uma trilha cor de âmbar, e nós caminhamos em silêncio, passando por prédios cujos apartamentos valem um milhão de dólares.

— Se ao menos a vida fosse tão fácil — digo. — Jogue um pouco de sal por cima do ombro e terá uma vida sem tragédia. Não sei como você consegue. Se a Kristen tivesse sido morta por um motorista bêbado, não tenho certeza se algum dia eu conseguiria realmente perdoar.

— Essa foi a parte mais difícil.

— Você chegou a confrontar o homem? — pergunto baixinho.

— A mulher — corrige Tom. Sinto o corpo dele enrijecer e, quando ergo os olhos, vejo o músculo de seu maxilar saltando. Ele se vira para mim, os olhos atormentados. — Minha esposa era a motorista bêbada.

Encontramos um banco no parque embaixo de um plátano. Tom me conta sobre a tarde em que a esposa ligou para ele no trabalho, pedindo que ele pegasse Olive na creche.

— Ela disse que tinha esquecido que havia marcado hora na manicure. Deus, como eu fiquei irritado. — O olhar dele está perdido na distância. — Eu estava escrevendo um pedido de subvenção e correndo para cumprir o prazo que terminava às cinco da tarde, o que, como expliquei a Gwen da forma mais sarcástica possível, era mais importante do que as unhas dela. Eu não podia, e não iria, deixar o trabalho. Disse para ela se conscientizar de que era uma mãe que não trabalhava fora.

Tom planta os cotovelos sobre os joelhos e entrelaça as mãos, mantendo a cabeça baixa.

— Revivi essa conversa um milhão de vezes na minha cabeça, me perguntando como eu não percebi o álcool na voz dela. Se eu tivesse me dado conta de que a Gwen havia bebido, teria largado tudo.

— Mas você não sabia — falei. — E não pode se castigar por algo que você nunca, jamais teria feito, se soubesse de todos os fatos.

Conforme as palavras saem da minha boca, eu me pergunto com quem estou falando, se é com Tom ou comigo mesma.

Ele passa a mão pelo rosto.

— A Gwen estava sóbria desde que descobriu que estava grávida da Olive. E eu, de forma insensata, achei que esse problema tivesse ficado para trás. — Ele suspira e se vira para mim. — Desculpe. Não tinha a intenção de estragar a noite.

— Você não fez isso. — Esfrego as costas dele. — Estou feliz por ter sido capaz de falar a respeito.

— Sabe aqueles presentes que encontrei escondidos ao redor da casa? Os presentes da Gwen com a etiqueta "Não abra"?

— Sim? — digo, pois me lembro da história que Tom me contou há algumas semanas.

— Eram para ela mesma, não para mim. Garrafas de vodca... a maior parte já na metade. — Ele abaixa a cabeça. — Deus, eu fui um marido negligente. Passava tempo demais no trabalho. Nunca me dediquei de verdade ao meu casamento. Não é de espantar que a Gwen tenha voltado a beber.

— Culpa — digo. — Está aí um presente que deveria ter uma etiqueta "Não abra" afixada.

Trocamos um sorriso. Parece estranho desenterrar as verdades que me torturaram por meses, da mesma forma como deve ser para Tom. Entretanto, também é libertador. Graças a Um Milagre, a Annie e a Kate, e até mesmo ao meu pai, os grilhões da culpa já não me prendem com tanta força. Amanhã vou implorar a Kate para ligar para Annie. E vou implorar pelo perdão da minha filha. Talvez, então, esses grilhões finalmente se soltem.

Voltamos caminhando para meu apartamento, e Tom passa o braço ao redor do meu ombro de novo, em um gesto relaxado que me dá a sensação de sermos velhos amigos. Quando chegamos ao meu prédio, ele pega minhas mãos.

— Eu adorei a noite, Erika. Sabe, você é exatamente como eu esperava que fosse.

Ele poderia ter dito alguma coisa mais perfeita? Lembro do estado lamentável em que eu estava apenas dois meses atrás, e faço uma prece de agradecimento silenciosa a Um Milagre.

— Vou voltar para Washington de manhã — diz Tom. — Você teria tempo para me encontrar para um café antes de eu ir?

Olho dentro dos olhos castanhos suaves. Gosto deste homem, deste homem que sofreu uma perda como eu, e que conhece as consequências de uma vida sem equilíbrio. Deste homem que logo vai voltar para os Estados Unidos. Deste homem que está me ajudando a acreditar que eu tenho o direito de correr atrás dos meus sonhos.

Minha entrevista para o *New York Times* é só ao meio-dia de amanhã. Faço um cálculo rápido de quanto tempo venho conversando com Tom. Dois meses, três semanas e cinco dias, para ser exata. É tempo o suficiente para eu dormir com ele? Não. Eu não poderia.

Poderia?

Respiro fundo e abro um sorriso trêmulo para ele.

— Que tal uma xícara de café agora?

***

Faço uma checagem rápida enquanto atravessamos o saguão. Sutiã e calcinha combinando? Sim. Pernas depiladas? Sim. Lençóis limpos? Limpos o bastante.

Destranco a porta do apartamento e entro sem me preocupar em acender as luzes. Mas Tom agora está indo devagar. Ele descalça os sapatos e os deixa de lado com cuidado. Eu o levo até a sala de estar. Ele coloca o paletó sobre uma cadeira antes de vir para o meu lado e me puxar gentilmente para seus braços.

Os lábios de Tom finalmente encontram os meus. Fecho os olhos, tonta de emoção. Uma sensação de paz me envolve. A maciez dos lábios dele sobre os meus. O perfume suave do sabonete dele. O sabor da aguardente de maçã na língua.

— Você tem certeza disso? — pergunta ele, afastando-se para olhar meu rosto. — Não quero apressá-la.

Apresse-me. Por favor!

— Confie em mim — digo. — Sei exatamente o que estou fazendo.

53

Annie

É impossível chegar a Nova York e não sentir a eletricidade, mesmo para Annie, que morou na cidade quase a vida toda. É uma hora da manhã — sete da manhã no horário de Paris. O voo atrasou, e Annie não dorme há vinte e quatro horas, mas seus olhos estão focados e arregalados como os de um filhote de corça. Ela olha pela janela do Uber enquanto cruzam o rio Harlem e entram em Manhattan. Dez minutos mais tarde, chegam ao Central Park. O lugar está silencioso àquela hora, suavemente iluminado pelos postes de luz. O carro passa pelo zoológico. Nas calçadas, alguns caminham na madrugada, e Annie procura em cada rosto, torcendo mesmo contra todas as possibilidades, ver uma loira bonita... e seu bebê.

Minutos mais tarde, eles saem do Central Park e viram na Central Park West. Annie deixa escapar um gritinho. Está quase em casa!

Mas está ali sem Krissie. A nuvem já conhecida de culpa ameaça envolvê-la. Prometeu a si mesma que encontraria a irmã e a levaria de volta para casa. Será que a mãe ainda está brava? Será que vai perdoar Annie? Será que aprendeu a se permitir sofrer a dor da perda?

Annie levanta a cabeça. Endireita os ombros. Passar os últimos três meses com Olive lhe deu uma nova perspectiva, que ela imagina ser uma noção próxima de como é ser mãe. Uma mãe não desiste da filha... mesmo a filha não sendo dela.

O motorista para em frente ao grande edifício. Annie poderia jurar que o prédio nunca pareceu mais lindo. Ela olha para a enorme entrada em arco, onde antigamente carruagens puxadas a cavalo deixavam os passageiros. Então, pega a bolsa, agradece ao motorista e segue para a calçada.

Annie usa a própria chave para destrancar a porta e entra. Respira fundo, inalando os aromas familiares de casa — o óleo de limpeza de limão da mãe, o perfume de flores frescas. Sentiu tanta falta deste lugar...

— Mãe?

Ela pendura a bolsa no gancho e as chaves ao lado. Não importa que seja uma da manhã, vai correr para o quarto da mãe e se jogar na cama dela. Mal pode esperar para ver a expressão no rosto de Erika quando a vir.

A casa está na penumbra, iluminada apenas pelo reflexo da luz da rua. Annie quase tropeça em um par de sapatos perto da porta. Botas de camurça. Botas *masculinas* de camurça.

Ah. Meu. Deus. Tem um homem em casa? As coisas obviamente mudaram!

Annie vai até a sala de estar e acende uma luminária. Há uma garrafa de vinho e duas taças largadas na mesa de centro. Ela levanta a garrafa. Vazia. I-na-cre-di-tá-vel. Kate estava certa. A mãe realmente aprendeu a desapegar. Isso é bom. Sim. É o milagre que Annie havia torcido que acontecesse. Talvez Erika também tenha deixado a raiva de lado. Talvez consiga olhar para Annie, agora, conversar com ela e deixar que se desculpe.

Annie espia no corredor. Há uma faixa de luz na base da porta da mãe. Espere... a mãe está no quarto? Com um cara? Annie se vira, constrangida. É a mãe dela, afinal.

Annie se joga no sofá. Parece que ela quem foi surpreendida. Afinal, quem é esse cara? Será que está usando preservativo? E se for algum babaca que só quer levar a mãe dela para a cama? Erika não tem a menor ideia de como namorar no século XXI.

O fato de Annie também não ter não vem ao caso.

Do outro lado da sala, ela vê um blazer jogado em cima de uma poltrona de couro bege. Annie vai até a poltrona e pega o blazer. É de linho marrom-escuro, exatamente como o que Tom costuma usar. Ela sente o coração agitado. O que Tom estava fazendo agora, em Washington? Dormindo, era o mais provável. Será que ele pensa nela? Será que Olive sente saudade dela? Será que *ele* sente saudade dela?

Annie leva o blazer ao nariz e inala. É o cheiro de Tom.

Exatamente o cheiro de Tom.

Annie deixa o blazer cair. A sala parece girar. Ela volta na direção do hall de entrada sem ter total consciência do que está fazendo, a mente confusa.

Annie se agacha e levanta um pé da bota. Seu coração está disparado. *Por favor, que eu esteja errada!* Mas lá está, a mancha rosa já desbotada do sorvete de morango de Olive.

Ela leva a mão ao pescoço. Não. Não! Annie agarra a cabeça e gira o corpo. Tom não pode estar aqui. Está em Washington. E nem sequer conhece a mãe dela.

Mas o blazer... os sapatos. Ele está no quarto. Com a mãe dela. E eles acabaram com uma garrafa de vinho.

Annie caminha pelo corredor devagar, em passos determinados, até chegar à porta do quarto da mãe.

54

Erika

Fecho os olhos, tentando me concentrar no calor dos lábios de Tom na minha nuca. Mas que rangido é este? Parece o barulho da porta. Deixo as mãos correrem pelas costas musculosas dele, me recusando a reconhecer o som de passos. Afinal, caramba, estou prestes a fazer sexo! É uma hora cruel demais para alguém assaltar o apartamento.

— Erika — sussurra Tom, a mão na minha coxa. — Tem mais alguém aqui?

Preciso de toda a minha força de vontade para me afastar. Pego a camisa dele, que está caída ao pé da cama.

— Espere. Vou ver.

— Não. Fique aqui. Eu vou checar.

Ele vai sem camisa na direção da porta. Eu deveria estar em pânico com a ideia de haver mais alguém na casa, mas só consigo pensar naqueles ombros largos e no modo como o torso dele se estreita na direção da cintura...

No momento em que Tom estende a mão, a porta é aberta com força.

A princípio, acho que estou tendo uma alucinação.

— Annie?

Pulo da cama, só vagamente consciente do som da costura da minha lingerie rasgando.

— Annie! Ah, meu Deus, Annie!

Corro até a minha filha e passo os braços ao redor dela.

— Você está aqui, meu amor!

Ela enrijece o corpo e se desvencilha dos meus braços. Seu rosto está muito vermelho. Minha filha acabou de me pegar na cama com um homem... e não qualquer homem, o patrão dela. Em vez de lhe dar tempo para lidar com a situação, eu a peguei de surpresa.

— Você não vai acreditar, Annie. — Dou uma risadinha nervosa. — Adivinha quem está aqui?.

— Como você pôde? — Ela se vira para Tom. — E você? O que está fazendo aqui? — O lábio dela está tremendo.

Annie leva a mão à boca, os olhos cheios de lágrimas.

Tom a segura pelos braços.

— Annie, querida, sinto muito.

Ela se desvencilha dele também.

— Não me chame de querida! — Annie se vira para mim. — E você acha que é especial? Ele passa todas as noites ao telefone com... — Ela para no meio da frase e o entendimento transparece em seu rosto. — Ai, meu Deus, era você!

Sim, ela foi pega desprevenida. Sim, talvez possa parecer um pouco estranho. Mas por que tanta raiva?

E então eu entendo.

Minha filha se apaixonou por Tom. Assim como eu.

— Annie! — Sigo às pressas pelo corredor atrás dela, tentando enfiar os braços na camisa de Tom. — Pare! É minha culpa. Eu devia ter te contado. Eu quis contar. O Tom e eu acabamos ficando amigos.

— Amigos? Que amigos, nada! — Ela segura a cabeça como se estivesse prestes a explodir. — Você fez isso porque me odeia!

Meu coração se despedaça.

Tom entra na sala, ainda sem camisa, e pega o blazer onde havia deixado, em cima da poltrona.

— Eu causei esta confusão. Sinto muito, Annie. Nunca tive a intenção de magoar você. Por favor, acredite em mim.

O som dos soluços da minha filha, o sofrimento bruto, exposto, destrava alguma coisa em mim. Annie precisa de mim. E desta vez vou estar aqui para ela.

Olho para Tom.

— Vá embora. Por favor. Agora.

— Por favor, Erika, me deixe explicar...

— Vá.

Ele balança cabeça.

— Sinto muito mesmo, de verdade.

Escuto os passos dele seguirem em direção ao hall de entrada, mas não posso olhar. A porta é aberta, depois fechada.

A raiva de Annie a domina agora.

— Você vem conversando com ele esse tempo todo que estive lá?

— Sinto muito, querida. Ele era a minha única ligação com você.

— Você ao menos chegou a procurar pela Krissie?

Uma faca é cravada no meu peito. Annie ainda me culpa. Abaixo a cabeça.

— Procurou?

— Não. Lamento muito, Annie. Nós temos que aceitar. A Krissie se foi. Sinto muito de verdade.

Ela gira o corpo. Eu a sigo enquanto ela vai em direção ao hall. Annie pega a bolsa e as chaves em puxão raivoso.

Minha cabeça gira. Minha filha está indo embora... de novo. Ela vai ficar em silêncio, me deixar de fora da vida dela mais uma vez. Eu a seguro pelo braço.

— Amo você. — Levo a mão à boca para abafar um soluço. — Amo você, Annie querida. — Repito, a voz arrasada. — Meu milagre.

— Você deveria ter pensado nisso antes de dormir com ele!

Ela abre a porta e bate com força ao sair.

308

55

Annie

Annie se senta no banco de trás de um táxi, secando os olhos na manga da blusa. Foi tão idiota. Ela olha pela janela, desejando que Rory estivesse ali. Ele saberia exatamente o que dizer. Ela pega o celular e digita o nome dele, mas desiste. É errado esperar a amizade de Rory agora, quando é óbvio que ele quer algo além. As cenouras estão cozidas, diria ele. Então Annie liga para o pai. Quando chega ao apartamento dele, o pai a espera com uma caixa de lenços de papel na mão.

Annie está quase hiperventilando quando tenta explicar o que aconteceu. Ele a segura pelo pulso.

— Devagar. Você está me dizendo que a sua mãe roubou o seu namorado?

— Sim! Não. Eu... não sei. *Ela* não sabia. Mas ainda assim. É tão errado! E esquisito!

— O que é esquisito é uma garota linda de vinte anos se sentir atraída pelo patrão. Quantos anos tem esse cara, afinal?

Annie se vira, os punhos cerrados.

— Provavelmente a sua idade, pai. E sabe de uma coisa? Ele se importa comigo de verdade. Respeita a minha opinião. Nós conversamos. Ele escuta.

A expressão no rosto do pai mostra que ele sentiu o golpe.

— Ah, pai, eu não quis dizer...

Ele levanta a mão.

— Eu entendi. Ele é uma figura paterna, o tipo de pai que você gostaria de ter.

— Não! Não é isso.

Mas, no mesmo instante em que protesta, ela reconhece a ponta de verdade na declaração dele.

56

Erika

Uma hora se passa antes que eu consiga me levantar do chão do hall. Sigo pelo corredor até o banheiro. Abro a torneira ao máximo, pego uma toalha e esfrego o rosto até tirar todos os traços de maquiagem. Finalmente, pareço sem graça e sem cor de novo, do jeito que uma mãe que acabou de perder a filha deve parecer.

São cinco da manhã e paro diante da lareira, no telefone com Kate. Pego outro dos meus novos cartões de visita da caixa e jogo no fogo. As chamas aumentam por um instante e então voltam a abaixar.

— Deus, como eu pude ser tão estúpida? Devia ter contado para ela. Eu sabia que devia. Mais uma vez não ouvi quando alguma coisa me disse para parar.

— Como você iria saber? Além do mais, é totalmente inapropriado. Ele tem o quê? Quarenta anos?

— Não importa. Eu deveria ter contado à Annie. — Jogo outro cartão no fogo. — Sou uma mãe horrível, uma pessoa horrível.

— Eu tive uma intuição de que essa coisa com o professor talvez acabasse complicando você. Mas, falando sério, Rik, veja a situação com um certo distanciamento. Você teve um encontro com o cara... que *quase* foi consumado. A questão é, não deixe isso desestabilizá-la. Você chegou tão longe.

— Você deveria ter visto a Annie, Kate. Eu a perdi. Ela continua me culpando, só que dez vezes mais. Nunca vou conseguir tê-la de volta.

— Pego outro cartão e olho para o papel. — Era de imaginar que eu tivesse aprendido! Sonhos são para os iludidos.

Jogo a caixa de cartões no chão e eles se espalham.

— Qual é o problema comigo, Katie? — pergunto em um soluço. — Por que eu magoo a todos que amo? Agora perdi as minhas duas meninas.

Quando Kate fala, sua voz está terrivelmente séria.

— Nós tivemos uma mãe que desistiu, Rik. Pelo amor de Deus, não faça isso.

O ar parece ser sugado para fora da sala. Demora um instante até minha mente voltar ao foco e eu conseguir respirar de novo. Quando consigo, sou dominada por uma força materna tão primitiva, forte e poderosa que posso sentir meu sangue correndo nas veias. Eu me levanto e respiro fundo.

Minha irmã tem razão. Minha mãe tinha um transtorno mental. Ela me deixou quando mais precisei dela. Não por vontade, não porque eu era uma menina má, mas porque ela havia perdido a esperança. Minha mãe não teve forças para lutar pela vida e pela família dela.

Mas eu tenho.

— Preciso ir, Katie. A minha menina precisa de mim.

57

Annie

Annie acorda no domingo. Cada momento humilhante volta à sua mente. Ela afasta o edredom e esfrega os olhos ardidos. Do lado de fora, o sol entra pela persiana na janela. Annie verifica o relógio. São onze e quarenta e cinco? Obviamente seu relógio interno está tão desordenado e confuso quanto ela.

Annie caminha a passos pesados até a sala e fica sem ação ao ver a mãe parada perto da janela. Seus olhos estão vermelhos e inchados, o cabelo bagunçado. Ela passou a noite toda ali?

— Bom dia, Annie.

Annie se lembra da mãe de lingerie na véspera, saindo da cama, e seu sangue ruge nas veias. Ela se vira e segue de volta para o quarto. A mãe ouve seus passos e vem atrás dela. De repente, Erika a segura pelo braço. Annie gira o corpo.

— Me solta!

— Não! — A voz da mãe é alta, forte e potente. — Você é minha filha. Você me afastou. Precisava de um tempo longe de mim. Eu compreendo isso. Mereci isso. Mas você não vai me deixar de novo, Annie Blair, não até que escute o que eu tenho a dizer.

Annie bufa, se desvencilha da mãe e deixa o corpo afundar no sofá.

— Não quero as suas explicações.

No entanto, o fato de estar sentada ali acaba provando que essa declaração é falsa. Para acrescentar um pouco de drama, ela se vira e enfia a cabeça em uma almofada.

— Annie, meu bem, eu sinto tanto. — A mãe pousa a mão no ombro dela, e Annie sente o perfume com aroma de talco. — Eu deveria ter pedido perdão a você há muito tempo, mas estou pedindo agora. Por favor, me perdoe. Eu faço qualquer coisa, *qualquer coisa*, para que fique tudo bem entre nós de novo.

— Vá embora — diz Annie, e quase consegue ver Olive deitada no sofá, escondendo o rosto da mesma maneira. Deve estar parecendo uma boba, mas e daí? Se já houve um momento para encarnar seu eu de cinco anos de idade, era aquele. — Eu sei que você me odeia. — Ela levanta a cabeça. — Você me culpa por ter perdido a Krissie.

A mãe parece chocada.

— Não, meu amor. Não. — Ela balança a cabeça. — Não. Não. Não. — O queixo da mãe está tremendo agora. — Sinto muito de verdade. Nunca culpei você. Entende isso?

Annie se senta.

— Você nem olhava para mim depois do acidente. Não falava comigo.

— Eu estava envergonhada demais. — Ela seca o rosto de Annie com a manga da blusa e se senta ao lado dela. — Eu amo você. E estava... ainda estou... apavorada demais com a possibilidade de você nunca mais conseguir me amar de novo.

— O quê? Por quê?

— Você sabe por quê. Eu quebrei a minha promessa. Nunca deveria ter deixado vocês entrarem naquele trem. Deveria ter implorado o seu perdão meses atrás.

Annie fica séria.

— A Krissie não se importou com isso. Fui eu que fiquei aborrecida com você.

— Sim, porque você sabia que a Kristen estava... passando por um episódio de mania.

Annie olha para a mãe. Erika assente.

— Eu ignorei o seu aviso. Você tentou me dizer naquela manhã, mas eu não ouvi.

Annie pega uma almofada e a segura contra o peito como um pequeno escudo.

— Você achou que eu estaria com ela — sussurra. — Você tinha me pedido para tomar conta da Krissie. Eu não fiz isso.

— Foi errado da minha parte pedir isso. Eu nunca deveria ter colocado esse fardo nos seus ombros. Eu sou a mãe, você a filha. — Ela segura o rosto de Annie entre as mãos e a encara. Os olhos da mãe transparecem tanta intensidade que Annie sabe que deve escutá-la. — Proteger a Kristen não era responsabilidade sua. E lamento muito por ter feito você achar que era. Você era apenas uma menina. Apenas uma menina.

Algo no tom de voz da mãe, no olhar suplicante dela, diz a Annie que Erika provavelmente carregou alguma culpa na infância. Um dia ela vai perguntar a respeito, mas não agora.

Do outro lado da sala, um celular toca. O som vem da bolsa da mãe.

— Fale com ele — diz Annie, soando tola e imatura, mas incapaz de se conter. — Até parece que eu me importo.

— Não é o Tom. Mas ele realmente ligou. Ontem à noite.

— Ótimo. Fico tão feliz por vocês dois...

— Eu disse a Tom que não vou voltar a vê-lo. Pedi para não me ligar mais. — Ela sorri e esfrega o braço. — Agora, que tal irmos para casa para tomar o café da manhã? Vou fazer panquecas com gotas de chocolate. Ou talvez você prefira almoçar. Vamos conversar o dia todo, e a noite toda, e o dia todo amanhã. Por quanto tempo você quiser. Vou responder a qualquer pergunta que você tiver sobre Tom e eu.

— Você...?

— Não. Juro, meu amor, não aconteceu nada entre nós.

— Pelo amor de Deus, mãe! Não era isso que eu ia perguntar! — Annie solta um gemido e se vira, mas por dentro está aliviada. — Eu ia perguntar se você estava mesmo planejando me contar sobre... você... e *ele*.

— Sim. Eu te mandei um e-mail pedindo para você me ligar.

Annie fecha os olhos, a raiva começando a ceder.

— Certo. Por isso eu vim para casa. Você parecia... desesperada.

A mãe sorri.

— Eu estava. Realmente queria que você soubesse. E, boba como sou, achei que você ficaria feliz.

Annie morde o lábio. Ela devia estar feliz. Tom seria perfeito para a mãe dela. Mas, naquele exato momento, não se sentia tão generosa.

— Então ligue para ele — diz Annie, usando mais uma vez Olive Barrett como modelo. — Talvez *você* deva voltar a Paris e ser a *au pair*.

Erika puxa Annie para seus braços.

— Eu tive meu primeiro e último encontro com Tom Barrett. Vou até bloquear o número dele, se você me ensinar como se faz isso. — Ela sorri e estende a mão para a filha. — Venha, meu amor. Vamos para casa. Sou toda sua.

O celular toca de novo. Dessa vez, Annie não espera. Ela atravessa a sala pisando firme e pega o aparelho na bolsa da mãe.

— Alô — brada, certa de que é Tom Barrett.

Ela escuta, então entrega o celular à mãe.

— É do *New York Times*.

58

Erika

Às vezes a vida oferece momentos de lucidez tão vívidos que é impossível ignorar, momentos em que as situações subitamente se cristalizam, de tal maneira que, quando se toma uma decisão, ela é tomada não por medo, ou por esperança, mas por uma crença inabalável de que aquela é a coisa certa a fazer. Minha avó Louise teria dito que esses momentos nos rodeiam o tempo todo, mas que só escutamos quando nossos corações e mentes estão abertos para recebê-los.

Pego o celular. Uma Mindy Norton irritada, do *New York Times*, me diz que está me esperando há meia hora no saguão do meu prédio.

— Sinto muitíssimo, Mindy. De verdade, mas não posso fazer a entrevista hoje. — Do outro lado da sala, Annie me olha sem entender.

— Você está cancelando? — Mindy soa exasperada, e não a culpo. Ocupei o dia todo dela e provavelmente comprometi seu prazo.

— Escute — digo, com a voz animada. — Tenho uma ideia. — Procuro nos meus contatos até encontrar o número que procuro. — Ligue para a Emily Lange. Ela seria perfeita para a matéria de vocês.

— Ela está entre os cinquenta melhores corretores?

— Não. Mas deveria estar. A Emily é minha antiga mentora. A imobiliária dela faz trabalhos filantrópicos por toda a cidade. Ela não é só uma grande corretora de imóveis — faço uma pausa –, é também uma boa pessoa.

— Mas é possível que ela não esteja disponível de última hora — diz Mindy.

— Para o *New York Times*? Acredite em mim, ela vai dar um jeito.

— Tudo bem — diz Mindy. — Mas, Erika, você me decepcionou. Essa matéria é importante. Estávamos contando com você.

— Eu sei que estavam. E sinto muito mesmo. — Olho para Annie e sorrio. — Mas você vai entender. A minha filha também está contando comigo. E ela é o que importa.

Desligo o celular, e Annie corre até mim.

— O *New York Times* ia entrevistar você?

— Inacreditável, não? Esqueci de que eles iriam lá em casa hoje.

Ela me segura pelo braço.

— Ligue de volta para eles. Nós podemos chegar lá em vinte minutos. Você tem que fazer essa entrevista, mãe! É muito importante!

Meu coração quase explode. Minha filha está orgulhosa de mim, como sempre esperei que ficasse. No entanto, também preciso me sentir orgulhosa de mim mesma.

— Obrigada, meu amor. Mas, acredite em mim, a Emily Lange merece aparecer nessa matéria mais do que eu.

— Mas você despreza essa mulher há anos.

— Sim, todos aqueles anos desperdiçados sentindo raiva. Você sabe, a Emily quebrou uma promessa. — Pisco para minha filha. — Como todos nós fazemos de vez em quando.

Annie sorri.

— Uau. Quanta generosidade, abrir mão de um espaço no *Times*.

Esfrego o queixo, exatamente como meu pai fez quando me deu a mesma resposta.

— Eu tinha que começar por algum lugar.

59

Erika

Como em qualquer processo de cura, tempo e carinho ajudam. Mas é o amor que opera milagres. Annie e eu fazemos longas caminhadas no parque e assistimos a filmes de pijama. Ela me conta sobre a busca sem sucesso por Krissie, sobre sua decepção e frustração. Mas Annie ainda está convencida de que a irmã vai voltar para casa em agosto, depois de encontrar seja lá o que esteja procurando.

Minha filha me fala sobre seu amigo Rory e me conta do seu primeiro beijo. Conversamos até de madrugada e choramos bastante. Lentamente, nos tornamos amigas de novo. Ela se sente humilhada pelo episódio com Tom, e eu também. E embora ele tenha tentado entrar em contato comigo duas vezes desde o incidente, não atendi. Foi minha promessa para Annie, e pretendo mantê-la.

Embora Annie não me culpe pela morte da irmã como eu acreditava, tento encontrar pequenas formas de mostrar a ela o quanto me importo. Nunca mais quero que Annie duvide do meu amor. Hoje estamos plantando flores em vasos na varanda. As estrelas-do-egito de Kristen, como as chamamos.

— Você ainda procura por ela, mãe?

— Em todo lugar aonde vou — admito. — E provavelmente sempre vou procurar.

— Ela vai voltar — diz Annie, com tamanha convicção que estremeço.

Eu me levanto e alongo as costas.

— Annie, você tem ideia de como eu gostei de todos os e-mails que você me mandou? — Eu a puxo para um abraço. — Aquelas frases foram a minha tábua de salvação, de verdade.

Ela se afasta, o rosto muito sério.

— Eu não mandei aqueles e-mails, mãe. Juro por Deus.

Eu a encaro antes de finalmente voltar a atenção para meu vaso. Ajeito a terra, torcendo para que Annie não note meus dedos trêmulos.

Estou folheando meu livro de receitas, no fim da tarde de segunda-feira, quando Annie entra correndo na cozinha, ofegante.

— Ela está em casa! A Krissie voltou!

Eu me apoio na bancada para me firmar.

— O quê?

Ela ri e levanta o celular para me mostrar. Vejo uma mensagem de texto de Brian.

Você precisa vir aqui, Annie. Agora. Por favor, traga a sua mãe.

Meu coração dispara.

— Ah, Annie. Você não acha...

— Sim! — Ela me agarra, me dá um abraço e gira comigo. — É exatamente o que eu acho! A Krissie me disse que voltaria no verão! — O rosto de Annie cora de alegria. — Ela está na casa do papai! Temos que ir. Agora!

Ela praticamente me arrasta pelo corredor, até o hall e para fora de casa. Um milhão de pensamentos brigam pela minha atenção, mas acima de todos está: *Por favor, Deus, não permita que Annie se decepcione de novo.*

Annie entra imediatamente no banco de trás de um táxi.

— Ela provavelmente foi para a casa do papai porque achou que você surtaria. Lembra como você ficou furiosa quando ela passou a noite na casa da Allie e esqueceu de avisar?

— Fiquei doente de preocupação. E a pestinha só deu de ombros e disse: "Ih, esqueci completamente".

Aperto o joelho de Annie no ponto que sempre a faz rir. É exatamente o que ela faz, e eu sorrio. Contrariando meu bom senso, sinto um alvoroço de esperança. E se Annie estiver certa?

Mas e se não estiver?

— Ligue para o seu pai agora, antes de chegarmos lá — insisto mais uma vez. — Descubra o que ele quis dizer com a mensagem.

— De jeito nenhum. A Krissie quer nos fazer uma surpresa. Não vou estragar tudo.

Vejo a determinação no maxilar firme dela. Annie de fato acredita que a irmã está viva. Depois de todo esse tempo, ela ainda tem fé, o que ao mesmo tempo me alegra e me apavora. Minha filha ainda acredita em milagres. E isso é uma coisa boa. Eu espero.

Confirmo que o palpite de Annie está errado assim que Brian abre a porta, antes mesmo que ele diga uma única palavra. Eu me viro para ela e vejo o sangue fugir de seu rosto.

— Não — lamenta ela, e cai no choro.

O coração da minha filha está se partindo. De novo.

Eu a puxo para meus braços e ela se agarra a mim, do mesmo modo que fazia quando era criança. Eu a embalo e acaricio suas costas, que se sacodem com os soluços.

— Estou com você, Annie — sussurro, dizendo o que deveria ter dito dez meses atrás. — Estou bem aqui.

Seguimos Brian até a sala de jantar. Ele indica com um gesto uma caixa de papelão que está em cima da mesa. Seguro a mão de Annie e tento não me encolher quando vejo as etiquetas. NTSB. TDAD.

Houve uma época em que aquelas siglas não teriam o menor sentido para mim. Mas essa inocência se foi. NTSB, a sigla em inglês para Conselho Nacional de Segurança nos Transportes. TDAD, a sigla em inglês para Divisão de Assistência a Desastres em Transportes. As letras em negrito me atingem como um abalo sísmico. Os pertences de Kristen. Por que diabos eles não mandaram para o meu apartamento, como eu solicitei? Checo o carimbo postal. A caixa está aqui há duas semanas. Eu me viro para Brian.

— Eu não prestei atenção — diz ele, obviamente lendo minha mente. — Sinto muito. — Seus olhos estão marejados e ele abaixa a cabeça.

Solto um longo suspiro e, com ele, se vão décadas de raiva e ressentimento. A separação da nossa família não foi só por culpa de Brian. Eu também tive um papel nisso. Brian não estava feliz. Mas, em vez de lidar com o problema, preferi evitá-lo. Não procurei aconselhamento. Concentrei toda a atenção nas meninas e enterrei minhas emoções. Escolhi passar por cima e por baixo da dor, mas nunca a encarei. Do mesmo modo como tentei fazer depois da morte de Kristen.

Toco o braço dele e lhe ofereço as palavras que já deveria ter dito há muito tempo.

— Também sinto muito.

Annie se senta entre Brian e eu no sofá. O celular de Kristen está na mesa de centro diante de nós, junto do passaporte dela, o relógio e o colar da Tiffany que Brian lhe dera de presente no seu aniversário de treze anos. Brian pega a bolsa de Kristen na caixa, então o notebook e o carregador. Por fim, retira o último item da caixa. Um caderno de pensamentos dourado.

Annie solta um arquejo.

— Ah, meu Deus! A Kristen estava o tempo todo com o caderno de pensamentos! Deve ter encontrado o dela enquanto fui pegar o meu. Por isso ela foi embora tão rápido.

Pego o caderno, já ciente do que vou encontrar lá dentro. Folheio as páginas. Nem um único comentário a lápis.

Levanto a cabeça e encontro os olhos de Annie.

— Ah, droga. — Ela cobre o rosto. — Sinto muito, mãe. Eu posso explicar. Na verdade eram os meus comentários que você estava lendo.

Levo a mão ao meu queixo trêmulo.

— Eu sei.

— Sabe?

Assinto.

— Você ajudou a me guiar. Mas por quê, Annie? Por que você quis que eu pensasse que aquelas anotações eram da sua irmã?

— Achei que as palavras da Krissie teriam mais impacto. — Ela desvia os olhos. — Quer dizer, ela é a sua filha de verdade, a sua filha biológica.

— Ah, Annie. — Seguro o rosto dela com as duas mãos e olho bem dentro dos seus olhos escuros. — Você é minha filha de verdade. Não poderia ser mais minha. Compreende? Era *você* que eu estava tentando agradar, Annie Blair. Foi por *você* que eu quis mudar.

— Sério?

Eu a puxo para os meus braços e a abraço com tanta força que ela grita. Brian se junta ao nosso abraço. Juntos, em um aglomerado de amor, deixamos nossa tristeza fluir abertamente desta vez, sem vergonha, negação, raiva ou descrença. Agora com aceitação. Nossa menina se foi, mas ela nunca vai nos deixar.

Finalmente, Annie se afasta. Ela inclina a cabeça e olha ao redor da sala.

— Ei, ouviram isso?

— O quê? — perguntamos.

— É a Krissie. Ela está balançando a cabeça e dizendo que somos um bando de fracotes. Disse que já está na hora de seguirmos em frente.

Pela primeira vez, a frase faz sentido. Seguir em frente não significa abandonar. Significa continuar, todos nós, em direção a um novo caminho na vida, desconhecido, às vezes assustador e sempre imprevisível. E vamos sentir com mais intensidade a partir de agora, sofrer com mais intensidade, rir com mais honestidade, por termos amado tão profundamente assim.

60

Annie

Há alguns segredos que Annie nunca vai revelar. Os pais nunca vão saber o verdadeiro motivo para ela não estar naquele trem com Kristen. Vai deixar que eles acreditem, como fez pelos últimos dez meses, que esqueceu o celular naquela manhã e voltou ao apartamento para pegá-lo. Eles vão achar para sempre que Annie trancou o ano na faculdade para viver o luto por Krissie. Nunca vão saber que ela mentiu, ao confessar um plágio do qual fora falsamente acusada na última primavera, e que fora suspensa por um ano. Annie certamente nunca vai contar aos dois que foi Krissie que "pegou emprestado" o poema da irmã. Krissie não teve a intenção de causar qualquer problema quando escolheu copiar o poema do caderno de Annie e dizer que era dela. Como saberia que, no semestre seguinte, Annie escolheria aquele mesmo poema para entrar em um concurso de poesia em Haverford? Quais eram as chances de o dr. Natoli, o professor de literatura de Krissie na Penn, acabar fazendo parte do júri para escolher o vencedor do concurso de poesia da Haverford, e reconhecer o poema? Assim como Krissie nunca soubera disso, os pais delas também jamais saberiam.

Outro segredo que Annie vai guardar é a informação que recebeu de Wes Devon. Nunca vai contar aos pais sobre a gravidez de Krissie. Isso significaria mais uma perda para a família, e ela não tinha certeza se eles tinham condições de viver mais um luto.

Annie também desistiu de convencer a mãe de que não foi ela que mandou os e-mails misteriosos. Porque... que diferença fazia agora? A missão estava cumprida. A mãe aprendera a perdoar e a seguir com a vida. Erika voltou a acreditar em milagres... ou a quase acreditar.

Annie guarda esses segredos no canto mais escondido do seu coração. Junto a outro, dela...

Doze dias se passaram desde que Annie se despediu de Olive com a promessa de estar em Paris quando a menina voltasse. E a cada amanhã, quando acorda em seu quarto, a quase seis mil quilômetros de distância da menina que espera por ela, Annie sente uma pressão sufocante no peito — o peso esmagador de uma promessa quebrada.

Então ela escreve cartas para Olive, e manda pequenos presentes, como o caderno de pensamentos que finalmente terminou de escrever. Mas Annie sabe muito bem que presentes são só substitutos ruins se comparados ao amor.

É um dia quente de junho, e Annie está deitada na cama, tentando escrever um poema pela primeira vez em um ano, quando a pequena bolha verde surge em seu celular. Uma mensagem de texto... de Rory! O coração dela se aquece. Não ouviu uma palavra do garoto desde a conversa constrangedora que tiveram no closet de Tom.

Ganhei o concurso, Annie! Meu pato com crosta de pimenta vai estar no cardápio do Ducasse!

Annie ri alto e pula da cama!

— Viva!

Ela dança pelo quarto, erguendo os punhos no ar como se tivesse acabado de marcar o gol da vitória.

Parabéns!, digita ela em resposta. **Vou te mandar um e-mail. O que eu tenho para falar não cabe em uma mensagem!**

Ela abre o notebook. Seus dedos voam pelo teclado, enquanto pensamentos frenéticos e incontroláveis finalmente se libertam.

Caro Rory, futuro chef mundialmente famoso.

Estou tão orgulhosa de você! Consegue me ouvir? Estou gritando "Parabéns!" do outro lado do Atlântico, fazendo high fives virtuais! É sério, minhas pernas estão doendo dos dez minutos que passei dançando em comemoração... tudo bem, foram quatro minutos... você sabe como eu sou com exercícios! Falando sério, estou tão empolgada! Sempre soube que você ganharia! A única coisa que me deixa furiosa é que você — o amante de carne, manteiga e açúcar — seja tão magro!

Annie ri, mas, ao contrário da autodepreciação irônica, das humilhações a que se submetia no passado, já não está mais rindo de si mesma. É uma garota grande. Provavelmente sempre vai ser. Se isso está no seu DNA, ou se é resultado do seu caso amoroso com a comida, ter um pouco de acolchoamento extra é parte de quem ela é. E é apenas uma parte. Ela também é inteligente, e é uma poeta bem razoável. É independente, capaz, exatamente como Krissie costumava dizer. Dois meses em Paris provaram isso. Os pensamentos de Annie se voltam para a mãe, e para Olive, e Rory. E o melhor de tudo, ela é digna de amor. De verdade.

Sinto falta das nossas conversas, Rory. Na semana passada, abrimos uma caixa... os pertences da Krissie. Foi a prova final de que eu precisava. Eu estava errada. Ela realmente se foi, Rory. Agora eu sei. E estou me conformando, assim como a minha mãe. Nós duas finalmente nos acertamos. A não ser por uma coisa.

Annie fecha os olhos com força e dá ao amigo uma versão condensada do drama romântico da mãe com Tom.

Agora percebo que só encostei no amor. Não o toquei de verdade ainda, embora agora eu quase acredite que vou tocar um dia. Mas saber disso não acalma meu coração humilhado. Fui uma boba, Rory. Acho que nunca mais vou conseguir encarar o Tom. Mas sinto tanta

saudade da Olive que chega a doer. E me mata pensar que ela pode estar se sentindo abandonada. Ou... talvez esteja bem sem mim. Assim como fiz com Tom, talvez eu tenha superestimado quanto a senhorita Espertinha gostava de mim. Me diga, Rory, ela está bem? Pergunta de mim?

Ela sente os olhos marejados.

Ah, Rory, eu me arrependo de tanta coisa.

Annie relê a última frase, surpresa por as palavras terem escapado de seus dedos. Do que, exatamente, ela se arrepende? De ter ido para Paris? Não. De se apegar a Tom e Olive? Nunca. Seu maior arrependimento é o modo como ela tratou Rory. É tarde demais?

As mãos de Annie continuam no teclado, enquanto ela se esforça para encontrar o tom certo.

Chega de falar de *moi*. Estou tão orgulhosa de você, Rory Selik, meu amigo que me ensinou que eu pertencia. Até nos encontrarmos de novo, deixe-se marinar em seu molho tão incrível, cuide muito bem de você e, por favor, dê um abraço apertado e um beijo em Olive por mim.
Com amor,
Annie

Ela se acovarda no último minuto e apaga a linha **Com amor.**

A resposta de Rory chega três minutos mais tarde, em uma mensagem de duas linhas.

É preciso muita coragem para procurar alguém que te rejeitou. Eu fiz isso, Annie, e você deve fazer também.

***

O sol já se pôs, varrendo o céu a oeste com tons de rosa e laranja. Annie espia pelas portas francesas. A mãe descansa em uma espreguiçadeira na varanda, com um livro de romance no colo. Mas ela está com o olhar perdido no horizonte, como se sonhasse com algum lugar, ou com alguém, muito longe dali. Será que sente saudade de Tom? Não. A própria Erika disse que mal o conhecera. Até porque dói demais pensar que a tristeza no rosto da mãe pode ser resultado da interferência de Annie.

Annie abre a porta e o rosto da mãe se suaviza em um sorriso.

— Oi, meu amor. O pôr do sol está lindo.

— Vou voltar.

A mãe endireita o corpo.

— Para Paris?

Annie assente.

— Tenho um trabalho a terminar.

A mãe se levanta e puxa Annie para os braços.

— Você tem razão. Há uma garotinha que precisa de uma despedida adequada. — Ela recua e inclina a cabeça. — Vai ficar bem viajando sozinha?

Annie sorri e levanta o queixo.

— Sim, estou bem com isso. — Ela desvia os olhos. — E você? Vai ficar sozinha aqui de novo.

— Estou bem, meu amor. — Erika se senta de novo e abre lugar na espreguiçadeira ao seu lado.

Annie se acomoda, o coração apertado. A mãe diz que está bem, mas Annie percebe que ela se sente solitária. Se ao menos Erika começasse a sair com alguém novo — ou talvez alguém que ela já conheça. Então, uma ideia que contemplava no fundo de sua mente vem à superfície.

— Mãe? Lembra quando me ligou naquela tarde em que a Krissie... morreu? — A palavra ainda fica presa na garganta. — Você disse que estava prestes a almoçar com um cara. Quem era?

A mãe afasta a ideia com um gesto.

— Foi depois que eu mostrei aquele imóvel. Esbarrei em um antigo colega da Century 21, de quando ainda morávamos em Madison. John Sloan. Você o conheceu há muito tempo, mas não se lembraria dele.

— Chegou a vê-lo de novo?

— Não. O John tentou entrar em contato algumas vezes, mas não consegui falar com ele. Não depois do que aconteceu.

Annie endireita o corpo.

— Mas você está mais forte agora. Ligue para ele, para esse John Sloan. Veja se as coisas funcionam entre vocês!

A mãe sorri.

— Vou pensar a respeito.

— Por favor, mãe, diga que vai! Ligue para ele! Amanhã!

— Annie, pare. — Ela puxa a filha para seus braços. — Tenho tudo de que preciso, bem aqui. Nós somos uma ótima família, eu e você.

— Somos. — Annie se aconchega e levanta os olhos para o céu. A lua aparece por trás de uma cortina de nuvens, enquanto a mãe acaricia o braço dela com o polegar. — Tem uma coisa em que não consigo parar de pensar, mãe.

— O quê, meu amor?

— Você acha que o Tom fez todo o caminho de trem até Washington usando o blazer sem camisa por baixo?

É a primeira gargalhada de doer o estômago que elas compartilham em anos.

61

Annie

Annie percebe imediatamente. Rory parece mais alto, fala com mais precisão, caminha mais determinado. E, quando olha para Annie, seu rosto já não fica mais todo vermelho. Ganhar o concurso deu a ele uma confiança recém-adquirida — uma cadência no passo.

Rory espera do lado de fora da área de desembarque quando Annie chega ao aeroporto Charles De Gaulle. Ela corre até ele, que a levanta nos braços.

— Annie, minha amiga, seja bem-vinda de volta!

As orelhas dele parecem maiores do que nunca, e ela poderia jurar que Rory está ainda mais magro do que quando ela foi embora, duas semanas antes. Mas, para Annie, ele nunca pareceu mais fofo... ou mais sexy. Rory dá dois beijinhos nela, então se afasta e a examina. Annie está prestes a cruzar os braços sobre o peito, mas acaba deixando-os cair ao lado do corpo.

— Você está diferente hoje, Annie. Está forte, minha amiga. E muito... *zuversichtlich*.

Ela acha que aquela é a palavra em alemão para confiante. Seu coração se aquece. Rory deve ver a mesma mudança nela que ela vê nele.

— Eu me sinto *zuversichtlich*! É sério, eu me sinto umas cem vezes melhor do que na última vez em que você me viu. — Annie dá um beijinho na bochecha dele. — Obrigada por vir me pegar. E obrigada por ser provavelmente o amigo mais incrível que eu já tive.

— *Provavelmente* o amigo mais incrível? — pergunta ele, em tom indignado. — Por favor, Annie!

Ela ri.

— Certo, *o* amigo mais incrível.

Rory levanta o queixo e assente.

— E o mais bonito, também.

Annie balança a cabeça e dá um soquinho de brincadeira nele.

— Você conhece a expressão "está se achando"?

Ele ri.

— Não estou me achando. Meu pato agora está no cardápio do Ducasse, apenas o melhor restaurante de toda Paris!

Ela levanta a mão para encostar o punho no dele.

— E eu vou levar você lá. Esta noite. Fiz uma reserva de casa, e não tenho vergonha de dizer que usei descaradamente o seu nome para conseguir uma mesa para nós. Sorte a nossa que você agora é uma celebridade no Ducasse. Temos uma mesa para dois às oito. Vamos comer o seu pato com pimenta, tirar fotos e postar no Instagram e no Snapchat. E vai ser por minha conta.

Rory sorri... não, é uma careta. Com certeza. Uma careta.

— O que houve? Você não quer ir?

— Quero, Annie. Mas tudo bem se a Laure for com a gente? Temos planos...

— Laure? — pergunta Annie, interrompendo-o. — Quem é Laure?

— Minha colega de turma, a garota que você conheceu no Café Les Deux Magots na nossa primeira noite juntos. E você me disse que eu não deveria desistir dela. Segui o seu excelente conselho, Annie. E pronto, já se passaram sete dias e nós somos inseparáveis. Você é muito esperta, minha amiga norte-americana.

O coração de Annie agora aperta no peito, mas ela coloca um sorriso no rosto.

— Aham. Sou um gênio.

Rory lhe dá a mão.

— É bom ter você de volta.

E essa é questão com o primeiro amor... Ele chega disfarçado de amizade, e vai embora deixando o nome entalhado a canivete no coração.

É quase meio-dia quando chegam ao prédio na rue de Rennes. Annie conhece a rotina de sábado deles. Olive e Tom vão estar sentados diante da mesa da cozinha agora, comendo sanduíches de Nutella e pasta de amendoim, provavelmente fazendo planos para uma caminhada no parque à tarde. Uma bolha de amor envolve Annie. O coração dela está onde quer que Olive esteja.

— Vou indo agora — diz Rory, e se vira na direção do apartamento dele.

— Obrigada, Rory. Até logo.

— Vamos esperar por outro momento para jantar no Ducasse?

Ela assente.

— Sim, vamos esperar.

Sei lá, até depois que eu tiver conseguido digerir o fato de que o único cara que já mostrou o mínimo interesse por mim agora está "inseparável" com alguém que caberia, com tranquilidade, em uma das pernas da minha calça.

— Rory? — chama ela, pouco antes de ele fechar a porta. — Prometa que sempre vamos ser amigos.

Ele levanta a mão.

— Palavra de escoteiro.

Annie toca a campainha e espera, o coração disparado no peito. Então, entra em pânico. Voltar sem avisar é um erro. Será que não aprendeu nada desde a sua última visita? E se eles tiverem uma babá nova agora? Ela escuta passos se aproximando. Até que a porta é aberta.

Tom franze o cenho.

— Annie? — Mas então seu rosto é pura alegria. — Annie!

Talvez seja a imaginação de Annie, mas ele parece estar procurando atrás dela. Será que tem esperança de que a mãe tenha vindo junto? Annie percebe, por uma fração de segundo, um lampejo de decepção no rosto dele, mas Tom se recupera num instante. Exatamente como a mãe dela.

Tom a puxa para dentro e a envolve em um abraço, do tipo que Annie erroneamente antes imaginou ser algo mais do que apenas paternal.

Da cozinha, ela ouve Olive gritar:

— Annie?

Então vem o som de uma cadeira caindo, seguido pelo ruído de passos. Olive escorrega quando vira na direção na porta, mas para no instante em que vê Annie.

Annie respira fundo. Veio preparada para a raiva de Olive. Ela se agacha para que seus olhos fiquem no mesmo nível dos da menina, uma distância de três metros que na verdade poderiam ser mil quilômetros entre elas.

— Oi, pequenina. Eu voltei.

Olive cruza os braços na altura do peito.

— Vá embora. Não sou sua pequenina. Você não mora mais aqui.

Annie se aproxima, ainda agachada.

— Me desculpe, Olly. Sabe, depois que você foi embora, fiquei muito solitária aqui, sem ninguém. Então eu fui para casa. E acabei me machucando sem querer. — Ela toma cuidado para não colocar a culpa da decepção amorosa em ninguém. Porque, embora ainda não tenha admitido, o ferimento realmente foi autoinfligido. Ela se apaixonara pelo que Tom representava... família e lar. E agora ela tem isso. Annie olha de relance para ele. — Mas estou bem melhor.

Tom lhe oferece um sorriso triste.

— Fico feliz.

Olive bate o pé.

— Puxa, você poderia ter me contado, sabe?

A voz dela falha e o coração de Annie aperta. Compreende muito bem a tentativa de Olive de disfarçar tristeza com raiva. Ela mesma faz isso, de tempos em tempos.

— Você tem razão, Olly. Eu devia ter ligado. Fui egoísta. E estava errada. — Annie agora está perto o bastante para pegar as mãos de Olive. — Ei, lembra o que amigos dizem quando magoam um ao outro?

Os lábios de Olive tremem e ela pisca para afastar as lágrimas.

— Sim, sua boba! Eles dizem "desculpe".

— Isso mesmo. — Ela segura o rosto da menina entre as mãos. — Por favor, me perdoe por abandonar você, Olive. Desculpe de coração.

Olive levanta a cabeça e encara Annie com os olhos úmidos e enormes por trás das lentes grossas dos óculos. Ele dá um sorrisinho choroso, como se seu coração estivesse entre se partir e se curar.

— Aí a outra amiga diz "tudo bem".

Annie passa os dois dias seguintes fazendo compras na mercearia, lavando roupa e preparando tudo para a viagem de volta deles para casa, em oito semanas. Para todo lugar que ela vá, Olive está a seu lado, não mais de dois passos atrás.

— Você vai embora de Paris daqui a exatas sete semanas — diz Annie, enquanto ajuda Olive com um quebra-cabeças. — Dia 7 de agosto.

A menina dá as costas.

— Não vou, não! Vou ficar aqui.

— É mesmo? Você não quer voltar para os Estados Unidos? Para a Linda América?

— Não é linda. É feia.

— Ora, então acho que não vou ver você de novo.

Aquilo captura a atenção da menina.

— Mas você vai estar muito longe da minha casa. — Ela olha para Annie. — Não vai?

Annie pega a carta de admissão no bolso.

— Eu vou me mudar para Georgetown.

Olive a encara.

— É-é lá que eu moro.

— Eu sei. Contei ao seu pai na noite passada. Não vou ser mais a sua babá, mas gostaria de ser sua amiga.

Olive inclina a cabeça.

— Por que não pode ser minha babá?

— Você não vai mais precisar de uma babá. Vai estar no primeiro ano, e seus avós vão estar por perto. E eu vou estar superocupada com as minhas aulas, mas vou ver você muitas vezes.

Olive torce os lábios, enquanto parece avaliar a situação. Então, desce da cadeira e vai para o lado de Annie.

— Mas gosto de ter uma babá.

— E eu gosto de ser sua babá. — Annie coloca a menina no colo. — Mas espere só. Você vai me ver tanto que vai enjoar de mim.

Annie jura que consegue ver os últimos traços de tristeza deixarem os olhos de Olive. A menina se aconchega mais a Annie.

— Olha só, é melhor você gostar de assistir ao canal Nickelodeon. Em casa eu assisto o Nickelodeon, e a TV é minha.

Annie sorri para ela e dá um beijo no alto de sua cabeça.

— Eu amo o Nickelodeon. E amo você.

62

Annie

Os dias em setembro estão ficando mais curtos agora. Embora Annie sinta falta de Paris, dos doces e do amigo Rory, se sente em casa na Universidade de Georgetown, mesmo depois de apenas uma semana. Ela se senta diante da escrivaninha, em seu dormitório minúsculo no alojamento Copley Hall. Tem cinco minutos antes que sua nova amiga, Juana Rios, venha buscá-la para o café da manhã. Annie pega o celular e liga para o escritório da Century 21, em Madison, no Wisconsin.

— Eu poderia falar com John Sloan, por favor? — pergunta à recepcionista.

— Um momento enquanto eu transfiro a ligação.

Annie segura o celular com força e aguarda. Ela já vem contemplando essa ideia há semanas. Tem que funcionar.

— John Sloan — diz uma voz ao telefone.

O coração dela dispara. É um momento decisivo. Precisa convencer John Sloan, o homem com quem Erika iria almoçar naquele dia fatídico, a fazer contato com a mãe dela. Ao menos mais uma vez.

Annie endireita o corpo.

— Sim, olá, sr. Sloan. Meu nome é Annie Blair. O senhor é amigo da minha mãe, Erika Blair.

— Sim. Claro. Annie. — A voz muda de cordial para preocupada. — Erika está bem?

Annie levanta o punho no ar. Sim! Ele ainda se importa!

— Ela está... bem. O senhor tem um minuto?

— Com certeza.

Annie conta a ele sobre a transformação da mãe, sobre o que aconteceu no último ano e como ela planeja encontrar um amor para a mãe, a única coisa que ainda está faltando na vida dela. Annie fecha os olhos com força.

— Então, o senhor poderia, como um *imenso* favor para mim, entrar em contato com ela de novo?

Ele hesita.

— Acabei de começar a sair com outra pessoa, Annie. Ainda não é nada sério, mas...

— Por favor, apenas ligue para ela. Só mais uma vez, pelo menos.

O sr. Sloan dá uma risadinha.

— Eu ficaria encantado, Annie. Sua mãe é uma mulher maravilhosa.

Annie deixa escapar um suspiro de alívio.

— Obrigada!

Ela desliga o telefone, e torce para um dia não se sentir mais responsável por ter se colocado entre a mãe e um homem que teria sido completamente perfeito para ela.

63

Erika

É outubro agora, o mês favorito de Kristen. Há um ano, eu disse a Kate que espalharia as cinzas de Kristen em outubro. Ainda guardava uma esperança desesperada de que esse dia nunca chegaria, que em um ano eu teria encontrado minha filha e todo esse pesadelo não seria nada além de uma lembrança cruel. Na verdade, muito do que eu torci para que acontecesse aconteceu. Encontrei minha filha, embora não a filha que eu havia me determinado a encontrar. E Annie? Bom, ela estava procurando a irmã e acabou encontrando uma amiga para a vida toda em uma garotinha cujo coração precisava ser curado. E o melhor de tudo, acho que finalmente encontramos nós mesmas, Annie e eu.

É uma tarde quente de sexta-feira, e estou sentada em um banco do lado de fora do Copley Hall, no campus da Georgetown, falando ao telefone com Kate, enquanto espero Annie voltar da aula.

— O Max e eu devemos estar lá por volta do meio-dia amanhã — diz Kate. — A Molly avisou que ela e as crianças vão esperar a cerimônia acabar para chegarem.

— Sim, ela achou que seria melhor assim.

— Estou animada para finalmente conhecer a sua casa na baía. Deve estar linda nesta época do ano.

— Não vejo a hora de mostrar a você. É a minha Mackinac na costa leste. Tenho passado muito tempo lá.

— Que bom. Você está mais perto da Annie. E por falar na Annie, ela me contou que você andou conversando com um antigo flerte do Wisconsin, e que ele vai jantar com você no sábado à noite. Do que se trata?

— John Sloan não é um antigo flerte — digo. — É um velho amigo que mora a quase dois mil quilômetros de distância. Não acredito que deixei o John me convencer a sair com ele neste fim de semana.

— Estou dizendo, relacionamentos a distância deixam o sexo mais excitante. Não descarte a possibilidade, Rik. A Annie e eu estamos torcendo por você.

— Minha filha adoraria que eu me apaixonasse.

— Ela ainda se sente culpada por ter se colocado entre você e o Tom.

— Eu sei. Eu queria conseguir convencê-la de que isso não importa. Foi uma paixonite boba. Eu mal conhecia o cara. — E *nem estou olhando ao redor neste exato momento, torcendo para vê-lo em seu blazer marrom, apressado para uma aula.*

— Você progrediu muito — diz Kate, a voz carinhosa. — Papai estava certo no inverno passado, quando disse para mim e para Annie que seria preciso um milagre para mudar você.

Sinto os cabelos na minha nuca se arrepiarem.

— O papai disse isso?

— Aham. Você falou com ele?

— Mandei um e-mail com os detalhes da cerimônia. Não tive resposta.

— Ligue para ele. Faça um convite de verdade.

— Não. Vou poupá-lo de ter que arranjar uma desculpa.

Do outro lado da área comum, vejo minha filha.

— Annie chegou, Kate. Amo você. Nos vemos amanhã.

Eu me levanto e aceno para minha menina querida. Ela está usando um vestido azul-cobalto e nunca esteve mais vibrante.

— Você está linda — digo, e lhe dou um beijo no rosto.

— Você também.

— Ei — digo, e seguro os dedos com unhas pintadas de um lindo tom de roxo. — Seu esmalte não está descascado.

— Eu sei! Dá para acreditar? E espere até eu contar sobre o primo da Juana, Luis. Ele é aluno de antropologia. É um gato, mãe. Mandei a foto dele para o Rory e até ele concordou. E sabe de uma coisa? A Juana falou que ele gosta de garotas cheias de curvas.

— Cara esperto — digo.

Subimos a calçada de braços dados, na direção do dormitório dela.

— Você decidiu aceitar aquele emprego?

Sorrio. Quando Emily Lange me ligou para me agradecer pela matéria do *New York Times*, acabamos combinando um almoço para a semana seguinte. Contei a ela como eu havia sido desprezível e me desculpei de verdade. Também a perdoei, dessa vez cara a cara, algo que devia ter feito há muito tempo. Na hora da sobremesa, Emily me ofereceu um emprego em sua imobiliária.

— Não — respondo a Annie. — Foi um gesto muito gentil, mas expliquei a ela que estou abrindo a Imobiliária Blair. — Levanto os olhos para ver a reação dela. — Encontrei o escritório perfeito em Easton.

— Easton? É mesmo? Uau, mãe!

— Vai ser um negócio pequeno, e o passo vai ser bem mais lento. Uma parte dos lucros vai para a Aliança Nacional para a Doença Mental.

— Incrível. Está animada para sábado à noite? Seu grande encontro?

Annie arregala os olhos com empolgação.

— Muito — digo, e torço para que ela se convença.

Depois de um jantar de camarão no deque com Annie, ouvindo as histórias dela sobre Georgetown, sobre as novas amigas e sobre Olive, fico deitada acordada na cama. Do lado de fora da janela aberta, o fluxo e refluxo das ondas me embalam. Meus pensamentos vão de Annie para Kristen, então para o memorial de amanhã, com Brian, Kate e Max e, mais tarde, com a chegada de Molly e as crianças, além de John Sloan. Por que tenho a sensação de que alguma coisa — ou alguém — está faltando?

Às 2h23, como ainda estou acordada, abro o notebook. Entro no meu e-mail e procuro conforto em Um Milagre, a misteriosa força que foi minha estrela-guia no último ano.

Escrevo para ela agora como uma amiga, seja ela Annie, Kate ou outra pessoa que nunca saberei quem é. Nunca fui religiosa, mas tenho fé. Em um cantinho do meu coração, gosto de pensar que é minha mãe que vem mandando essas mensagens místicas, ou talvez minha avó Louise. Seja quem for, as mensagens me confortam em noites assim, quando a vida mais segue aos trancos e barrancos.

Caro Milagre,

Amanhã vamos espalhar as cinzas de Kristen na baía de Chesapeake. Estarei cercada de pessoas que a amaram e que me amam, pessoas que me apoiaram nesse último ano e além. E aconteceu uma coisa muito estranha. Percebi que queria muito ter o meu pai ao meu lado. Sim, o velho chato que não sabe o que diz, rabugento e cheio de manias, e que me faz sentir como uma menina que o gato comeu a língua. Quero ele aqui, comigo.

Depois de uma vida inteira de raiva, eu entendo. Às vezes, é preciso virar uma pedra para encontrar seu lado suave. Acho que finalmente encontrei esse lado nele... e em mim.

As lágrimas me provocam um nó na garganta.

Gostaria de poder agradecer a ele. Dizer que ele fez o melhor que podia pelas filhas. Exatamente como eu fiz com as minhas. Mas o tempo e a distância fecharam essa porta de comunicação. Seria constrangedor e artificial. Se ao menos a vida permitisse uma segunda chance.

Estou quase adormecendo quando o som do alerta do celular me acorda. Acendo a luminária na mesinha de cabeceira e pego o celular. Encontro duas frases simples.

Temos uma segunda chance 365 dias por ano. Chama-se meia-noite.

Fico toda arrepiada. Essas são exatamente as palavras que meu pai me disse há um ano, naquela noite em setembro depois da morte de Kristen, quando Kate me colocou no viva-voz.

Meu pai é Um Milagre?

E o endereço virtual IP? Meu pai não saberia como bloquear a própria localização. Penso a respeito por alguns minutos, até me dar conta: Jonah saberia, e ele passa todas as tardes com meu pai.

De repente, todas as peças se encaixam. Papai usou o caderno de pensamentos de Kate. O assunto, "Filha perdida", faz sentido agora. *Eu* era a filha perdida. Não Kristen. Não Annie. Meu pai estava torcendo por um milagre — que a filha dele, que estava tão perdida, retornasse. Levo a mão à boca em um arquejo. Meu pai me ama.

É você, pai, digito, as lágrimas borrando minha visão das palavras.

Agora entendo por que você me atraiu até a ilha. Eu tinha que encarar a verdade que evitei durante quase toda a minha vida.

Você me salvou de tantas formas, pai. Sei que ficamos constrangidos um com o outro. Provavelmente sempre vai ser assim. Mas eu amo você. Por favor, saiba disso.

Levanto os dedos do teclado. Meu pai é rabugento, disso não há dúvidas. Demonstrações de emoção o deixam desconfortável. Aqueles e-mails anônimos permitiram que ele me desse conselhos — a forma dele de expressar amor — sem se sentir embaraçado. Por que eu tiraria isso dele?

Aperto deletar até toda a minha mensagem ter sido apagada. Então, digito uma nova mensagem.

Obrigada. Vou manter isso em mente, Platão.

É exatamente a mesma resposta que dei a ele há um ano.

64

Erika

No sábado de manhã, o céu está coberto de nuvens cinzentas ameaçando se transformarem em tempestade. Já separei todos os ingredientes para o prato preferido de Kristen, bolinho de siri. É o que vamos comer esta noite, quando todos estiverem aqui. Por enquanto, me sento no deque dos fundos, ao lado de um lindo vaso de orquídeas que Wes Devon mandou, tomando café enquanto Annie fala ao telefone com o amigo Rory.

O ruído de um ronco de motor desperta minha atenção e dou a volta na casa para chegar à entrada. Kate desce do carro e corre até mim de braços abertos.

— Oi, irmãzinha! — digo, e giro com ela em um círculo.

— Rik! Olhe só para você. Seu cabelo está lindo, comprido desse jeito. Você parece tão saudável. E tão jovem. Não tanto como eu, é claro, mas parece você mesma de novo.

Dou um soquinho no braço dela e volto minha atenção para o cara alto, com o cabelo loiro bagunçado. Ele pousa uma das mãos na nuca de Kate e estende a outra.

— Oi, Riki. Sou o Max.

— Que prazer conhecer você, Max! — E é mesmo. Se ele faz Kate feliz, então estou feliz. Se ele partir o coração dela, vou estar por perto para ajudá-la a se levantar.

Atrás de mim, ouço outra porta de carro se abrir. Eu me viro. Um par de botas aterrissa no chão da entrada e meu pai sai do carro.

— Pai? — digo, incrédula. — Você veio!

— Achei que a Kristen não se importaria se eu invadisse o memorial dela.

Sorrio e balanço a cabeça.

— Ela ficaria honrada. — Minha voz está embargada, e eu puxo o corpo rígido dele para um abraço. — E eu também estou.

Brian chega em seguida. Ele trouxe uma amiga, uma loira de aparência calma e sorriso doce. Há um ano eu teria ficado furiosa. Esse é um evento de família. Mas minha definição de família mudou. E minha atitude também. Cada um de nós tenta preencher o vazio da forma que consegue: Brian com suas amigas, meu pai com a bebida nas noites de sábado. Sei muito bem como é. Durante tempo demais, tentei preencher o vazio com trabalho, e até com uma falsa esperança. Enfim entendi que o tempo não cura de verdade, e que coisas não preenchem nosso vazio. É o amor que faz isso.

A chuva espera o começo da cerimônia. Nós sete ficamos parados em um círculo, à beira da água, compartilhando lembranças da nossa Kristen. Ela volta à vida nessas histórias. Rimos de casos bobos, como na vez em que ela quase entrou com o caiaque em um rodamoinho perigoso, chamado O Vórtice, porque queria vê-lo mais de perto.

— Ainda não gosto da palavra "morta" — diz Annie. — Prefiro imaginar que são duas da manhã, e a minha irmã está se enfiando na cama, satisfeita e sonolenta, depois de aproveitar uma grande farra que durou quase duas décadas.

Eu rio em meio as lágrimas, me sentindo inundada por amor pelas minhas duas filhas.

Annie tira um papel do bolso.

— Escrevi um poema — anuncia ela e pigarreia. — Já fazia algum tempo que eu não escrevia nada, por isso estou um pouco enferrujada. É uma ode a Krissie.

Passo o braço ao redor dela. As lágrimas escorrem pelo meu rosto enquanto a escuto ler.

> *Ela se sentava na gangorra,*
> *Em um subir e descer que não conseguia domar.*
> *Em um dia, subia até as estrelas,*
> *Para logo cair no próprio inferno.*

> *Fiz de tudo para ser seu ponto de equilíbrio.*
> *Sentada em frente ao seu fogo,*
> *Eu soprava um vento frio em suas chamas*
> *E a acalmava com a minha lira.*

> *Um dia, sem aviso,*
> *Ela jogou o corpo para trás no assento.*
> *A gangorra desceu rápido demais,*
> *E ela se libertou da terra.*

> *Hoje a gangorra está equilibrada.*
> *O sobe e desce acabou.*
> *A garota na gangorra*
> *Finalmente encontrou a simetria.*

Nos revezamos para jogar as cinzas na baía. Uma rajada de vento sopra bem na vez do meu pai, mandando as cinzas de volta para cima dele.

— Estou coberto de Kristen — diz ele, aliviando o humor.

Sim, penso comigo mesma, estamos todos cobertos de Kristen. E sempre estaremos.

Brian encerra a cerimônia com uma prece curta, desejando paz à filha — e a todos nós —, e fala da esperança de um dia nos encontrarmos de novo. Escrevemos mensagens particulares para nossa menina nas rabiolas de pipas, e as empinamos. Fico observando as sete pipas dispararem na direção do céu, e pela primeira vez me permito acreditar que minha filha está no lugar a que pertence.

As pessoas começam a se dispersar, e Brian se aproxima de mim para se despedir.

— Fiquem para o jantar — digo. — Vocês dois.

— Obrigado. Precisamos ir. Mas obrigado de verdade, Erika.

Estou voltando para dentro de casa, na chuva, secando os olhos, quando sinto meu pai ao meu lado. Ele não passa o braço ao meu redor, nem me puxa para um abraço carinhoso. Só joga para mim seu casaco de flanela.

— Obrigada. — Cubro a cabeça, e o cheiro de tabaco me envolve. Caminhamos no mesmo compasso pela grama molhada. Ouvimos o som de um trovão na baía. — Não acredito que um ano se passou. E eu realmente sobrevivi.

— Sua mãe ficaria orgulhosa de você.

É o mais perto que ele já chegou de me elogiar. Meus olhos ficam marejados. Não me viro para olhar para ele, e não sei dizer se é para poupar a ele ou a mim do embaraço.

— Eu não teria conseguido sem as frases — digo, e minha voz falha. — Aqueles e-mails salvaram a minha vida.

— Bobagem — diz meu pai. — O poder estava em você o tempo todo.

São quase as mesmas palavras que Glinda, a Bruxa Boa, disse a Dorothy.

Dou o braço ao meu pai. O corpo dele fica tenso por uma fração de segundo, mas logo relaxa. Ele dá uma palmadinha na minha mão com a dele, grande e áspera.

— Você é uma boa garota.

Aperto a mão dele, minha garganta apertada demais para eu conseguir falar.

Se ao menos eu tivesse batido um sapatinho no outro anos atrás.

São quase seis da tarde e o cheiro de bolinhos de siri e pão de alho enche a cozinha. Kate, Molly e eu bebericamos vinho e conversamos enquanto damos os últimos toques no jantar.

— Então é isso — digo. Deixo de lado o molho *remoulade* e checo meu celular mais uma vez para ver se chegou alguma mensagem. — John não vai vir. Vamos chamar todo mundo para comer.

— Relaxe — diz Kate. — Ele disse que estaria aqui às seis.

Sinto um nó no estômago quando vou até a janela. Do lado de fora, meu pai, Jonah e Sammie jogam pedras na baía. Onde está Annie?

— Eu não deveria ter concordado em deixá-lo vir hoje. É muito...

A campainha me interrompe. Meu estômago dá uma cambalhota.

— Vá — diz Kate, e aperta minha mão.

Estou enfiando uma mecha de cabelo atrás da orelha quando Annie entra agitada na cozinha, trazendo um pacote grande.

— Entrega especial — anuncia ela, enquanto abre espaço na mesa para colocar o pacote. — Para você.

— Para mim? Onde está John?

— E como é que eu vou saber?

Meu pai e as crianças também entram na cozinha.

— Ei, o que é isso? — pergunta Sammie.

Todos se aglomeram ao meu redor e eu abro a caixa. Quando afasto as abas, deixo escapar um arquejo quando vejo o conteúdo.

Um blazer masculino marrom.

Meu coração acelera. Sinto uma mão no meu ombro.

— Oi, Erika.

Aquela voz! Eu me viro. A princípio minha mente se recusa a acreditar. Mas é ele que vejo. Ele está tirando o blazer da caixa. Está vestindo agora.

E cabe perfeitamente.

— Ai, meu Deus — sussurro. — Você está aqui.

Em algum lugar atrás de mim, meu pai dá uma risadinha. Kate ri. Ouço o barulho de uma câmera. Quando me viro, vejo o rosto sorridente de Annie.

— Vo-você fez isso?

Ela assente.

— Todos nós participamos. Até o John Sloan fez a parte dele.

Da cadeira dele, o rosto de Jonah é pura alegria. As lágrimas nublam minha visão. Eu me adianto e deixo os braços de Tom me envolverem.

Ele me aperta com tanta força que quase me amassa.

— Senti saudade de você, Erika.

Fecho os olhos e deixo as lágrimas escorrerem.

— Ei — diz alguém. — E eu?

Abaixo os olhos e vejo uma garotinha bochechuda, de óculos cor-de-rosa e sem um dente na frente.

— Olive! Estou tão feliz em conhecer você, menininha.

— Algum dia nós vamos comer? — pergunta ela.

Tom geme e todos riem.

— É claro — digo. — Por favor, vamos todos nos sentar.

Sirvo os bolinhos de siri, mas paro várias vezes para olhar para Tom e Olive, ainda tentando digerir o fato de que eles estão mesmo aqui, na minha casa. Quando chego até Annie, beijo o topo da cabeça dela.

— Obrigada — sussurro.

Meu pai serve o vinho, e logo se senta à cabeceira da mesa. Eu me acomodo na cadeira ao lado de Tom.

Em pouco tempo o burburinho alegre das conversas enche a sala de jantar. Talheres batendo nos pratos e vozes se sobrepondo. Absorvo o momento e tento gravá-lo para sempre na memória.

Há apenas catorze meses eu estava certa de que o meu mundo havia acabado. Embora isso não tenha acontecido, ele fez uma curva acentuada e nunca mais será o mesmo. É em momentos como este, quando a felicidade me invade, que mais sinto falta de Kristen. Ela deveria estar aqui, vendo esses relacionamentos — antigos e novos — e compartilhando essa alegria.

Seco uma lágrima no canto do olho. Por debaixo da mesa, Tom aperta meu joelho.

Olho para os rostos cheios de amor ao redor da mesa: Kate e meu pai, Annie, Tom e Olive, Molly, Jonah e Sammie. Eles foram o chão sob os meus pés quando cheguei ao fundo do poço.

Eu me lembro da frase da minha mãe, daquela que esteve comigo durante toda a minha jornada.

Não confunda o que é importante com o que importa.

Do outro lado da mesa, Olive implica com Annie.

— Ha, ha. Estou comendo duas bolas de sorvete de sobremesa, e você só tem uma.

Annie balança a cabeça.

— Olhe os modos, mocinha.

Mas o que escuto ela dizer é: "Estava faltando o que importa".

E ela tem razão. Estava mesmo. Com a ajuda da família e dos amigos, em meio ao luto, perdão, aceitação e ao amor... muito amor... a procura enfim terminou. Escondida embaixo da poeira deste meu coração cheio de sombras, finalmente encontrei a paz perdida.

Impresso no Brasil pelo Sistema Cameron da Divisão Gráfica da
DISTRIBUIDORA RECORD DE SERVIÇOS DE IMPRENSA S A.